짜
물
제
자

파문제자 2
한성수 新무협 판타지 소설

초판 1쇄 찍은 날 § 2002년 12월 20일
초판 1쇄 펴낸 날 § 2002년 12월 30일

지은이 § 한성수
펴낸이 § 서경석

편집장 § 문혜영
편집책임 § 장상수
편집 § 박영주 · 김희정 · 권민정 · 이종민
마케팅 § 정필 · 강양원 · 이선구 · 김규진
펴낸곳 § 도서출판 청어람
등록번호 § 제1081-1-89호
등록일자 § 1999. 5. 31
어람번호 § 제2-0163호

주소 § 경기도 부천시 원미구 심곡1동 350-1 남성B/D 3F (우) 420-011
전화 § 032-656-4452 팩스 § 032-656-4453
http://www.chungeoram.com
E-mail § eoram99@chollian.net

ⓒ 한성수, 2002

값 7,500원

ISBN 89-5505-563-3 (SET)
ISBN 89-5505-565-X 04810

한성수 新무협 판타지 소설

파문제자

破門弟子

2

마교(魔敎)

도서출판
청어람

목
차

제13장 사천 표행(四川鏢行)

아직 나른한 오후.

햇살의 여운이 가시지 않았을 때였다. 하루의 수련을 끝마치고 배부른 고양이처럼 한결같이 축 늘어져 있던 명월루의 동기들은 화들짝 놀라고 말았다.

외인, 그것도 사내들이라면 더 더욱 출입이 통제되어 있는 명월루 안으로 도대체 어떻게 들어선 것일까? 그녀들의 동그래진 눈동자 속으로 한 명의 준미수려한 귀공자가 들어섰다.

빙긋.

"아아……!"

"으음……."

그가 그저 주홍빛 입술을 슬쩍 오물거렸을 뿐인데 동기들은 모두 가슴을 부여잡고 자지러졌다. 그만큼 느닷없이 명월루의 내원에 들어선 귀공자의 자태는 출중했다. 솔직히 말해서 나름대로 한미모 한다고 자부심을 가지고 있던 동기들이 부끄러움에 고개를 숙였을 정도였다.

그러나 이미 오래전부터 익히 선망과 존모(尊慕)를 담은 시선을 받는 데 익숙한 탓이리라! 꿈결인 듯 몽롱해진 눈빛으로 자신을 바라보는 동기들에게 다시 슬쩍 미소를 보인 귀공자가 눈앞의 아름다운 전각 쪽으로 걸어갔다. 명월루의 루주인 초희가 머무는 은밀원(隱密院)에 볼일이 있는 모양이었다.

은밀원 내의 아담한 내실.

보기만 해도 황홀한 미공자를 바라보는 초희의 안색은 평소와 달리 창백했다. 평생 다시 보지 못할 미공자를 만났으니 특유의 교태를 부려볼 만도 했다. 아무리 영웅장부라 해도 초희와 같은 미인을 마다하기는 어려울 게 분명한 것이다.

그런데 미공자를 대하는 초희의 태도는 어떠한가! 그녀는 꽤나 다소곳한 자세를 견지하고 있었다. 마치 사람이 달라진 듯 기녀로서의 본분에 충실하지 않고 있었다. 조금도 애교가 보이지 않는 얼굴로 미공자의 눈치를 살피기에 급급한 모습을 보이고 있는 것이다.

그러나 초희의 모습 따위는 아무래도 상관이 없었던 것일까?

초점이 또렷하지 않은 시선으로 찻잎이 서서히 풀어지기 시작한 용정차를 몇 모금 입에 담은 미공자가 부드럽게 입을 열었다.

"그래서 그는 어떻게 됐지?"

밑도 끝도 없는 질문이다. 그러나 벌써부터 그러한 질문을 기다리고 있었다는 듯 초희의 대답은 재빨랐다.

"쟁자수가 돼서 사천으로 떠났습니다."

“쟁자수?”

“예, 그렇게 해서 사천까지의 여비를 줄일 생각인 것 같습니다.”

“푸훗!”

입에 담고 있던 찻물을 내뱉는 우를 범하진 않았다. 그만한 자제력쯤은 가지고 있는 미공자였다.

그러나 백설이 무색할 만큼 새하얗던 안색을 그는 발갛게 물들이고 있었다. 아마도 터져 나오는 웃음을 억지로 참으려다 보니 그리 된 게 분명했다.

그러자 미공자를 바라보는 초희의 두 눈에 가벼운 이채가 떠올랐다. 미공자의 정체를 알고 있는 그녀에게 있어 이러한 광경은 매우 생경했다. 그녀가 알고 있는 미공자는 쉽사리 마음이 동요되는 성격이 아닐 뿐더러, 설혹 마음이 동요됐다 해도 다른 사람이 보는 앞에서 티를 낼 만한 사람이 아니었기 때문이다.

하지만 초희의 눈동자 속에 떠오른 의혹의 그림자를 읽었을 터인데도 미공자는 웃음을 거두지 않고 유쾌한 목소리 내기를 주저치 않았다.

“그래서 너희는 어떻게 대처했지?”

“최 대가가 몰래 뒤를 따르고, 상황을 봐서 최 노야와 소첩이 호응하기로 했습니다. 그리고 혹시 중요한 일이나 돌발적인 일이 생길 경우엔 절강분타로 연락을 주기로 했습니다.”

“호오, 천리종횡(千里縱橫)이 직접 나섰다는 말인가?”

“예. 그리고 그자와 인연을 맺은 소년이 있어서 일단 잡아뒀습니다. 어떻게 처리하면 되겠습니까?”

“인연을 맺은 소년? 혹시 부유한 집안의 삼대 독자쯤 되는 건가?”

“예, 제법 가세가 녹록치 않은 집안의 외아들로서 어려서 병약했는데, 그자와의 인연으로 건강을 되찾게 된 것 같습니다."

딱!

손가락을 가볍게 튕긴 미공자가 흐뭇한 표정이 됐다.

"그는 부자가 됐겠군."

미공자의 좋은 기분을 해칠까 저어하는 모습으로 초희가 조심조심 말했다.

"그렇지 않습니다."

"……?"

"그는 그동안 보였던 행동과는 달리 그 소년이나 집안에 아무것도 원한 것이 없습니다. 그래서……."

"잡아냈다는 것이군."

"예, 어쩌면 후일 쓰일 일이 있을지도 모르는지라……."

미공자가 고개를 한차례 끄떡였다.

"으흠, 그 소년은 재질이 뛰어나겠지?"

"예, 꽤나 훌륭한 재질입니다. 최 노야는 제자로 삼고 싶다는 의중을 드러낼 정도였습니다."

"그렇단 말이지?"

지금까지와 달리 초희는 나직한 미공자의 물음에 얼른 대답하지 않았다. 답을 원하는 물음이 아니란 걸 직감적으로 눈치 챘던 것이다.

그래서 이어진 잠깐의 침묵. 흑백이 또렷한 눈의 초점을 쉽사리 초희에게 맞추지 않던 미공자가 다시 찻물을 한 잔 마시고서야 입술을 뗐다.

"그 정도로 자질이 뛰어난 소년이라면 나중에 필시 써먹을 데가 많을 거야. 이 근처에서 가장 그럴듯한 문파가 어디지?"

이번에는 대답을 늦출 수 없었다. 재빨리 염두를 굴린 초희가 바로 대답했다.

"몇몇 대문파들을 들 수 있겠습니다만, 가장 세력이 강한 건 금산상회이고 가장 무공이 고절한 곳은 강서성(江西省)의 검문(劍門)과 신흥세력인 청성파(靑城派)입니다."

"그 아이의 자질을 극대화시킬 수 있는 곳은?"

"검문이 낫다고 봅니다. 전력으로 검도만을 익히는 곳이기에……."

"아아, 됐어. 그 아이를 검문의 눈에 띄도록 일을 꾸며봐. 물론 큰 은혜를 입혀서."

"존명(尊命)!"

재빨리 자신의 앞에 부복한 초희에게 일어서라는 말도 하지 않고 미공자가 다른 질문을 던졌다.

"그런데 천리종횡이 뒤를 쫓고 단장귀수(斷腸鬼手)와 독갈마녀(毒蠍魔女)가 뒤를 봐준다는 건 망한 삼류문파의 제자에겐 너무 과분한 처사가 아닐까?"

"……."

가볍게 내리깔린 초희의 눈동자가 순간 조그맣게 수축됐다가 정상으로 돌아왔다.

"주공(主公), 저희 미천한 것들이 강남에 자리를 잡은 건 극비의 사항입니다. 아직 강북의 혼란한 정국도 수습하지 않은 상황에서……."

"호오, 그래서?"

"그건……."

순간적으로 명월루의 일급기녀가 아니라 독갈마녀라 불리는 여고수가 되었던 초희의 신색이 다시 본래대로 돌아왔다. 마음속에 불만이 없는 것은 아니나 주공이라 부른 미공자의 신분은 자신으로선 어찌해볼 수 없는 종류의 것이라 생각한 결과였다. 하지만 그런 초희의 변화쯤 전혀 개의치 않는 듯 미공자는 그 어떤 미인이라 해도 부러워할 정도로 도톰한 진홍빛 입술을 천천히 오물거렸다.

"물론 강남 쪽 지령단(地靈團)이 맡고 있는 특수 임무를 내가 무시하는 것은 아니야."

"……."

"하지만 내가 강남에 와서 처음으로 내린 명령인데 소홀히 다뤄지는 것도 기분이 나쁘거든."

"저희가 어찌!"

"그래, 나하곤 달리 관록이 있는 사람들이니까 그 정도 일쯤은 알아서 잘 처리해 줄 거라 믿어. 그렇지 않으면 앞으로 입장이 매우 곤란해지게 될 테니까."

말이 끝남과 동시에 찻잔을 내려놓은 미공자가 처음 이곳에 들어섰을 때와 마찬가지로 홀연히 내실을 빠져나갔다. 어떤 특이한 무공을 사용한 게 아니라 그냥 천천히 걸어서 나갔을 뿐인데, 초희는 눈앞에서 미공자가 순식간에 사라진 것만 같았다. 나름대로 무공에 자신을 가지고 있던 그녀의 바짝 곤두선 오감(五感) 중 어느 것도 미공자의 움직임에 반응하지 못한 까닭이다. 그래서 흠뻑 젖어든 속곳. 자신의 오십 평생 중 이처럼 많은 땀을 흘린 날은 없었을 거라 중얼거리며 초희는 한동안 가녀린 어깨를 부들거리고 있었다.

*　　　*　　　*

한편 초희가 엄정하의 앞에서 속곳을 적시고 있을 무렵, 사천 표행을 따라나선 담우소는 식사에 여념이 없었다.

우걱, 우걱…….

"작작 좀 먹어라!"

허리춤에 쨍박아 놨던 건량을 열심히 씹어먹고 있던 담우소가 재빨리 고개를 옆으로 돌렸다. 자신에게 휘둘러진 솥뚜껑만한 주먹을 피하기 위함이었다. 그러자 이미 그럴 줄 알았다는 듯 주먹이 공중에서 멈췄다.

감히 아무도 쳐다보지 않는 와중에 이젠 버릇이 된 일권을 내지른 임창배가 걸걸한 목소리를 냈다.

"아직 고개를 몇 개는 넘어야 제대로 된 객점이 나타난다. 적어도 이틀은 더 가야 할 거리인데, 그리 먹어대면 나중에 어떻게 버티려고 그러느냐!"

우물, 우물…….

끝까지 입 안의 건량을 깨끗이 씹어먹은 담우소가 입술을 훔치며 말했다.

"쳇, 먹을 것 가지고 뭐라고 그러다니! 어째 사천같이 험한 곳으로 표행을 떠나는 주제에 일꾼들에게 너무 박하게 구는 거 아니오?"

"이곳까지 오면서 자그마치 다섯 명 분의 식비를 쓴 네가 그런 말을 할 처지냐!"

"그야 쟁자수 몫의 식비가 턱없이 부족하니까 그런 것 아니오."

임창배가 히죽 웃었다.

"그러니 표사를 하지 어째서 쟁자수 따윌 한 거냐?"

"……."

"왜? 후회되냐? 지금이라도 표사가 되고 싶지 않으냐?"

"제길, 표사 따윈 적성에 맞지 않소. 더 이상 안 먹을 테니 성화 좀 그만 부리쇼!"

말과 함께 담우소가 재빨리 손에 들었던 건량을 허리춤에 쑤셔 박았다. 입을 댓발이나 내민 채 자신의 패배를 인정한 것이다. 그러나 임창배의 조치는 그 정도에서 끝나지 않았다. 담우소를 포함한 쟁자수들 전부를 차례차례 훑어본 그가 우렁우렁한 목소리로 소리쳤다.

"모두 방금 전의 대화를 똑똑히 들었을 것이다! 여기 신참 쟁자수가 마음대로 식비를 낭비했는데도 고참들이 바로잡아 주지 못했으니, 연대 책임을 진다!"

"여, 연대 책임?"

"목표지인 사천의 귀성장(鬼星莊)까지 도착하려면 아직도 한 달이나 남았으니, 식비를 절반으로 줄인다. 물론 쟁자수 쪽에서 조금쯤 더 줄이는 건 어쩔 수 없는 일일 것이다."

"뭐라고?! 그런 말도 안 되는……."

"물론 너 때문만은 아니다. 표행 중에 여비가 부족한 건 다반사니까. 하지만 그래도 조금쯤은 책임 의식을 가지는 게 어때?"

"일꾼 주제에 책임 의식을 가져서 무얼 하겠소! 배를 곯아가며 짐을 날라야 할 판국인데!"

그러나 성을 낸 이는 담우소가 유일했다. 고된 행군 중 음식을 줄인다는 건 꽤나 괴로운 일이다. 충분히 먹지 못하면 체력이 떨어져 병이 들기 십상인 탓이다. 하지만 그럼에도 대충 주변의 다른 표사들이나 쟁자수들은 표두인 임창배의 명령에 수긍하는 분위기였다. 표행에 있어 표두의 명령이 얼마나 절대적인가를 보여주는 대목이었다. 때문에 머쓱해진 담우소가 다시 뭐라고 화를 내려는데, 임창배의 눈빛이 우악스러워졌다.

전날 새벽까지 소주의 술집이란 술집은 몽땅 뒤지고 다니며 호형호제(呼兄呼弟)했을 때와는 한참이나 거리가 먼 엄격한 모습이었다.

'이런, 진심이구만.'

잘하면 술김에 맞아들인 형님한테 또 한 대 얻어맞겠다는 생각에 담우소의 시선이 주변의 다른 쟁자수들을 훑었다. 자신을 포함해서 열 명이나 되는 인원이니 자신의 말에 찬동하거나 편을 들어줄 배포를 지닌 자도 한 명쯤 있지 않겠냐는 순진한 생각에서였다. 그러나 중간에 특채된 담우소와는 달리 나머지 아홉 명의 쟁자수들은 모두 금조표국에서 잔뼈가 굵은 사람들이었다.

쟁자수 주제에 도저히 상대할 수 없는 강력한 무공과 호전적인 본성을 함께 지닌 표사, 그것도 철사자(鐵獅子)라 불리는 임창배에게 대항한다는 건 꿈도 꿀 수 없는 일이었다.

사삭, 삭삭…….

재빨리 시선을 돌려 자신을 외면해 버리는 동료들을 바라보며 담우소는 인생무상을 느꼈다. 그동안 나름대로 표사와 쟁자수 간의 알력을 훌륭하게―당연히 쟁자수 쪽에 유리하게끔―처리했음에도 그는 아직 외인에 불과한 것이다.

'거 봐라!'

'젠장할!'

눈빛의 교류만으로 우열은 결정됐다. 입술을 내민 채 침묵에 빠져든 담우소의 모습에 히죽 웃음을 터뜨린 임창배가 걸음을 빨리 하라고 고래고래 소리 질렀다.

사천의 경계에 즈음해서 기후는 지독할 정도로 후텁지근해진 지 오래였다. 무더위가 절정에 치달아 쉽사리 지치는 정오가 되기 전에 한 걸음이라도 더 빨리 걸어야만 했다.

팔랑, 촤라락…….

임창배는 지도를 폈다. 금조표국의 수많은 표사들이 발로 뛰어가며 작성한 중원 전도(中原全圖) 중 사천 지역이 담겨 있는 부분이었다. 그러나 임창배가 들여다보고 있는 지도라 불리는 죽편을 보자면 위와 같은 설명이 조금 무색해지는 면이 없잖아 있었다.

지도란 것이 주변의 산과 강, 길 등을 자세하게 나타내는 데 역점을 두는 데 비해 지금 임창배가 뚫어지게 쳐다보고 있는 죽편의 상황은 조금 달랐다. 아니, 솔직히 말해서 꽤나 많이 다르다는 게 정확하다. 일단 대충 휘갈긴 듯한 그림 솜씨도 솜씨지만, 도통 알아볼 수 없는 몇 개의 점과 선이 지도를 이루는 그림의 전부였다. 그래도 혹시 몰라 자세히 들여다보니 깨알 같은 글씨로 몇 개의 글자가 써 있는데 도통 알아보기가…….

픽!

지도를 곁눈질하느라 정신을 너무 많이 판 탓이다. 뒤도 돌아보지 않고 휘둘러진 임창배의 주먹에 머리를 쥐어박힌 담우소가 머리를 감싸 안고 뒤로 주저앉았다.

"어이쿠, 머리 깨지겠네!"

"응?"

오히려 놀란 사람은 임창배였다. 무림인의 본능에 의해 주먹을 휘둘렀을 뿐인데 담우소가 얻어맞은 것이다.

전방 경계의 자세를 풀지 않고 표물을 중심으로 산개해서 앉아 있던 금조표사들의 입에서 키득거림이 흘러나왔다.

그동안 몇 차례나 쟁자수 편에 서서 자신들의 존엄을 욕보였던 담우소가 얻어맞자 신명이 나는 것 같았다. 언제나 그렇지만 이번 표행엔 별수없는 멍청이들밖엔 없다고 한탄하며 임창배가 담우소를 탐탁지 않게 쳐다봤다.

"지도가 담긴 죽편을 볼 수 있는 권리를 가진 사람은 표두밖엔 없다. 너는 어째서 그리 나서길 좋아하는 것이냐?"

쌍조표사도, 철사자도 아닌 표두의 목소리였다. 마음속으로 가책을 느낀 담우소가 혹이 난 뒤통수를 긁적이며 대답했다.

"궁금해서 그랬소."

"궁금?"

"말을 듣자니 돈도 대충 떨어진 것 같고 갈 길은 아직 먼 것 같은데, 이름 모를 산골짜기에 둘러앉아 지도랍시고 쳐다보고 있으니……."

"혹여 표두랍시고 머리 꽤나 나빠 보이는 내가 길을 잃고 '이 길이 아닌가 부다' 라며 바보 같은 표정을 짓고 있다고 생각한 거냐?"

'그 말이 정답이오!'

담우소는 차마 입 밖에 내지 못한 말 대신 손가락 하나를 꼽아서 임창배를 가리켰다. 소주의 술집에서 임창배가 미색이 반반한 여인만 만나면 해 보이곤 하던 동작이었다.

충분할 정도로 담우소의 내심을 읽은 임창배가 퉁명스런 표정을 숨기지 않았다.

"뭐, 그렇게 봤대도 어쩔 수 없는 일이긴 하지. 술값으로 여행 경비를 탕진하는 바보 같은 표두니까. 하지만 이곳에서 지도를 뚫어져라 쳐다보고 있는 건 사천 행로 따윌 몰라서는 아니다.”

“그럼 뭐요? 아니, 도대체 그 아무 짝에도 쓸모가 없는 ‘지도라고 불리는 불쏘시개에나 걸맞을 죽편 쪼가리’ 들의 정체는 무엇이오?”

참으로 신랄한 평가라고 임창배는 생각했다. 만약 저쪽 구석퉁이에서 충실히 전방 경계에 열중하고 있는 금조표사들이었다면 당장에 아구창을 날렸을 것이다.

그러나 담우소는 어디까지나 소중한 쟁자수니 팔이나 다리를 부러뜨릴 순 없다고 임창배는 또한 생각했다.

남보다 족히 두 배는 넘는 짐을 짊어지고 한시도 쉬지 않고 걸어대는 일등급 쟁자수는 쉬이 구해지지 않는다는 변명 또한 한몫한 건 당연했다. 때문에 불퉁해진 얼굴로 철사염을 벅벅 긁어댄 임창배가 퉁명스레 말했다.

“이 불쏘시개에나 걸맞을 죽편 쪼가리들은 앞으로 우리 표행에 필요한 따뜻한 식사와 잠자리를 책임질 소중한 보물이다.”

‘어떻게?’

눈빛으로 질문하는 담우소를 뇌둔 채 임창배가 벌떡 신형을 일으켰다. 그러자 그것이 신호이기라도 하듯 금조표사들이 일제히 신형을 일으켰고, 쟁자수들 또한 마찬가지로 몸을 일으켰다.

스윽.

한차례 주변을 둘러본 임창배가 소리쳤다.

“이곳 산의 이름은 복령산(伏靈山)이란 촌스런 이름이다! 하지만 그게 중요한 건 아니고, 너희들이 귓구멍을 열고 똑똑히 들을 말은 한 가지다!”

“…….”

"이곳 복령산에는 복령대왕(伏靈大王)이라 자처하는 약 삼십 명가량
의 산도적들이 있다! 지도에 의하면 그들이 주로 출몰하는 곳은 이곳
으로부터 약 반 리가량 떨어진 곳이니, 우리는 급속 보행으로 그곳까지
이동한다! 이곳 복령산에서 우리는 앞으로 한 달은 족히 남은 이번 표
행의 여비를 충족하는 거다!"

"우와아!"

물론 환호성을 터뜨린 건 그동안 싸움에 굶주려 있던 금조표사들이
었다. 어처구니없다는 표정으로 그들을 바라보던 담우소가 담담한 표
정의 쟁자수들의 표정을 살피곤 나직이 한숨을 터뜨렸다.

'후우, 산도적들이 위치한 지도가 있지를 않나, 싸울 줄도 모르는 쟁
자수들이 이런 일을 당연히 받아들이지를 않나, 도대체 이놈의 금조표
국은 어떻게 돌아가는 거냐?'

이런 표행에 따라나선 자신이 한심하다고 담우소는 생각했다. 하지
만 그런 생각도 잠시, 그는 열심히 발을 놀리기 시작했다. 어차피 돈이
없어 식비조차 줄이고 있는 형편이었다. 이런 식으로라도 한 탕하는
데 성공하면 내일부턴 좀 나은 삶을 영위할 수 있을지도 모른다는 판
단에서였다.

"케헥!"

복령산에서 터를 잡고 충실한 산도적으로서의 삶을 영위하던 복령
대왕은 힘없이 땅바닥으로 쓰러졌다. 검과 주먹을 동시에 휘두르는 동
안 자신을 무신(武神) 장익덕(삼국지의 세 주인공 중 장팔사모를 사용하던
영웅)의 환생이라 칭하던 임창배에게 패배했기 때문이다.

주변에 둘러앉아 옹기종기 구경하던 사내들 중에서 환희와 좌절의

목소리가 흘러나왔다. 환희한 쪽은 당연히 금조표국의 일행이었고, 좌절한 쪽은 말 그대로의 '산도적'들이었다. 열광하는 수하 금조표사와 쟁자수들을 향해 번쩍 주먹을 치켜올려 답례한 임창배가 소리쳤다.

"오늘부로 이곳 복령산채는 앞으로 일 년 동안 우리 금조표국의 지국이 되었다!"

"우와아, 표두 만세!"

"무적의 철사자!"

우렁찬 환호성이 뒤따랐다. 조금도 빼지 않고 으쓱해 보인 임창배가 다시 소리쳤다.

"여기 신임 복령지국주가 안내를 할 테니, 그곳에 가서 맘껏 술을 마시고 배를 채우자! 내일 출발에 지장을 주지 않을 정도면 뭐든지 용납하겠다!"

"우와아!"

적어도 좀 전의 두 배는 족히 넘을 환호성이었다. 그 환호성 속에 끼인 채 역시 환호성을 올리고 있던 담우소가 물색없이 좋아하는 동료 쟁자수 이당(李戇)의 옆구리를 찔렀다.

"어이쿠!"

"혈도도 찍지 않았는데 뭔 엄살이 그리 심해."

"그리 갑자기 찌르면 누군들 놀라지 않겠는가!"

화를 내는 이당의 얼굴이 붉게 물들어 있었다. 평소 담우소와 상대하는 사람들의 표정과 그리 다를 바 없는 모습이었다. 그러나 그런 일쯤 애초부터 신경 쓰지 않는 게 담우소였다. 싱긋 웃어 보인 그가 여전한 얼굴로 자신이 하고 싶은 대로 말했다.

"그건 그렇고, 자네, 사천 표행이 처음이 아니지?"

이당의 얼굴이 퉁명스러움 중에 의혹의 빛을 띠었다.

"그건 어째서 묻는 거지?"

"그야 한 가지 묻고 싶은 게 있거든."

"뭔데?"

벌써 움직이기 시작한 동료들을 쫓아가며 이당이 물었다. 평소 그리 친하게 지낸 건 아니지만 담우소가 이번 표행의 표두와 친하다는 건 익히 아는 처지였다. 혹시라도 책 잡힐 일은 하지 않는 게 좋겠다고 이당은 내심 중얼거렸다.

그런 이당의 마음을 아는지 모르는지 담우소가 바로 질문했다.

"도대체 이놈의 산도적들하고 금조표국은 어떤 관계이길래 이런 말도 안 되는 짓을 벌이고 있는 거야?"

"물건을 훔치는 게 주업인 산도적들과 물건을 안전하게 목적지에 옮기는 표국 간에 관계는 무슨!"

"전혀 관계가 없단 뜻인가?"

"아무렴!"

"정말루?"

대수롭지 않다는 듯 손을 휘휘 젓던 이당이 잠시 뒷말을 잇지 못했다. 싱글거리며 미소 짓고 있는 입술과는 달리 전혀 웃음의 징후가 보이지 않는 담우소의 눈빛을 본 것이다.

'자식이 줄타기로 들어온 주제에 눈을 부라리기는……'

내심 투덜거린 이당이 침을 꿀꺽 삼키곤 말을 바꿨다.

"무, 물론 전혀 관계가 없는 건 아니지. 저 복령대왕은 과거 금조표국의 표사였으니까."

이당의 손가락이 임창배에게 질질 끌려가고 있는 장대한 체구의 노인, 그러니까 복령대왕을 가리켰다. 힐끔 그쪽에 시선을 던졌던 담우소가 눈살을 가볍게 찌푸렸다.

"저 늙은이가 금조표국의 표사였다고?"

"뭐, 나도 이곳에 오기 전에 그저 귀동냥 삼아 들었던 사실인데, 본래 삼조표사의 직위까지 오른 고참 표사이지만 지금보다 훨씬 금산표국과의 경쟁이 심각할 때 명퇴됐다고 하더군."

"명퇴?"

"그, 왜 명예퇴직(名譽退職)이라고 있잖은가!"

"……."

잠시 말문이 막혔던 담우소가 어처구니없다는 표정으로 말했다.

"임 표두도 그 사실을 알고 있었던 건 아니겠지?"

"허어, 그가 이끌고 왔는데 어찌 모르겠는가! 우리 금조표국에게 있어 이런 일은 그리 대단한 것도 아니라네."

이당의 마지막 말에는 선배로서의 존엄이 담겨 있었다. 아무리 상층부와 줄을 대고 있다곤 하지만 어디까지나 담우소는 이번 표행이 처음인 신참 애송이였다. 보통 표국도 아니고 강남에서 유일무이하게 대금산상회에 대항하는 금조표국의 명예와 전통, 그리고 무식함을 일깨워 주는 건 어디까지나 선배의 의무였다.

오랫동안 별렀던 기회를 잡아 선배로서의 의무를 충실히 이행했다는 만족감과 도취감에 사로잡혀 의기양양해진 이당을 앞에 두고 담우소는 진땀을 흘렸다. 비록 그 자신도 무명산을 떠난 후 숱한 기행을 벌인 처지이긴 하지만 금조표국은 그의 예상을 완전히 벗어나고 있었다. 아무래도 후회가 물밀 듯 밀려오는 것이다.

'젠장, 내가 미쳤군. 이렇게 말도 안 되는 집단에 발을 들여놓다니!'

　내심 담우소가 고독한 한숨을 터뜨리는 동안 산채가 보이기 시작했다. 얼마 전까지 열심히 다니던 직장에서 쫓겨난 후 어렵게 일가를 이룬 노인의 소중한 꿈이 움트고 있던 곳이었다.

　삐거덕!

　문은 꽤나 요란하게 열렸다. 아니, 사실 열리는 소리가 컸다는 쪽이 더욱 옳을 것이다. 산도적들의 주둔지라는 특성상 산채의 모든 구조는 언제 어느 때 있을지 모를 기습에 대한 준비 태세가 철저했다. 곳곳에 창문을 만들어 밖을 살필 수 있게 했고, 문은 아무리 살짝 연다 해도 그 소리를 들을 수 있을 정도였다. 때문에 열리는 소리에 비한다면 참으로 얌전히 열린 문지방 너머로 고개를 돌린 임창배의 시선이 쭈욱 찢어졌다.

　"담우소, 네가 웬일이냐?"

　술에 반쯤 취한 목소리였다. 임창배의 앞에는 뒹굴고 있는 술병만 해도 십여 개가 넘었다. 한심한 표정이 된 담우소가 투덜대며 말했다.

　"젠장, 산채 주변이 난장판이 됐으니 내가 어찌 편히 쉴 수가 있겠소. 밖의 떨거지들이 모두 나가떨어지면 나갈 테니 좀 봐주쇼."

　"그러냐?"

　시큰둥하니 대꾸한 임창배가 다시 술병을 입에 꼬나 물었다. 오랫동안 돈을 아끼느라 목에 끼었던 때를 이번 기회에 확실히 벗겨낼 작정을 한 듯했다. 그러자 그런 임창배의 밉살스러운지 평소 같으면 역시 끼어들어 공짜 술로 배를 채우고 왁자하게 떠들었을 담우소가 퉁명스레 말했다.

　"흥, 남의 산채를 털도 하나 뽑지 않고 통째로 털어먹으니 기분이 좋으시오?”

“털도 뽑지 않고 통째로 털어먹었다구?”

“그렇지 않소.”

웅대와 함께 임창배의 앞자리에 털썩 주저앉은 담우소가 힐난을 계속했다.

“맨 처음엔 그저 산적들을 털어서 어떻게 노잣돈이나 벌어볼 생각을 하고 있는지 알았소이다.”

“그런데 알고 보니 남의 산채를 홀랑 빼앗는 만행을 저질렀으니 마음에 안 든다는 것이냐?”

타악!

대뜸 말을 빼앗는 임창배에게서 술병을 빼앗아 시원스레 들이키던 담우소가 솔직한 표정으로 감탄했다.

“크으, 술맛 죽이는구나!”

“그렇지? 본래 산채에 숨겨놓은 술처럼 죽이는 술은 없지. 게다가 그걸 빼앗아 먹는 재미란…….”

“그렇다 해도 본래 한 형제가 아니오!”

“…….”

“한솥밥을 먹던 형제끼리 어떻게 털어먹을 생각을 하느냐는 말이오. 난 임 표두가 호탕한 사내라 생각해서 형님으로 모셨는데 이번 일로 실망이 이만저만 아니외다.”

솔직한 담우소의 내심이었다. 술에 취해 반쯤 풀어져 있던 눈빛을 달리하며 임창배가 다시 담우소의 손에 쥐어져 있던 술병을 빼앗아 왔다.

타악!

꿀꺽, 꿀꺽…….

"웃기는 소리 하지 말아라! 아무리 과거 형제지간이었다 해도 집을 떠나면 남이다. 서로 힘과 기량을 겨뤄 승자를 정했는데, 어찌 그리 멍청한 소리를 하는 것이냐!"

"집을 떠나면 남이라고?"

"그렇지 않느냐! 그럼 네 녀석이 사천에 도착해서 쟁자수를 그만둬도 내가 네 뒤를 봐줄지 아느냐? 우리처럼 무림에서 굴러먹는 사내들은 힘이 없으면 아무것도 아닌 것이다!"

말을 끝내자마자 임창배는 다시 술을 들이키는 데 정신을 팔았다. 단호하게 자신의 의사를 내뱉고 자신의 할 일에 몰두하기 시작한 것이다.

"쳇, 흉측한 인상하고는……."

혀를 끌끌 찬 담우소의 시선이 억지 우희(우미인이라 불리는 초패왕 항우의 첩) 식으로 임창배의 옆 자리에 앉아 있는 복령대왕을 향했다.

그 역시 약간 취기가 감도는 얼굴을 하고 있었는데, 매우 불쌍한 얼굴을 하고 있었다. 임창배와는 달리 횟술을 마신 것이 분명했다. 그러나 복령대왕의 얼굴엔 그리 억울하다거나 분한 기색은 보이지 않았다. 어차피 금조표국에서 젊음을 보냈기에 이런 분위기에 금세 적응한 것 같았다.

그 모습에 연민을 느꼈던 자기 자신에게 짜증이 치민 담우소가 술병 하나를 꿰차고 밖으로 나섰다.

방금 전까지 팔씨름 내기를 하느라 정신이 없던 이당이 산적들과 어울려 덩실덩실 춤을 추고 있었다. 아마도 동료들인 금조표국의 일행들을 배신하고 산적들과 붙어 한몫 단단히 챙긴 것이 분명했다.

'그렇다면 내가 이대로 있을 순 없지.'

꿀꺽, 꿀꺽…….

술 한 모금을 목구멍으로 넘긴 담우소가 움직였다. 이런 일의 뒤에는 반드시 따라붙곤 하는 사태를 미연에 방지해 주고, 역시 한몫을 챙길 생각이 든 것이다.

잠시 후.

과연 이당은 산적들에게 뭇매를 맞기 시작했다. 표행의 쟁자수들이 으레 그렇듯 내기 중에 손기술을 쓰다가 호구가 아닌 산적들에게 걸리고 만 것이다.

그러나 담우소가 나선 건 다시는 손기술을 사용하지 못하겠다 싶을 때까지 이당이 두들겨 맞았을 때였다.

내기나 도박 따위를 하는 작자들에게 무슨 특별한 정의감이 발동해서가 아니었다. 그저 목숨을 구해준 자신에게 사례할 은자까지 이당이 빼앗겨선 곤란했을 따름이었다.

"어이! 그만 하면 됐잖아!"

담우소는 표정을 삐딱하게 하면서 이빨을 드러냈다.

아침이 밝자 밤새 술을 퍼마시고, 뒤엉켜 싸우고, 노래 부르던 녀석들은 이미 한 형제처럼 변해 있었다. 입고 있는 옷만 아니면 어떤 녀석이 금조표국의 사람이고 어떤 녀석이 복령채의 산적인지 분간을 할 수 없을 정도였다.

때문에 어느 결엔가 그 분간이 안 가는 녀석들 중 하나가 되어 있던 담우소로선 아무런 말도 내뱉을 수 없었고, 그 후로의 사천행은 꽤나 순조로웠다. 대충 얘기 듣기로, 본래 표국주의 바로 밑인 사조표사까지 올라갔다가 모종의 일 때문에 쌍조표사로 좌천됐다는 말이 신빙성을 얻을 정도로 임창배는 노련한 표두였다.

대문파보다는 고만고만한 군소문파(群小門派)들이 집결해 있는 강남에서의 표행과 문파 간의 쟁패가 빈번한 강북으로의 표행은 전혀 사정이 달랐다. 그 영역을 지나갈 때마다 선물을 가장한 통행료를 가져다 바쳐야 하는 대문파가 즐비하고, 그만큼의 선물을 할 여력이 금조표국에는 없는 까닭이다. 당연히 같은 대문파를 등에 지지 않은 강남의 표국, 그것도 깡과 오기만으로 버티고 있는 금조표국으로선 강북으로의 표행이 수월할 리 없었다.

실로 보보(步步)마다 난처한 상황의 연속이요, 위험이 산재되어 표물을 몽땅 털리거나 표행길 자체가 황천으로 가는 직행 편이 될 가능성이 다분했다.

그러니 무엇보다도 표두의 역할이 중요한 게 사실인데, 임창배는 귀신같이 대문파의 영역을 빠져나갈 줄 알았다. 그는 대로(大路)로 가다가도 위험 지대, 그러니까 대문파의 영역에 이르면 샛길이나 갓길을 이용하길 망설이지 않았다. 아무리 수하들의 불평이 하늘을 찔러도 자신의 의지를 관철시켰고, 그 와중에 폭력을 행사하길 주저치 않았다.

담우소 자신의 말을 빌리자면 그는 실로 생긴 모습과 전혀 어울리지 않는 용의주도함의 극치를 발휘했던 것이다.

그러나 달리 생각해 보면 이 얼마나 비굴한 표행인가!

얼마 전 복령산에서 보였던 호기 따윈 전혀 찾아볼 수 없는 임창배의 뒤를 쫓으며 담우소는 목적지가 가까워질수록 무한한 갈등을 느꼈다. 무림인의 길로 들어선 이상 일세의 영명을 떨치지 못한다면 호기당당한 녹림의 도적이 될 수도 있었다. 영웅도 때를 만나지 못하면 비천한 도적이 되는 게 바로 무림이고 강호인 까닭이다. 때문에 파문 당시 앞으로 문파를 떠나 어떻게 되던지간에 자신에게 떳떳하면 문제될 것이 없다고 사부인 풍뢰문주도 말하지 않았던가! 그런데 지금 경험 많고 유능한 임창배의 표행은 결코 자기 자신에게 떳떳한 것이 아니었다.

진실로 다시 말해 비겁한 겁쟁이나 할 만한 행동이라고 담우소는 생각했고, 그것이 그를 고뇌하게 했다. 그리고 그렇게 생각한 건 담우소뿐이 아니었다. 아무리 임창배가 표행의 생사여탈권을 가지고 있는 표두라 해도 자꾸만 불분명한 이유를 들어 길을 돌자 여기저기서 불만이 터져 나오기 시작했다.

앞서 설명했듯 폭력적인 방법으로 자신들의 강함을 드러내기에 열광하는 금조표국의 일원으로선 지극히 당연한 반응이었다. 그러나 임창배는 전혀 설명하려 하지 않았다. 그저 자신을 믿고 따르라고 할 뿐이었다. 때문에 휴식을 취할 때마다 격분한 논조로 침을 튀기기 시작한 표사와 쟁자수들의 숫자가 나날이 늘어가던 어느 날이었다.

사천의 경계를 넘어서고 닷새나 지났을까? 여전히 널찍하니 잘 닦여 있는 관도와 대로를 놔둔 채 구불구불한 산등성이를 돌아가는 길을 택한 금조표국 일행을 가로막는 일단의 무리들이 나타났다.

　　담우소가 보기에 대충 삼십 대쯤 되어 보이는 얼굴, 네 명이라는 그리 많지 않은 숫자에도 불구하고 길을 가로막아 선 사내들의 얼굴은 꽤나 자신감에 차 있었다. 그저 건들거리는 시정잡배의 자신감이 아니라 특정한 어떤 것을 믿는 구석이 농후한 그런 자신감 말이다.

　　무리가 있으면 우두머리가 있는 법이었다. 고만고만한 얼굴을 지닌 세 사내와는 달리 매우 특징적인 얼굴을 하고 있는 사내가 눈길을 끌었다.

　　그는 폭이 좁은 이마에 째진 눈, 말상이라 부를 만큼 튀어나온 주걱턱을 가지고 있었다. 기본적으로 말로써 표현하기가 지극히 민망할 정도였다.

　　사내란 본시 여인과는 달리 못생겼다 해도 그리 욕을 먹지 않는 걸 장점으로 삼았다. 물론 예외도 어느 정도 있지만 대부분 얼굴보다는 능력으로 평가받기 때문이다. 그래서 비록 얼굴이 못생겼다 해도 사내답다는 말로 위안을 삼는 일이 비일비재했는데, 세 명의 고만고만한 얼굴에 둘러싸인 그의 얼굴은 그런 말로 넘어갈 수 있는 경지가 아니었다.

좋게 말해 '못생긴 얼굴!' 이었고, 정직한 사람이라면 '어찌 그런 얼굴을 백주대낮에 내놓고 다닐 수 있단 말이오!' 라 다그칠 만했다.

실로 꿈 많은 여인네들, 그중에서도 아직 세상 물정에 어두워 송옥(宋玉)이나 반악(潘岳)과 같은 절세미남에 백마를 탄 협객을 꿈꾸는 여인들에겐 악몽과도 같은 얼굴인 것이다. 그러니 저런 얼굴에 자신감이 넘쳐흐른다면 그것은 무언가 숨겨놓은 비장의 절기라거나 단단히 믿는 구석이 있지 않고선 어림도 없는 일이었다. 적어도 담우소는 단호하게 그럴 것이라 확신하는 바였다.

그래서 꼼꼼히 살펴보니, 그는 다른 사내와는 확연히 구별되는 점이 있었다. 주변의 다른 사내들은 맨몸에 남색 경장으로 차림이 평범한데 반해 그는 전형적인 무림인들이 즐겨 애용하는 무복 차림이었다. 피가 튀어도 구별이 잘 안 되는 검은색 경장에 옆구리에는 요란한 장식이 붙어 있는 청강 장검을 매달고 있었다. 자꾸만 데굴거리며 묘하게 희번덕거리길 좋아하는 눈빛만 아니라면 검객이라고 불러도 손색이 없는 차림새라 할 만했다.

옆의 사내들이 그저 권각법 몇 수쯤 할 줄 아는 지역의 건달패 정도로 보이는 반면 그에게선 왠지 전문적으로 무공을 익힌 듯한 분위기가 흐르고 있었다.

때문에 그를 살피던 중 과거 사검오절의 첫째인 벽사검을 만났을 때와 같이 담우소는 온몸이 저릿저릿해지는 걸 느꼈다. 장강(長江)을 넘은 후 처음으로 느껴보는 긴장감이었다.

그러니 마찬가지의 까닭으로 심상치 않은 기운을 눈치 챈 게 담우소 뿐일 리 만무했다. 위험을 밥 먹듯 등에 짊어지고 살아가는 표국계에서 밥을 빌어먹는 자라면 누구라도 시비를 걸려는 자와 아닌 자쯤 구별할 눈은 가지고 있기 때문이다.

"너희들은 뭐 하는 놈들……."

"너는 물러나 있어라!"

우당탕!

대뜸 눈알을 부릅뜨고 앞으로 나서려던 신참 금조표사를 뒤로 날려보낸 건 임창배였다. 그리고 이어진 잠시의 침묵. 앞선 평범한 얼굴의 사내들을 훑어보다 눈길을 추남(醜男) 쪽으로 던진 임창배가 진중하게 입을 열었다.

"본인은 강남에서 온 임가올시다. 형장들께선 어디에서 오신 고인들이신지?"

"커컥!"

"케엑!"

고슴도치를 방불케 하는 철사염을 몇 차례 들썩인 임창배의 언동에 잔뜩 긴장하고 있던 금조표사 몇이 사레든 기침을 뱉었다. 요즘 들어 좀 자신감없는 모습을 보이긴 했지만 어디까지나 금조표국에서도 첫째나 둘째로 꼽힐 정도의 무식함과 광포함으로 대변되는 사람이 임창배였다. 그런데 그가 이리 어울리지 않는 점잖을 빼자 한 번도 이런 광경을 본 일이 없는 금조표사들로선 심정적인 동요를 느끼지 않을 수 없었던 것이다.

그러나 진정 사람이 이렇게 변할 수도 있단 말인가!

순간적으로 험상궂은 얼굴에 더해 화망 같은 고리눈이 무서운 광채를 번뜩였으나 임창배는 발작하지 않았다. 담우소가 느꼈듯 그 역시 눈앞의 추남에게서 심상치 않은 기세를 느낀 게 분명했다.

우드득! 우드득!

자신도 모르게 전신 내공을 끌어올린 임창배가 내뿜는 투기(鬪氣)에 놀란 금조표사들이 일제히 뒤로 물러섰다. 뒤도 돌아보지 않고 있지만 언제 저 무식한 주먹이 자신들을 목표로 날아들지 알 수 없기에 두려 움을 느낀 것이다. 하지만 그런 두려움을 느낀 건 어디까지나 금조표 사들뿐이었다. 임창배의 무시무시한 얼굴을 찬찬히 훑어보던 추남이 드디어 입을 열었다.

"강남에서 왔다고?"

대뜸 하대다. 다시 발끈하려는 금조표사들을 손을 올려 진정시킨 임 창배가 말했다.

"그렇소이다. 우리는 강남에서 왔소이다."

"그럼, 금산상회에 소속된 무사들인가?"

앞서 입을 열었던 추남이 아니라 주변에서 건방진 표정을 짓고 있던 사내가 내뱉은 질문이었다. 주변의 다른 사내들보다는 한 푼쯤 더 건 방진 얼굴이었다.

하지만 그를 슬쩍 위아래로 한차례 훑어봤을 뿐 임창배는 내심 고개 를 저었다. 자신이 우두머리라면 그런 멍청한 질문은 하지 않을 게 분 명했기 때문이다.

"천하에 부러울 게 없는 금산상회의 무사들이 이런 외진 길을 갈 리 가 없잖소. 우리는 절강성의 금조표국의 표사들이올시다."

"그랬군, 그랬어."

질문을 던졌던 사내의 안색이 가볍게 붉어졌다. 자신이 생각하기로도 멍청한 질문을 했다는 생각이 든 게 분명했다. 그러나 어차피 임창배의 시선은 처음부터 추남만을 향하고 있었다. 담우소와 마찬가지로 처음부터 그를 우두머리로 찍었음에 분명했다.

과연 담우소나 임창배의 예상은 과연 그리 틀리지 않았다. 마치 놀리기라도 하려는 듯 추남이 팔짱을 꼈고, 그 순간 상황이 갑자기 급진전했다.

우르르…….

마치 처음부터 약속이나 했던 듯 사내들이 금조표국 일행의 주변을 에워쌌다. 금조표국 일행들이 달아나는 걸 막기 위함이 분명했다. 그러나 앞서 말했다시피 금조표국 일행을 막아선 사내들은 기껏해야 네 명에 불과했다. 십수 명이 넘는 자신들을 둘러싼 사내들을 바라보는 금조표사들의 안색이 험악하게 변했다. 너무 어처구니없는 일을 만나자 노화가 치밀어 오른 것이다.

"이런, 이런…… 이건 굳이 병법(兵法)을 들먹이지 않더라도 참 멍청한 짓이로군."

담우소의 중얼거림은 작았다. 근처의 몇몇 쟁자수 정도나 들을 수 있을 정도였고, 때문에 보통 때라면 지나가는 견공의 울부짖음 정도로 넘어갈 수 있는 소리였다. 그러나 팽팽한 긴장감에 휩싸인 사람에겐 그런 작은 목소리라도 그냥 넘기기 어려운 법이다.

평소에 하는 짓과는 반대로 간담(肝膽)이 작은 편인 이당이 슬쩍 담우소의 소맷자락을 잡아당겼다.

"그, 그게 무슨 소린가?"

쟁자수란 자신의 주제 파악을 확실히 하고 있는 작고 조심스런 목소리였다. 기다렸다는 듯 누가 먼저랄 것도 없이 근처의 몇몇 쟁자수들 또한 궁금해하는 표정을 지어 보였다.

자신들과는 달리 한 가닥 무공 실력을 갖추고 있는 담우소이기에 나름대로 뭔가 고견이 있겠다고 지레짐작한 게 분명했다. 그러니 담우소로선 그냥 모른 체 넘어갈 수도 있었다. 그저 입만 꾹 다물고 있으면 이런 소요는 그리 오래가지 않았다. 하지만 전날 복령산채에서 생사고락을 함께한 정을 잊지 않았음인가? 잠시 침묵을 지키고 있던 담우소가 이당의 재촉에 입을 열었다.

"본래 적은 인원을 가지고 많은 인원을 둘러싸는 건 병가에서 가장 금하는 방법 중 하나야. 적의 예봉을 꺾기 위해선 적어도 두 배의 병력이 아니고선 포위의 진을 펼치지 못하는 게 정석이니까."

"……."

"그런데 저들은 네 명밖에 되지 않은 숫자적 열세에도 불구하고 주변을 둘러쌌단 말야. 만약 우리 측이 한쪽으로 일제히 치고 나아간다면 저들로선 막을 도리가 없어. 혹시 경천동지할 무공을 저들 개개인이 지녔다면 모르겠지만."

"경천동지할 무공?"

"그래. 어차피 병법이란 똑같은 사람과 사람 사이에서 이길 수 있는 방법을 구하는 것이니까 그런 예상을 뛰어넘는 요소가 생기면 아무래도 틀어질 확률이 높아지거든."

여기까진 표국과 같이 싸울 일이 많은 곳에서 밥을 빌어먹는 자라면 누구라도 생각할 수 있는 일이었다. 이당 역시 그쯤은 대충 짐작하고 있었다. 그러나 그는 여전히 의혹에 찬 시선을 담우소에게 던지고 있었다. 복령채에서 곤란에 빠졌다가 구원을 받은 이래 얻은 막무가내한 믿음 때문이었다.

‘거 자식, 눈빛 한번 부담스럽네.’

내심 평소처럼 침묵을 가장한 외인 노릇을 깨고 말을 꺼낸 걸 후회하며 담우소가 말을 이었다.

“그러나 주변을 둘러쌀 때 보였던 발걸음이 그리 가볍지 못한 걸 보면 저놈들의 무공은 그리 높아 보이지 않아. 아마도 금조표사들과 싸우기에도 버거울 거야. 그러니 문제가 되는 것은 혼자 앞을 떡하니 가로막고 있는 저 추레한 자식인데…….”

담우소의 손가락이 향하고 있는 방향을 따라 고개를 돌리던 이당의 눈살이 가볍게 찌푸려졌다.

“저 못생긴 사내 말인가?”

“응. 아마도 이들 중 가장 고수가 저자인 것 같은데, 아까부터 한 걸음도 움직이지 않으니 어느 정도의 고수인지 모르겠단 말야.”

뒤통수를 긁적이며 담우소는 말끝을 흐렸다. 그로서도 거기까지가 한계였기 때문이다. 그러자 여전히 담우소가 무언가 다른 이야길 해주길 바라고 있는 이당을 제외한 나머지 쟁자수들이 내기를 하기 위해 각기 편을 짜기 시작했다. 어떤 일이든 건수만 생기면 내기를 거는 것이 쟁자수들의 일상이 발동한 것이다.

“허어, 그렇다면 이거 오랜만에 승부가 되겠는걸.”

“나는 저 못생긴 녀석이 제법 힘깨나 쓴다는 데 걸겠다!”

“그래도 역시 철사자를 이길 리 없잖아!”

“이놈아, 말로만 나불거리지 말고 돈을 내, 돈을!”

“젠장, 나는 지난번에 이달치 봉급을 몽땅 털렸는데…….”

금조표사들이야 긴장하거나 말거나 쟁자수들 사이에선 벌써 돈이 오가고 있었다. 항상 표사들에게 무시당하는 쟁자수만이 누릴 수 있는 몇 안 되는 권리였다. 때문에 담우소 역시 쟁자수이니만큼 판이 짜지는 걸 보아 자신도 한몫 끼어들 생각을 하고 있는데, 문득 생각났다는 듯 이당이 옷소매를 잡아당겼다.

"그런데 자네는 저 못생긴 사내가 움직이기만 하면 고수인지 하수인지를 알 수 있단 말인가?"

"뭐, 꼭 그렇다는 건 아니고……."

"그렇다는 말인가, 아니라는 말인가?"

다그치는 이당의 목소리가 매서웠다. 그는 지난번 복령산채에서 내기를 하던 중 죽다 살아난 후 그는 앞으론 깨끗하고 건실한 삶을 살겠다고 다짐했고 내심 생명의 은인으로 생각하는 담우소 역시 악의 구렁텅이에서 빼내줄 생각을 가지고 있었다. 이당의 그러한 마음을 알기에 성을 내지 못한 담우소가 입맛을 다시며 말했다.

"무공을 익힌 자라면 분명 그 정도만으로도 상대의 무공 수위 정도는 대충 알 수 있지. 상대가 엄청난 고수가 아니고서는 말야. 보통 무공을 정식으로 배운 자들은 일반적인 하수들과는 달리 꽤나 보행이 경쾌하거든."

"그렇군. 그럼 자네가 보기에 저자는 어떤 것 같은가?"

'그걸 알면 내가 어느 곳에 돈을 걸지에 대해 고민을 할 것 같으냐!'

내심 이당의 멍청함에 고개를 흔든 담우소가 말했다.

"아마도 제법 무공에 자신이 있는 자겠지, 임 표두가 저리 시간을 끄는 걸 보면."

"그도 그렇군."

담우소의 말속에 담긴 이면의 뜻을 이해하지 못한 이당이 그저 고개를 끄떡였다. 그리고 그 순간이었다. 홀로 협로의 앞을 가로막은 탓에 쟁자수들을 설왕설래하게 만든 추남이 입을 열었다.

"포위를 당하고서도 침착하게 자리를 지키고 있다? 당신은 제법 세상을 살아가는 이치를 아는 자 같군."

"강북, 그것도 구대문파 중 두 군데와 독(毒)과 암기의 명가인 당문(唐門)이 자리 잡고 있는 사천에서 제멋대로 군다는 건 목숨을 도매금으로 내놓는 짓이란 걸 아는 정도는 되오이다."

담담한 목소리와는 달리 임창배의 얼굴엔 힘줄이 잔뜩 튀어나와 있었다. 사내들이 주변을 에워싼 순간 앞으로 돌격하려던 기세를 억지로 찍어누른 덕분이다. 따라서 지금 그에게선 예전과 같은 포악스러움 속에 진하게 담긴 여유 따윈 전혀 찾아볼 수 없었다.

그런 임창배를 바라보는 추남의 눈빛이 기묘해졌다.

"그런가?"

"그렇소이다."

"흐, 그렇군."

자신을 향해 반문하듯 말을 던진 추남의 가는 입술이 쭈욱 찢어졌다. 제 딴엔 웃음을 지어 보인 게 분명했다.

금조표국 일행은 물론이거니와 주변의 다른 평범한 얼굴을 한 동료들조차 진저리를 치며 부인하고 싶을 게 분명했지만 일단은 그것이 현실이었다. 그럼으로 어쩔 수 없이 특유의 웃음이라 명명할 수밖에 달리 다른 말을 갖다 붙일 수 없는 표정을 지어 보인 추남이 단도직입적으로 말했다.

"그렇다면 대화하기가 쉽겠군. 얼마나 준비했나?"

"……."

"나는 시간이 별로 없는 사람이야. 길게 설명하고픈 마음이 없으니

어서 사례비로 준비한 걸 이 앞에 내려놓고 이곳에서 꺼지도록 하라구!"

뻔뻔스럽다는 말은 이런 데 쓰라고 만들어졌음에 분명하다. 추남은 눈앞의 임창배를 향해 손을 쫙악 펴 보이고 있었다. 명명백백한 금품 수수의 의지를 내보이는 몸짓이었다. 그러니 금조표국 일행, 더욱 정확히 말하자면 돈을 주고받는 쟁자수들과 눈빛을 번뜩이고 있던 금조표사들 사이에서 술렁임이 일기 시작한 건 당연하다면 당연하달까?

차차창!

금조표사 중 몇이 수중의 병기를 꼬나 들었다. 당연히 임창배의 공격 명령을 재촉하는 시위 행동이었다. 이번만은 임창배의 신중한 말이나 눈앞 추남의 뻔뻔스런 행동조차 금조표사들의 바보 같은 투쟁심에 찬물을 끼얹진 못할 듯했다.

그러나 놀랍게도 임창배는 이번에도 주변의 간절한 기대와 희망을 저버렸다. 금조표사들의 맹렬한 투쟁심 따윈 아랑곳 않고 그가 추남을 향해 말했다.

"그러기 전에 한 가지 해야 할 일이 있다고 생각지 않으시오?"

"……."

추남이 대답은 않고 어깨를 으쓱해 보였다. 도통 무슨 말인지 모르겠다는 의사 표명이었다. 그러나 산전수전을 다 겪은 임창배였다. 단도직입적으로 그가 말했다.

"내가 비록 표사 생활을 꽤나 오래 해서 아는 것이 많지만 천하에 모래알처럼 널려 있는 수많은 문파들의 특징을 하나같이 꿰뚫을 순 없는 노릇이오."

"그렇다는 건?"

"당신은 그만 소속을 밝히는 게 좋겠다는 말이오. 그래야 본인을 비롯한 금조표국의 사내들이 땅바닥에 엎드려 자비를 구하든, 몸에 지니고 있는 재물을 몽땅 털어놓든 하지 않겠소."

"하하하! 재밌군, 재밌어. 당신 정말 재밌는 사람이구만!"

역시 신(神)은 공평한 것일까? 추남의 웃음소리는 예상외로 맑았다. 얼굴만 가린다면 그럴듯한 풍채를 지닌 낭군이라고 여인들이 착각할 수도 있을 듯했다.

하지만 애석하게도 이곳에 모인 자들은 하나같이 시큼한 냄새를 풍기는 사내들뿐이었다. 자신을 노려보는 임창배의 냉랭한 눈빛에 웃음을 멈춘 추남이 단호한 목소리로 말했다.

"애석하게도 본인은 대점창파(點蒼派)의 속가제자로 회룡검(廻龍劍) 주서안(周西岸)이라 한다. 이번에 사부님이신 학운 진인(鶴雲眞人)의 명을 받들어 통행세도 준비하지 않고 점창파의 영역을 무단으로 횡행하는 찢어 죽일 자들을 기다리고 있었지."

"저, 점창파? 점창파라고 하셨소?"

"그래, 점창파라고 했다."

뒷말에 특히 힘을 주는 주서안의 두 눈이 반달형이 되어 있었다. 너희들이 이젠 어떻게 하겠냐는 노골적인 비웃음이 담긴 눈빛이었다. 그러니 평소의 임창배라면 노성이라도 한차례 터뜨려야만 했다. 그게 철사자라 불리며 금조표국을 호령하는 사내의 본성인 것이다. 하지만 그럼에도 불구하고 임창배는 이번에도 침묵했다. 치밀어 오르는 분노보다는 두려움이 그의 뒷골을 타고 흘러내렸다.

비록 '마천루의 난(亂)' 이후 사파(邪派)가 득세하여 무당파를 제외하곤 성세가 많이 줄어들었다곤 하지만 구대문파의 위세는 아직도 대단했다. 적어도 일반적으로 '명문' 이란 두 글자로 일컬어지는 문파와 사돈에 팔촌 등등 해서 그다지 관계가 없는 무림인들에겐 그러했다.

굳이 표현하자면 그들에게 있어선 하늘 위에 떠 있는 구름 같은 존재가 바로 구대문파를 위시한 '명문정파' 라 불리는 족속들이기 때문이다. 하지만 이미 이런 일쯤은 임창배 역시 오랜만에 내려진 사천 표행을 맡아 장강을 넘으며 예상했던 터였다. 아까와는 전혀 다른 까닭으로 긴장한 탓에 등줄기로는 식은땀을 펑펑 쏟아내면서도 임창배는 안색 하나 흩트리지 않고 반문했다.

"그럼 줄곧 점창파에서 이곳을 지키고 있었다는 말이오?"

"아무렴. 그렇지 않다면 본인이 어찌 하고많은 길 중에서 이곳을 지키고 있었겠나?"

"그건 그렇지만……."

"홍, 알았으면 빨리 통행세나 내놓으시지. 그렇지 않으면 당신들은 앞으로 점창파를 적으로 두게 될 테니까."

말을 할수록 추남의 목소리에는 지독한 자부심과 오만함을 넘어 어린애 같은 억지가 강하게 배어 나오고 있었다. 구대문파 중 하나인 점창파라는 말에 지금까지 완강한 모습을 보이던 임창배의 마음이 확실히 경동한 걸 눈치 챈 게 분명했다.

기세를 잡은 김에 확실히 밀어붙여서 금품 수수를 확실하고 깨끗하게 성공시키겠다는 걸 요지로 하는 생각이 눈에 잡힐 듯 보이는 언행이었다. 하지만 '점창파' 란 대명에 기가 질려 어찌할 바를 모르게 된 임창배를 위시한 사람들 중에는 작금의 현상을 냉연한 시선으로 바라보고 있는 사람도 있었다.

다름 아닌 담우소였다. 그는 방금 전까지 내기에 돈을 걸기 위해 자신을 주서안이라 일컫은 추남—그에게는 아직 추남일 뿐이었다—의 일거수 일투족을 살피고 있었다. 오직 승부에 불타오르는 도박꾼들이나 가능한 고도의 집중력이 그 와중에 발휘됐음은 당연했다. 그런 고도의 집중력은 의문을 낳지 않을 수 없었다. 지금 담우소는 열중하던 승부도 잊고 고개를 갸웃거리고 있었다.

'점창파란 말이지. 그렇다면 저 못생긴 녀석이 버릇없는 어린애처럼 구는 게 이해가 가긴 하는군. 하지만 그렇게 잘나신 구대문파의 속가 제자님이 어째서 저런 서 푼 어치도 일을 처리하지 못할 녀석들을 데리고 다니는 걸까?'

담우소의 시선이 향한 곳은 물론 주서안의 말을 듣고 안색이 대변한 금조표사들을 향해 키득거리고 있는 껄렁한 세 사내가 자리 잡고 있는 곳이었다. 그들은 지금 하나같이 일이 모두 끝난 양 방금 전까지 보이고 있던 경계의 자세를 풀고 있었다. 그만큼 자신들의 우두머리인 주서안을 믿는 게 분명했다. 아니, 주서안을 믿는다기보다는 이곳에서 그리 멀지 않은 점창산에 위치한 고고한 검법의 명문인 점창파를 믿는다는 게 더욱 옳은 판단일 것이다.

그러거나 말거나 그런 세세한 설명은 지금 불필요했다.

위와 같은 사실을 차치하고서라도 저러한 모습은 담우소의 눈살을 찌푸리게 했다. 삼류문파 출신 파문 제자의 비뚤어진 마음 탓인지 도통 마음에 들지 않았다. 담우소가 생각하기에 명문정파의 비호를 받든 그렇지 않든지 간에 무림인이란 본시 자신의 지닌 바 실력으로 말하는 법이었다. 강호를 떠도는 이야기꾼들이 늘상 입에 달고 사는 강자존이니, 약자멸이니를 떠나 실력이 없는 자는 남 앞에서 거들먹거릴 자격이 없는 것이다.

하지만 곧바로 일어난 돌발적인 사태는 앞서 설명했던 것과 같이 철저한 자신의 신념을 지키기 위한 고귀한 투쟁의 소산은 아니었다. 그저 우연한 기회에 드러난 본능적인 야만성의 표출이었다. 담우소는 우연히 주변을 둘러보다 자신을 향해 이빨을 드러내고 있는 건방진 웃음에 야성이 반응하고만 것이다.

뻐억!

도대체 어떻게 이리 순간적으로 신형을 이동시킬 수 있었을까? 그런 의문은 나중이었다. 담우소는 손끝, 더욱 정확히 설명하자면 주먹을 거머쥐면 나타나는 네 개의 울퉁불퉁한 뼈마디로 느껴지는 짜릿한 느낌에 어깨를 부르르 떨었다.

"이런!"

담우소는 신음 섞인 목소리를 냈다. 자신의 주먹이 점창파 문인의 비호를 받고 있는 사내의 얼굴을 뭉개 버린 사실을 알았기 때문이다. 그런 담우소의 모습을 가장 먼저 인지한 금조표사의 안색이 와락 일그러졌다. 방금 일어난 일이 무엇을 의미하는지를 웅변하는 모습이었다.

그의 입에게서 신음이 흘러나왔다.

"저, 저질러 버렸다!"

"저질러?"

"뭘? 저질러……."

각자의 위치와 처한 현실을 잊고 금조표사들이 담우소 쪽으로 고개를 돌리곤 기겁한 표정이 됐다. 진짜 담우소는 저질러 버린 것이다.

그리고 기다렸다는 듯 모든 일은 급작스런 진행을 보이기 시작했다. 잠시의 침묵 끝에 입술을 앙다문 금조표사들이 어리벙벙한 표정을 짓고 있던 나머지 사내 둘을 때려눕혔다. 물이 엎질러졌다고 생각한 순간 참고 있던 본성을 표출하고 있었다.

"이, 이게 무슨……."

너무 순식간에 벌어진 일이었다. 전적으로 눈앞의 주서안에게 정신을 집중하고 있던 임창배가 고개를 돌렸을 땐 이미 일은 모두 끝나 있었다. 깨끗하게 세 명의 동네 주먹쟁이들―수준으로 보아 틀림없을 것이다―을 처리한 후 한쪽에 쌓아 놓은 금조표사 중 한 명이 그에게 냉큼 다가섰다.

"어쩔 수 없었습니다."

퍼억!

말을 꺼내기가 무섭게 금조표사의 고개가 반대 편으로 돌아갔다. 아마도 이빨 한두 개쯤은 각오해야만 할 일격이었다. 굳건하게 선 채 분노의 주먹을 받아낸 금조표사가 말했다.

"화, 화가 풀리셨으면 명령을……."

"망할 놈, 나이 값을 하고 싶다는 소리냐!"

"예, 그렇습니다."

대답하는 목소리에 힘이 들어가 있었다. 눈앞의 금조표사는 이번 사천 표행 중 임창배와 유일한 동갑이었다.

그 나이가 되도록 금조표사에서 벗어나지 못했으니, 앞으로 그가 쌍조표사로 승급할 가능성은 전무했다. 자신이 칼대를 멜 까닭이 없다는 뜻이다. 그런데 그는 한갓 쟁자수를 위해 기꺼이 칼대를 메고 있었다. 절강성 제일을 자랑하는 금조표국의 무대포 정신으로 무장된 금조표사가 아니고선 어려운 일임에 분명했다.

"자랑이 아니다!"

퍼억!

짧은 순간 충분할 정도로 감명받은 임창배가 다시 그의 면상에 일격을 가하곤 주서안을 향해 신형을 돌려세웠다. 방금 전까지의 위축은 어디로 갔는지 임창배의 안색은 무시무시한 평소의 얼굴로 돌아와 있었다. 일시지간에 너덜거리도록 얻어맞고 한쪽에 처박힌 수하들을 곁눈질하고 있던 주서안이 목소리가 냉랭했다.

"결국 대점창파에 대항하기로 결정한 것인가?"

"어쩌겠나? 수하들이 바보인걸."

"본인이 보기엔 당신이 더 바보 같은걸."

"그럴지도."

화기애애하던 대화는 그걸로 끝이었다.

큼지막한 손에 어울릴 정도로 큼지막한 대검(大劍)이 뽑혔고, 가늘고 섬세한 손가락에 어울리는 장검이 뽑혔다. 무림 유일의 공통 언어인 강철 유희의 시작이었다.

'절대로 속전속결(速戰速決)이다!'

생사의 결전을 수없이 겪은 역전의 용사답게 대검의 주인인 임창배가 전혀 망설이지 않고 금조표사들의 일방적인 응원 속에서 선수를 취했다.

파앗!

그는 한마디 양해도 구하지 않고 수중의 대검을 독벽화산(獨劈華山)의 식으로 비스듬히 휘둘렀다. 주서안보다 무거운 병기로 이득을 보려는 수법이었다. 그러나 과연 명문검파의 제자는 다른 것일까?

주서안은 전혀 임창배의 뜻대로 움직여 주지 않았다. 위기의 순간 재빨리 옆으로 신형을 이동시키더니 번개가 무색할 정도로 장검을 옥녀천침(玉女穿針)의 수법으로 찔러왔다.

카카캉!

억지로 대검을 회전시켜 주서안의 찌르기를 막아낸 임창배의 안색이 가볍게 일그러졌다. 초식을 되돌려 막아내는 게 늦어 어깨로 점점이 선혈이 배어 나오고 있었다. 만약 반 치 정도만 더 깊었더라면 견갑골(肩胛骨)이 꿰뚫렸을지도 몰랐다.

그러나 단 일 초 만에 중상을 입은 주제에 임창배의 두툼한 입술은 악귀처럼 웃고 있었다. 대번에 그가 웃는 이유를 눈치 챈 주서안이 역시 예의 끔찍한 미소를 머금었다.

"흐, 검법이 무겁고 정기가 있다고 했더니, 역시 바보는 아니었군."

"천하의 점창파 문인 행세를 하면서 동네 코찔찔이들이나 펼치는 옥녀천침 따위를 사용하니까 대번에 정체가 발각되는 게 아닌가!"

"내 옥녀천침이 어디가 어때서? 일 초 만에 어깨에 구멍난 녀석이 주둥이만 살았구나."

"흐흐, 그야 네 말처럼 내 주둥이 힘이 세긴 하지."

가가각!

넘치는 힘으로 주서안의 장검을 밀어내면서도 임창배는 이죽거리길 잊지 않았다. 그러자 그 순간 교묘하게 손목을 움직여 장검을 빼낸 주서안이 재빨리 뒤로 몇 걸음 물러섰다.

파앗!

처음의 일검보다 적어도 두 배는 빠른 출초였다. 임창배의 일검에 자신의 앞가슴이 팔랑이는 걸 보며 주서안이 냉소했다.

"흥, 어깨가 뚫리는 걸 참고 뼈를 가를 작정이었군. 만약 대전 경험이 부족한 점창파의 얼간이였다면 필시 목을 벨 수 있었을 거야."

"그야 모를 일이지. 어차피 죽기 아니면 살기의 일검이었으니까. 하지만 네놈같이 세상을 굴러다니며 사기나 치고 돌아다니는 녀석이 방금 전의 일검을 피해낼 줄은 몰랐는걸."

툴툴거리듯 내뱉어진 임창배의 말투 속에는 가벼운 찬탄이 배어 있었다. 위기의 순간 날린 필생의 일검을 피해낸 상대에 대한 존중이었다.

그러거나 말거나 더 이상 점창파 노릇을 하지 않기로 했는지 주서안이 지금까지와 달리 거칠게 말했다.

"흐흥, 날 두 쪽 낼 뻔하고선 말은 잘하는군. 오랜만에 건수 하나 잡는가 했더니, 어디서 바보 같은 인간들을 만나 꼴이 말이 아니게 됐군."

"건수? 정말 너는 점창파와 아무런 관계도 아니란 말이냐?"

주서안의 표정이 기묘하게 변했다.

"뭐라고?"

"정말 점창파와 아무런 관계도 아니면서 점창파 행세를 했냐고 물었다."

"이런, 그럼 아까는 넘겨짚은 거였냐?"

"그야……."

임창배는 굳이 대답할 필요가 없었다. 이미 기묘한 울부짖음과 함께 주서안이 수중의 장검을 땅바닥에 내동댕이치더니, 그것을 사정없이 밟아대고 있었다. 그러니 자신의 눈앞에서 벌어진 반(反) 검객적인 모습에 임창배가 당황한 건 어쩌면 당연한 반응이라 할 수 있었다. 설마 저런 모습을 보이리라곤 상상조차 못했던 것이다.

하지만 지금까지 목숨을 건 대전을 펼치고 있던 사람에게는 그런 게 변명이 될 수 없었다.

'아차!'

잠시 멍청해졌던 임창배가 경호성을 발한 건 이미 때늦은 감이 있었다. 연신 밟아대고 있던 검끝을 교묘히 돌려 임창배 쪽으로 차낸 주서안이 바람처럼 신형을 날려왔다.

카캉!

우득!

처음은 대검으로 장검의 예봉을 막는 소리였고, 나중은 임창배의 피에 젖은 왼쪽 팔목이 뒤로 꺾이는 소리였다.

방금 전 부상당한 탓에 왼팔이 예전과 같은 근력을 발휘하지 못하는 걸 눈치 챈 주서안이 주저없이 그쪽을 공략한 것이다.

가히 기가 막힐 정도의 판단력이랄까!

순식간에 백전노장인 임창배를 제압한 주서안이 날카롭게 소리쳤다.

"모두 칼 버려!"

전형적인 인질극이었다. 제압된 당사자를 바라보며 어처구니가 없다는 표정을 짓고 있던 금조표사들이 이구동성으로 외쳤다.

"이 녀석! 우리 금조표국을 뭘로 아는 거냐!"

"설마 하니 우리 표두가 그런 일로 굴복할 것 같냐!"

"우리 철사자를 우습게 보지 마!"

장황한 말에 비해 내용은 지극히 간단했다. 뒤에서 흥미진진하게 관전하고 있던 담우소가 이당에게 말했듯 '절대로 칼은 못 버린다!' 가 골자인 것이다. 그러니 빠른 판단력과 치사한 수법으로 위기의 순간 대반전을 이뤄낸 주서안으로선 황당할 밖에.

평소와 다름없는 얼굴을 하고 있는 임창배에게 그가 넌지시 물었다.

"너, 아랫것들하고 사이가 안 좋냐?"

"크흠, 아까 내가 애들 쥐어패는 거 못 봤나!"

"……."

"아마 내가 죽으면 가장 기뻐할 녀석들이 바로 저 녀석들일 거다."

사람들을 등치는 직업을 지닌 자가 세상사에 어두울 리 없었다. 노골적으로 즐거워하는 모습이 완연한 눈앞의 현실을 그대로 받아들일 정도로 바보는 아니라는 뜻이다.

씨익!

한차례의 사악한 웃음과 함께 주서안은 사정없이 임창배의 팔뚝을 부러뜨렸다. 단호한 본보기를 보여주기 위해서였다. 그러나 신음 한 번 흘리지 않는 임창배는 그렇다 치더라도 여전히 수중의 병장기를 떨구지 않고 있는 눈앞의 녀석들은 뭔가?

'이, 이놈들…….'

재밌어서 죽겠다는 표정을 짓고 있는 담우소를 발견한 주서안의 눈살이 가볍게 찌푸려졌다. 순간적으로 눈앞의 현실이 보는 그대로일지도 모른다는 불길한 느낌을 받은 것이다.

그리고 그 때문이었다.

잠시 헐거워진 주서안의 손아귀 속에서 임창배가 갑자기 격렬한 움직임을 보였고, 연신 키득거리고 있던 무리 중 한 명이 번개같이 달려들었다.

우드득!

순간적으로 신형을 빼낸 임창배의 안색이 창백했다. 억지로 몸을 빼내느라 반쯤 부러져 있던 팔뚝이 완전히 박살난 게 분명했다. 그러나 그의 관심은 자신의 부러진 팔뚝 따위가 아니었다. 벼락같은 발차기로 교활한 승냥이 같은 주서안을 뒤로 물린 담우소에게 가 있었다.

"저놈……."

"표두, 빨리 부목을 대야……."

퍼억!

아마도 아까의 잘못을 만회하고 싶었을 것이다. 재빨리 다가온 신참 금조표사의 안면을 멀쩡한 우권(右拳)으로 날린 임창배가 치밀어 오르는 통증을 참으며 이빨을 악물었다.

"으득! 내가 꼭 보고 싶었던 장면이다. 방해하지 말고 부목이나 대."

"예예예……."

투덜거리지도 못하고 신참 금조표사가 부목으로 임창배의 팔을 감쌌다.

부릅뜬 임창배의 눈동자 속에서 잠시 멈칫했던 담우소와 주서안은 이미 얽혀가고 있었다.

파파파파팡!

연속으로 이어진 다섯 번의 발차기. 효과는 전혀 없었다. 마치 골짜기의 위태로운 바위틈 사이를 흘러내리는 물과 같이 주서안의 신법은 현란할 지경이었다.

저런 실력을 갖추고 있는 자가 어째서 사기나 치고 다니는 것일까?

담우소는 이빨을 갈아붙였다. 자신만만하게 내질렀던 발이 부끄러웠기 때문이다.

그러나 기왕 나선 참이었다. 주서안의 여유만만한 발놀림에 집중한 담우소의 발놀림이 미묘하게 흔들렸다. 어차피 신법이나 보법으론 상대가 되지 않는다는 걸 깨닫고 주서안의 움직임에 맞춰 보행을 맞추기 시작한 것이다. 그리고 그와 같은 시도는 효과가 있었다.

'엇!'

담우소를 경악시킨 주서안의 신법은 운중행(雲中行)이었다. 그야말로 구름 중에 노니는 듯 행운유수와 같은 신법으로 주서안의 자랑이었다. 그런데 담우소가 대번에 따라 하는 것이다. 어이없음을 뛰어넘어 기가 막힌 주서안의 보법이 순간적으로 흐트러졌다. 그리고 바로 그 순간이 바로 담우소가 고대하던 때였다.

휘휙!

자신이 해 보이고 있는 동작이 의미하는 바 따윈 전혀 아랑곳 않고 담우소가 신형을 여섯 차례에 걸쳐 공중에서 회전시켰다. 운중행의 동작에 선풍 구도를 섞어서 즉흥적으로 내질러진 벼락같은 발차기였다. 그러니 주서안으로서도 당할 도리가 없었다. 흐트러진 신형 그대로 땅바닥을 비참하게 뒹군 그의 면전으로 다시 한차례 공중에서 방향을 튼 담우소의 무릎찍기가 파고들었다.

퍼억!

"아깝다!"

위기의 순간 주서안이 몸을 뒹굴어 담우소의 무릎찍기를 피해내자 금조표사들이 모인 쪽에서 장탄성이 터져 나왔다.

물론 그중 이당을 제외하곤 벌써 돈을 돌리기 시작한 쟁자수들의 목소리가 가장 컸음은 물론이다. 그러나 순간적으로 생사가 교차하는 순간이었다. 몇 번 손속을 겨루지 않았으나 벌써 숨을 헐떡이기 시작한 담우소나 주서안에게 그 딴 소리에 한눈을 팔 여가 따윈 없었다.

'젠장, 마치 거대한 야수 앞에 내동댕이쳐진 느낌이잖아!'

'무서운 놈, 순간적으로 옆구리에 주먹을 먹이다니!'

각기 서로를 향해 욕설을 퍼부으면서도 담우소와 주서안은 쉽사리 몸을 움직일 수 없었다.

방금 전의 숨가쁜 일합은 그것만으로도 충분히 두 사람을 긴장으로 옥죄고 있었기 때문이다. 그러자 주변을 서성거리기만 할 뿐 서로를 향해 달려들지 않는 두 사람을 향해 열외자─임창배를 비롯한 금조표사들과 쟁자수들─들이 욕설을 퍼붓기 시작했다.

"이 멍청이들아! 덤벼들어! 덤벼들라고!"

"담우소, 네게 내 전 재산을 걸었단 말이다!"

"주서안, 네 무자비한 얼굴의 위력을 보여줘!"

'나한테도 돈을 걸었나!'

순간적으로 진저리를 친 주서안이 느닷없이 들어 올렸던 두 주먹을 풀었다. 돈을 건 자들의 입에서 광란에 가까운 비명 소리가 들렸으나 담우소는 그 순간을 노려 공격하지 않았다.

"뭐 하는 짓이야!"

"승부 조작이냐!"

귓전을 때리는 절규성을 한쪽으로 제쳐 두고 주서안이 놀랍게도 사교성 어린 목소리를 냈다.

"이런 꼴을 하고 있는 게 우습지 않나?"

"당연히 우습지."

"마음이 통하는군. 내가 사과의 뜻으로 좋은 정보를 줄 테니, 이번 일은 넘어가 주는 게 어때?"

"좋은 정보?"

"자네들 목적지가 귀성장이지?!"

질문이라기보다는 확신에 가까운 목소리를 낸 주서안의 눈빛이 초롱초롱 빛을 냈다. 자신의 제안이 먹혀들 것은 물론, 그로 인해 전반적인 상황이 뒤집힐 것을 믿어 의심치 않고 있는 눈빛이었다.

제15장 척후(斥候)의 임무를 띠다

"어떻게 하… 지요?"

말을 꺼낸 신참 금조표사의 목소리는 주눅이 들어 있었다. 팔 하나가 잘려 나간다 해도 이처럼 주눅이 들지는 않을 터였다. 그게 금조표사가 된 인간들의 본성이었다. 그러나 이미 정오를 넘기기 전 두 차례에 걸쳐 얻어터진 터였다. 심각한 고민에 잠겨 있는 임창배에게 다시 말을 건넨다는 건 각오를 하지 않고선 힘든 문제였다. 잔뜩 긴장하고 있는 눈앞의 애송이를 흘깃 바라보며 임창배가 퉁명스레 말했다.

"어차피 지금부터 산길을 행군한다 해도 귀성장까지는 사흘이 족히 넘는 거리다. 몇 놈 달려가서 노루라도 한 마리 잡아와라. 오늘 밤은 이곳에서 야영하겠다."

"휴우, 오늘은 여기까진가."

한숨을 내쉬며 그 자리에 주저앉은 쟁자수들 사이로 여전히 추레한 외모를 자랑하는 주서안의 코웃음이 들렸다.

"홍, 끝까지 가보시겠다?"

그의 곁에 바짝 붙어 있던 담우소가 엄중한 표정으로 주의를 줬다.

"주형은 자신의 처지를 직시하는 게 좋을 것이오."

"내 처지 따윈 잘 알고 있다구."

"그럼, 입을 꾹 다물고 이쪽으로 오라면 이쪽으로 오고, 저쪽으로 가라면 저쪽으로 가야 하지 않겠소."

"그야 이를 말인가. 항복한 이상 그리 해야겠지. 하지만 난 생존 본능에 충실한 사람이라 돈하고 목숨에 관계된 일엔 당최 민감해 놔서."

이 말만은 담우소의 심금을 울렸다. 왠지 주서안이 친근하게 느껴지기까지 했다. 하지만 어차피 주서안의 목표는 담우소가 아니었다. 말을 하는 대상은 담우소였지만, 실제로는 임창배를 노리고 말을 내뱉고 있었다.

그의 심사를 아는지 야영 준비에 부산한 일행과 멀찍이 떨어져서 앉아 있던 임창배가 시큰둥하니 말했다.

"귀성장하고 점창파가 지금 분쟁 중이라는 네놈의 말은 아직 입증된 게 아무것도 없다. 비록 초특급 정보라곤 하지만 사기꾼의 말만을 믿고 표행을 포기할 순 없단 말야."

처음이었다. 낮에 청산유수와 같은 말로 담우소 등을 설복시켰던 주서안의 말에 임창배가 보인 첫 번째 반응인 것이다.

'됐다, 첫 번째가 어렵지, 두 번째도 어려울까?'

내심 쾌재를 부른 주서안이 담우소를 밀어내며 입을 열었다.

"무척 옳은 말이오. 과연 표두의 위치에 있는 사람은 뭔가 달라도 다르구만."

“……."

“하지만 임 표두가 한 가지 간과하고 있는 일이 있소이다. 그게 뭔지 아시오?”

“네 말이 진실일 경우 벌어질 일을 말하는 것이냐?”

이젠 쌀이 완전히 밥으로 익었다고 생각한 주서안이 자세를 고쳐 앉았다.

“그게 첫 번째요, 두 번째는 점창파와 귀성장의 세력 균형이오.”

“세력 균형?”

“그렇소이다. 앞서 말했다시피 요 근래 본인이 목격했던 귀성장 행표행만 해도 적어도 다섯은 넘소이다. 이런 분쟁이 일고 있을 경우의 표행이란 거의 병장기가 대부분일 테니, 귀성장이 얼마나 이번 분쟁에 심혈을 기울이고 있는지 짐작할 수 있는 문제지요.”

“……."

“한마디로 말해 귀성장은 점창파와 화해할 생각이 없다는 뜻이오. 그러니 두 세력 중 어느 곳이 승리할지에 대한 심각한 고찰이 있어야 하지 않겠소.”

짝짝짝!

박수를 친 사람은 담우소였다. 성난 멧돼지에 버금갈 정도로 화급한 성격을 지닌 임창배를 침묵시킨 것에 대한 찬탄이었다. 누구보다 그러한 사실을 잘 알고 있는 임창배가 불퉁한 눈빛을 해보였으나 주서안은 새하얀 이빨을 드러냈다.

“어쨌든 한 명의 쟁자수는 본인의 말에 귀기울여 주는군.”

주서안의 ‘당신은 어떻소?’ 란 눈빛에 임창배가 강하게 콧김을 뿜어냈다.

"흐흥, 그러니 모든 일이 네놈의 말대로라면 나는 어떻게 해야 한다는 말이냐?"

"표물을 뜯어봐아죠."

주서안의 대답은 단호했다. 그러리라 짐작하고 있었던 듯 임창배가 고개를 가로저었다.

"표물을 뜯는 행위는 용서받을 수 없는 짓이다. 표국업을 때려 치려고 작정하지 않고서야……."

"그렇다면 괜히 고래싸움에 뛰어들었다가 등짝이 아작나고 싶은 거요?"

주서안의 눈빛이 차가웠다. 지금이야말로 승부를 걸 때란 생각이 들었는지 집요한 기운마저 풍기고 있었다. 그가 진심이란 걸 깨달은 임창배의 고리눈이 흐려졌다.

"하지만 표물의 뚜껑에는 의뢰인의 표식이 붙어 있어서 한 번 열면 표시가……."

찌이익!

종이가 떨어지는 소리였다. 이미 야영 준비는 끝나 고요 속에 파묻혀 있던 참이었다. 선명할 정도로 귓전을 파고드는 소리에 황급히 고개를 돌린 임창배의 얼굴이 와락 일그러졌다.

그의 앞에서 두 사람의 설왕설래에 짜증이 난 표정이 완연한 담우소가 자신 몫의 표물에 붙어 있던 표식을 떼어내고는 표물의 뚜껑을 열고 있었다.

"다, 담우소, 이노옴!"

임창배는 득달같이 담우소에게 달려갔다. 이번에야말로 반드시 담우소를 반쯤 죽여놓을 생각이었다. 하지만 그는 이번에도 자신의 의지를 관철시키는 데 실패했다. 아니, 실패할 수밖에 없었다.

　　─그의 눈앞으로 쑤욱 내밀어진 철제의 동그란 구슬!

　달빛을 받아 새카맣게 반짝이고 있는 물건을 흡사 장난감 다루듯 하고 있는 담우소의 천진한 모습 앞에서 임창배는 작아지고 말았다.
　"조, 조심해라!"
　마침 어정거리는 걸음으로 뒤따라온 주서안이 놀란 목소리를 냈다.
　"벽력진천뢰(霹靂震天雷)!"
　"벽력진천뢰?"
　반문을 던지는 사이에도 담우소의 손바닥 위에선 검은 파괴 병기가 제멋대로 떠돌아다니고 있었다. 자칫하면 공중으로 집어던졌다가 받는 고난이도의 기술을 부릴 듯싶었다.
　'저놈은 역시 미친놈이었다!' 는 내심의 포효성을 숨긴 채 임창배가 얼굴을 활짝 폈다.
　"우소야, 내 사랑스런 아우야!"
　"……."
　"좋은 말로 할 때 그거 그만 내려놓거라. 그건 싸가지없는 네가 가지고 놀 만큼 단순한 물건이 아니란다."
　"그럼, 우선 벽력진천뢰란 게 무언지에 관해 설명해 주셨음 합니다만."
　"그건 말이다……."
　"크흠, 그 건에 관해선 본인이 말해도 되겠소이까?"
　더 이상 참지 못하고 거짓 웃음을 얼굴에서 지우려는 임창배를 대신

해서 주서안이 앞으로 나섰다. 어지간한 그로서도 목숨의 위협에 직면하자 여유를 부릴 수 없었음에 분명하다.

고개를 끄떡여 담우소가 허락하자 주서안이 눈빛을 빛내며 설명하기 시작했다.

"벽력진천뢰란 물건은 살상력이 지극히 높은 무기로 과거 백여 년 전 벽력존자(霹靂尊者)라 불리던 폭마(爆魔)가 사용하던 무기올시다. 한 알당 살상 반경이 족히 삼 장에 이른다고 하는데, 이 요망한 물건을 지닌 것만으로도 강호에서는 무림공적(武林公敵) 취급을 당하지요."

"살상 반경이 삼 장? 게다가 무림공적?"

"벽력존자에게 당한 사람들이 그만큼 많다는 뜻이지요. 그보다는 벽력진천뢰의 무시무시한 위력을 겁내는 문파들이 많다는 게 더 옳겠지만."

"흐흥, 한마디로 말해서 비싼 물건이란 뜻이군."

'그게, 그렇게 해석되… 냐?'

주서안은 다시 만날 수 없는 강적을 만났다는 불길한 예감을 느꼈다. 어이없는 표정을 짓고 있는 주서안을 대신해 살금살금 담우소에게 다가선 임창배가 그의 뒤통수를 강하게 갈겼다.

휘익!

"시도는 좋았수."

솜씨 좋게 고개를 돌려 임창배의 일격을 피한 담우소가 여전히 벽력진천뢰를 포기하지 않은 채 벌떡 신형을 일으켜 세웠다. 그가 당장에라도 표행을 포기하고 달아날 것 같다고 여긴 주서안이 언성을 높였다.

"근데 그건 팔 수가 없단 말씀이야!"

"정말?"

담우소의 눈살은 가볍게 찌푸려져 있었다. 그의 시선 속에서 불신의 기색을 느낀 주서안이 고저가 분명한 목소리로 말했다.

"벽력진천뢰는 폭발력만으로도 몇 명쯤은 날려 버릴 수 있는데다가 그 속에 무수히 많은 우모침(牛毛針)이 담겨 있다네."

"……."

"자네 같으며 사람이 모인 곳에 던지면 단 한 알만으로도 수십 명이 넘는 사상자를 낼 수 있는 무시무시한 물건을 딴 문파가 가지고 있는 걸 용인할 수 있겠나?"

"그래도……."

"물론 철천지원수가 있는데 도저히 정면으로 붙어선 상대가 안 될 것 같을 땐 찾게 되겠지."

'그거야 당연하지!'

"하지만 기본적으로 무림에서 주도권을 쥐고 있는 문파들은 남보다 실력에서 꿀릴 것이 없단 말야."

하늘을 올려다보는 주서안의 얼굴은 무언가 세상사를 통달한 것만 같은 분위기를 풍겼다. 필시 사연이 있는 과거가 있을 터였다.

물끄러미 주서안을 바라보던 담우소가 나직이 툴툴거렸다.

"흠, 그러니 이런 비상식적인 물건이 나돌아다니는 걸 그들이 좋아 할 턱이 없겠군."

"그런 것이지. 그 딴 건 화(禍)를 부를 뿐 일전 어치의 값어치도 될 수 없어. 혹시 누군가 목숨을 걸고서라도 죽여야만 할 자가 있다면 또 몰라도."

"그렇군."

담우소는 손 안의 벽력진천뢰를 말없이 임창배에게 넘겼다. 이렇게 쉽사리 회수할 줄 몰랐던 듯 임창배의 안색이 붉게 물들었다. 일단 표물을 회수하고 나자 주서안의 말처럼 난감한 상황이 됐음을 직감한 것이다. 우물쭈물 침묵을 지키고 있는 임창배의 귓전으로 주서안의 무심한 목소리가 흘러들었다.

"이젠 본인의 말이 옳다는 걸 믿겠지요. 사생결단의 각오가 서지 않았다면 벽력진천뢰같이 위험천만한 물건을 끌어들이지는 않았을 테니까요."

"……."

평소와 달리 임창배는 침묵했다. 쉽사리 대답을 낼 만큼 사안이 간단하지 않다는 판단 때문이다. 그의 내심을 빤히 읽고 있던 주서안이 다시 말했다.

"그러나 벽력진천뢰란 건 본인의 상상을 훨씬 초월하는 물건이요. 어쩌면 당신들 누군가에게 원한을 샀는지도 모르겠군."

"그야……."

임창배를 위시한 몇몇 고참 금조표사들이 뒤통수를 긁적였다. 원한을 맺은 인물들이 한둘이 아니니, 딱히 찍어낼 인물이나 단체를 떠올리기 힘들었던 것이다.

그중 그래도 가장 판단력이 탁월한 임창배의 뇌리로 금산표국, 아니, 그것을 뛰어넘어 금산상회의 그림자가 스쳐 갔다. 그만한 재력과 힘을 지닌 곳이라면 충분히 이만한 일도 수작을 부릴 수 있을 게 분명한 까닭이다. 그러나 일단 그것은 임창배 자신의 의심에 불과했다. 아무것도 증명된 건 없다는 생각에 내심 고개를 흔든 그가 얼른 화제를 돌렸다.

"그렇다면 한 가지만 묻자."

"얼마든지."

여유있게 대답하는 주서안을 얄밉다는 듯 째려본 임창배가 묵직한 목소리로 말했다.

"네가 이번 표행의 표두를 맡았다면 어떻게 하겠냐?"

"……."

의외의 질문이었을 것이다. 의아한 표정을 임창배에게 던지며 주서안이 말했다.

"진심으로 하는 말이요?"

"내가 허튼소리나 지껄이는 사람 같나!"

"그건 아니올시다만."

"그럼 말해 봐라."

고개를 끄떡이며 주서안이 대답했다.

"나 같으면 두 가지 방법 중 한 가지를 쓰겠소. 첫 번째는 표물 전체를 땅속에 묻고 강남으로 돌아가는 것이오. 비록 표행을 성공하지 못한 일은 큰 잘못이지만 표국이 하루 밤 새 멸문을 당하는 것보다는 싼 값일 것이오."

"두 번째는!"

임창배의 얼굴은 마음에 안 든다는 표정을 여실히 드러내고 있었다. 그럴 줄 알았다는 얼굴로 주서안이 얼른 말을 이었다.

"두 번째는 솔직히 별로 추천하고 싶지 않은 방법이오. 만약 엄청난 이득이 생기지 않는다면 쓰지 않을 거란 말이오. 그래도 좋소이까?"

끄떡!

임창배의 얼굴엔 표사로서의 고집이 여실했다. 도저히 말리지 못할 얼굴임을 깨달은 주서안이 고개를 흔들며 탄식했다.

"하아, 도대체가 대책이 서지 않는 사람이구만. 이런 꽉 막힌 사람을 만난 것도 내 팔자겠지. 그럼 이렇게 하도록 합시다.”

꿀꺽!

임창배의 목젖을 타고 침 한 덩이가 넘어갔다.

*　　　　*　　　　*

“도대체 왜 나야! 왜 나여야 하냐구!”

담우소는 하늘을 향해 악을 썼다. 황량한 주변과 어우러져 꽤나 처량한 느낌이 드는 부르짖음이었다. 그러나 이런 악다구니도 들어줄 사람이 마음의 준비를 하고 있어야 효과가 있는 법. 귓구멍을 후비며 뒤따라오던 주서안이 느긋한 표정으로 하품했다.

“아함, 그러게 찍힐 짓을 하지 말았어야지.”

“찍힐 짓!”

획 하고 고개를 돌린 담우소의 눈빛이 매서웠다. 당장에라도 달려들 것만 같은 그의 표정과 극히 잘 어울리는 눈빛이었다.

슬쩍 그의 눈빛을 피하며 주서안이 변명하듯 말했다.

“이번 일은 대단히 위험한 일이야. 게다가 임 표두는 부상당했고, 딱히 임무를 수행할 만한 자가 없어서…….”

“그래서 몰래 날 손가락으로 가리켰냐!”

“봤나?”

“못 봤을 것 같나!”

싱글.

주서안의 끔찍한 얼굴이 미소 지었다. 음모가 느껴지는 표정이라 하지 않을 수 없었다. 자신도 모르게 뒤로 주춤 물러선 담우소가 경계 섞인 목소리를 냈다.

"어째서 웃는 거지?"

"내가 웃었던가?"

오히려 반문한 주서안이 표정을 평소와 같이 한 채 말했다.

"자네가 병법깨나 읽은 듯해서 하는 말이지만, 척후(斥候)란 건 꽤나 중요한 일이야. 병가에서 말하는 대로 읊자면 그 한 사람의 어깨에 전군의 생명이 달려 있는 것이지."

"그런데 그게 뭐?"

"그래서 고래로부터 명장들은 가장 날래고, 기민하며, 생존 본능에 충실하고, 상황 판단에 탁월한 자를 뽑아서 척후를 내보냈다는 거지. 찍혔다는 건 농담이고, 자네가 척후로 뽑힌 건 그 같은 사항을 꼼꼼히 따져 본 후 결정된 일이란 말이야."

대놓고 하는 칭찬이었다. 세상에 칭찬에 약하지 않은 사람이 없다는 걸 증명하려는 듯 담우소의 기세가 한풀 꺾였다. 사부에게도 이와 같은 칭찬은 받아본 일이 없었던 것이다.

그것만으로 충분히 위기를 넘겼다고 생각했는지 주서안이 다시 입가에 미소를 매달았다.

"후후, 그래서 자네를 추천했던 건데, 어째 나까지 엮였으니 참 고약한 노릇이군."

"흥, 그거야 당연한 일이잖아."

"……."

"난 강남 토박이로 강북에는 초행이야. 사천의 지형지물이 어떻게 되는지 알 턱이 없으니 자네같이 낯짝 두껍고, 이곳의 지형을 잘 아는 자를 함께 엮어줄 밖에."

"쳇, 얘기가 그렇게 되나?"

나직이 툴툴거리는 사람치고는 주서안의 표정은 그리 기분 나빠 보이지 않았다.

그가 무언가 꿍심을 품고 있다는 걸 눈치 챈 담우소가 차갑게 말했다.

"사천에 오기 위해 따라나선 표행이지만, 어쨌든 이번 표행이 끝날 때까지 나는 금조표국의 소속이다. 확실하게 척후의 임무를 완수할 작정이니, 너는 딴 마음을 품지 않는 게 신상에 좋을 거야."

"협박인가?"

"지난번에 나는 전력을 기울이지 않았다는 거지."

"그건 나도 동감이네만."

"그럼, 아예 여기서 다시 한 판 붙어볼까?"

주서안이 생긴 모습과는 딴판일 정도로 백옥 같은 치열을 드러냈다. 얼마 전 전의를 일으킬 때의 모습과 그리 다르지 않은 모습이었다.

그러나 그 역시 담우소를 쉽사리 볼 수는 없었을 것이다. 일촉즉발일 정도로 팽팽하게 긴장시켰던 안색을 주서안은 갑자기 풀어버렸다.

"뭐, 어차피 싸우는 건 내 주특기가 아니야. 나중에 내 도움이 크게 필요할 때가 있을 테니, 오늘의 복수는 그때로 미루겠어."

"현명하군."

"암, 내가 좀 그런 면이 있지."

이때 주서안의 얼굴은 오만 그 자체였다. 진정으로 자신이 한 말을 믿는 게 분명했다.

'이런 녀석하고 함께 해야 하다니!'

내심 한숨을 내쉰 담우소가 혼자 터벅거리며 걸어가기 시작했다. 방금 전까지와는 달리 자발적으로 척후의 임무를 수행하기로 마음먹은 것이다.

그러나 주서안은 그 뒤를 쫓지 않았고, 거의 자신의 시야에서 담우소가 사라질 때에 이르러서야 그가 소리쳤다.

"그쪽으로 가면 절벽밖에 없다."

우뚝!

"크하하, 어쨌든 앞으론 날 형님 삼아 쫓아다니는 게 좋을 거다!"

"죽일 놈!"

이빨을 갈며 담우소가 신형을 돌렸다. 입가로 예의 미소를 비실거리며 주서안이 동쪽으로 걸어가고 있었다.

동행 사흘째.

담우소는 주서안을 형님이라 부르진 않았다. 하지만 항시 그를 부를 땐 공대를 해야 했으니, 일의 전말은 이러했다.

무벽이 있는 담우소에게 있어 전날 주서안과의 승부 중 가장 눈에 띄었던 건 그의 기가 막힌 신법이었다. 권법과 각법, 순간적인 판단력까지 모두 담우소가 앞섰으나 주서안이 펼친 운중행 때문에 승부를 가를 수 없었던 것이다. 그러니 담우소로선 그때 그저 맛만 봤던 운중행의 움직임이 눈에 밟히지 않을 수 없었다.

고민고민 끝에 그가 가르침을 청하자 흔쾌히 허락한 주서안의 요구는 간단했다. 앞으로 자신에게 꼬박꼬박 공대를 하라는 것이었다. 그리 믿을 만한 말은 아니지만 주서안 스스로 자부하길 내공의 기초만 튼튼하다면 명문정파의 신법이나 보법과 겨뤄도 손색없는 운중행이었다. 마음이 혹한 담우소는 그 자리에서 허락을 했고, 지금 그것을 엄청

나게 후회하고 있었다.

주서안에게 지난 사흘간 담우소가 배운 것이라곤 기껏해야 기초적인 보법 몇 가지에 불과했다. 그 정도쯤은 담우소 정도 기본이 된 사람에겐 장난이나 마찬가지였다. 진정한 운중행의 오의(奧義)는 하나도 배우지 못하고 그저 공대만 해주는 꼴이 된 것이다.

그래도 약속은 약속이었다. 분한 마음을 꾹 눌러 참고 길을 재촉하던 담우소의 귓전으로 오만 무례한 주서안의 목소리가 파고들었다.

"이놈, 우소야! 내가 몇 번이나 말했더냐! 보행의 기본은 면면부단(綿綿不斷)함과 변화무쌍함에 있으니, 기초를 닦는 동안은 발끝을 한시도 쉬어선 안 된다구!"

말은 하나도 틀린 것이 없으나 기이할 정도로 사람의 울분을 치숫게 하는 목소리였다. 순간 울컥한 분기가 치숫았으나 담우소는 목젖까지 치밀어 오른 욕설을 꿀꺽 삼켰다.

'참을 인(忍), 참을 인(忍), 참을 인(忍)…….'

다른 때보다 적어도 두 배는 많은 숫자였다. 그만큼 노화를 참기 어려웠던 것이다. 그리고 그래선지 담우소는 갑자기 지독한 요의를 느꼈다.

스윽, 슥.

갑자기 훌러덩 아래춤을 까는 담우소의 모습에 주서안이 얼른 고개를 돌리며 외쳤다.

"이놈, 갑자기 뭘 하는 거냐!"

쏴아아!

대꾸도 하지 않고 담우소가 시원스레 소변을 봤다. 갑자기 느낀 요의라서 그런지 오줌 줄기는 그리 거세지 않았으나 담우소의 표정은 어느새 평온을 되찾고 있었다.

참을 인 자 세 번이면 살인도 면한다는 고사는 별로 도움이 되지 않았으나 한차례의 배설이 담우소를 차분하게 만들었다. 가볍게 어깨를 떨어 보인 후 담우소가 아래춤을 치켜 올렸다.

스윽.

"이놈아, 보기 흉하다. 빨리 좀 해라!"

"흥, 이런 일이 빨리한다고 되겠소."

되려 퉁박을 준 담우소가 옷차림을 바로 하곤 주서안에게 말했다.

"방금 전 나는 심한 요의를 느꼈소이다. 설마 주형께서는 볼 일을 보실 때도 신법 수련에 매진하신 건 아니겠지요?"

여전히 먼 하늘가에 시선을 둔 주서안이 말을 받았다.

"그야 이를 말이냐! 처음 무공을 배울 땐 누구나 그만한 공력 정도는 기울여야 하지 않겠느냐?"

"처음엔?"

"암, 세상에 공짜란 없는 법이고, 노력없이 이뤄지는 건 아무것도 없으니까."

지극히 당연한 말이다. 언제나와 같이 반박할 말을 찾지 못한 담우소가 심통 맞은 표정으로 화제를 돌렸다.

"그런데 어째서 이리 조용한 거지?"

"조용하다?"

"그래. 당신 말대로 점창파와 귀성장 같은 대문파들이 한바탕 싸움이 붙었다면, 주변이 이리 조용하다는 건 이상하잖아!"

주서안이 얼른 담우소의 말을 정정해 줬다.

"점창파는 명문이긴 하지만 대문파라 부르기엔 인원이 그리 많지 않고, 귀성장은 말 그대로 중소방파에 불과하지. 결코 대문파라고 부를 순 없다.”

“점창파와 귀성장이 대문파가 아니라고?”

“암, 대문파란 보통 인원이 삼천을 넘고, 최소한 한 지역의 패주로 천하로부터 인정을 받는 곳을 말하거든. 그런데 사천의 패주는 누가 뭐래도 당문이니, 점창파와 귀성장은 아닐 수밖에.”

“하, 하지만…….”

“하지만이 아니야. 본래 정파의 주축인 구파일방과 오대세가(五大世家) 중에선 소림과 무당 양파에 천하제일방인 개방(丐幫), 그리고 호북성(湖北省)의 모용세가(慕容世家)와 사천의 당문 정도만이 대문파라 취급을 받는다구.”

“…….”

“나머지는 전통의 명문이라 불리긴 해도 천하제일을 노릴 만한 위세를 떨치지 못하는 게 현실이지. 뭐, 그들 대문파 중에서도 현실적으로 천하제일을 노릴 만한 위치에 있는 문파는 소림과 무당 정도이겠지만.”

담우소 역시 무림인이니 구파일방이나 오대세가의 명성은 어려서부터 누누이 들어온 터였다. 다른 여타의 무림인들과 같이 그들 문파에 마음속 깊이 흠모의 감정을 품고 있지 않다면 그건 우스운 일이었다. 그런데 그들 중에서도 기껏해야 소림과 무당 정도만을 대단한 축에 포함시키는 주서안의 배포를 들으니, 은근히 기가 질리지 않을 수 없었다.

담우소에겐 전혀 현실로 느껴지지 않는 세상의 이야기를 그는 아무렇지도 않게 지껄일 뿐더러, 날카롭게 서열까지 매기고 있는 것이다. 지금까지와는 다른 존경의 염이 담우소의 얼굴에 떠오르자 가뜩이나 높은 주서안의 콧대가 하늘을 찌를 듯 솟아올랐다.

"하지만 말야, 그런 소림과 무당마저도 우습게 생각하고 있는 절세의 문파가 당금의 무림엔 존재하거든."

"……."

"궁금한가?"

담우소가 단호하게 고개를 끄떡였다. 흐뭇한 미소를 감추지 않은 채 주서안이 자신의 가슴을 두드렸다.

"바로 이 내가 소속된 하오문이야!"

퍼억!

조금의 망설임도 없는 일격이었다. 아무런 준비 동작도 없이 쪼개낸 담우소의 일권에 명치를 얻어맞은 주서안이 그 자리에 주저앉았다. 암습이나 다름없는 짓을 해놓고, 담우소가 전혀 부끄럽지 않은 얼굴로 말했다.

"하오문이라고?"

"으윽……."

"하오문이라고?"

"그, 그래."

주서안의 시인을 듣자마자 담우소가 이번엔 다리를 들어 올리더니, 그의 머리를 걸어찼다. 웬만한 나무라면 일격에 허리가 부러질 정도의 위력이 담긴 일각이었다.

그러나 이번만큼은 대비를 하고 있었을 것이다.

담우소가 다리를 들어 올린 순간 주서안이 기쾌하게 뒤로 신형을 피해냈다. 그동안 담우소에게 수박 겉 핥기 식으로 가르쳤던 운중행이었다.

덕분에 마음속으로 '참을 인' 자를 쓰기도 전에 치밀어 올랐던 울화를 어느 정도 가라앉힌 담우소가 한참이나 뒤로 물러선 주서안에게 소리쳤다.

"세상 사람들이 하오문을 명문이라고 하나?"

"아니."

"그럼 하오문이 한 지역의 패주냐?"

"아니."

"뭐, 길거리에서 주먹질하는 녀석들의 수가 한둘이 아니니, 문도 수가 삼천 명은 넘겠군. 하지만 그 외에 뭘 내세울 게 있다고 하오문을 소림이나 무당의 반열에 올려놓은 것이냐?"

주서안의 안색이 가볍게 변했다. 담우소의 말에 기분이 상한 게 분명했다. 그러나 담우소의 시선은 냉랭하기만 했다. 그의 생각에 비록 풍뢰문이 삼류문파에 특별한 고수 한 명 내본 일이 없는 문파이지만, 하오문과는 차원이 달랐다. 하오문이 그저 동네 건달패나 천한 기녀, 도박꾼들의 집단인 데 반해 풍뢰문은 어려서부터 무공을 익히게 하고 무사의 도를 가르치는 정식 문파였기 때문이다.

그런데 하물며 항시 마음속 깊이 흠모하던 소림, 무당보다 하오문을 높이는 사람을 만나니, 담우소로선 분기가 치밀지 않을 수 없었던 것이다. 만약 담우소가 마음 한 켠으로 주서안을 인정하지 않았다면, 이런 얘기를 듣는 순간 뒤도 돌아보지 않고 결별을 했을 터였다.

그만큼 천하 무림인에게 있어 소림과 무당이란 이름이 차지하는 위치는 절대적이라 할 수 있었다. 그러니 당장이라도 한판 붙을 듯 무서운 얼굴을 한두 사람 사이에 침묵이 길어질 밖에.

도무지 끝날 것 같지 않은 치열한 눈싸움 끝에 먼저 입을 연 건 주서안이었다.

“하오문은 개방보다 많은 문도를 지닌 유일한 문파다. 방금 한 말을 취소해라!”

“그래서 거기에 개방만큼의 고수가 있나?”

“개방만큼의 고수는 없지만, 그들보다 훨씬 많은 정보를 다룬다.”

“그걸 가지고 어디다 쓰는데?”

“그야…….”

주서안이 말끝을 흐리려 하자 담우소가 얼른 목소리를 높였다.

“역시 할 말이 없으니 말끝을 흐리려 하는군.”

“아니, 말끝을 흐리려는 게 아니라…….”

“아아, 됐어! 어차피 하오문에서 하는 일 따윈 별로 궁금하지도 않으니까.”

순간 주서안의 안색이 붉게 달아올랐다. 항시 보이던 여유만만한 표정이 사라진 것이다. 그리고 담우소가 그런 변화를 감지했을 때, 이미 그의 신형은 바람처럼 다가서 있었다.

“내 말 똑똑히 들어라!”

“듣고 싶지 않은걸.”

“똑똑히 들어! 똑똑히 들으라구!”

버럭 목소리를 높인 주서안이 눈빛을 번쩍이며 말했다.

“우리 하오문이 하는 일은 정보를 다루는 일이다. 얼마나 많은 정보를 얼마나 빨리 다루느냐가 관건이지. 왜냐하면 이번 점창파와 귀성장 간의 분쟁 건과 같은 정보는 빨리 알수록 커다란 이득을 안겨주거든.”

“어!”

“잔말 말고 들어!”

담우소를 윽박지른 주서안이 빠르게 말을 내뱉었다.

"무림에 있어 정보는 곧 돈이고, 권력이고, 힘이다. 그러니 천하에서 가장 많은 정보를 가장 빠르고 정확하게 얻어낸 다음 각 대문파에 적당히 팔아먹고, 그것을 이용하는 문파의 힘이 얼마만큼이나 되리라고 보나?"

"……."

"천하의 어떤 대문파도 하오문을 무시하진 못해! 왜냐구? 그야 하오문을 적으로 삼으면 살아남을 수 있는 문파가 없기 때문이야! 그런데도 너, 알량한 권법 몇 가지를 배운 쟁자수 녀석이 하오문을 무시하는 것이냐!"

말을 끝낸 후 주서안은 격하게 숨을 헐떡였다. 흥분한 나머지 숨도 쉬지 않고 말을 내뱉느라 호흡이 가빠진 것이다.

그 모습을 냉연히 바라보던 담우소가 귀를 후비며 말했다.

"그러니까 결국 하오문이 하는 일이란 건 천하에 떠돌아다니는 소문을 재빨리 확인한 후 그 소문에 관계된 문파에 정보를 비싼 값을 받고 파는 거로군."

"……."

"하지만 말야. 정보란 게 그렇게 중요하다면 천하의 대문파들이 하오문만을 믿고 가만히 앉아 있을까?"

순간 새끼손가락을 이용한 귓구멍 청소에 여념이 없는 담우소를 바라보는 주서안의 얼굴이 기묘하게 변했다. 마치 낯선 사람을 본 듯 눈빛이 이상해진 것이다.

그러거나 말거나 귀 청소를 확실히 끝낸 담우소가 시큰둥하게 말했다.

"뭐, 어쨌든 하오문을 무시한 건 미안하게 됐수다. 하지만 여전히 난 그 정보란 게 그리 대단한 위력을 발휘한다곤 생각 들지 않거든. 후일 주형의 말이 옳았다는 생각이 들면 그때 가서 백배 사죄하도록 하겠소."

그 말을 끝으로 담우소가 휑하니 앞서 걸어가기 시작했다. 멍청히 그의 뒷모습을 바라보고 있던 주서안이 역시 시큰둥하니 소리쳤다.

"그쪽으로 가면 죽는다!"

"뭐?"

"그쪽은 지금쯤 점창파 도사들과 귀성장 무사들이 서로를 바라보며 앙앙불락하고 있는 곳이란 말이다."

"그럼, 목적지에 다 왔단 말이구려?"

"이제부턴 진짜 몸을 사려야 한다는 뜻이지."

자신이 언제 화를 냈냐는 듯 주서안이 걸음을 빨리했다. 담우소가 앞서 걸어갔던 길과는 사뭇 동떨어진 샛길이었는데, 주서안의 안색은 믿음직스러울 정도로 자신만만했다.

그러나… 동행 보름째.

척후의 임무를 지나칠 정도로 충실히 수행했던 담우소와 주서안은 귀성장 근처에서 사로잡히는 신세가 된다. 돌아가는 사정을 좀 더 자세히 파악하기 위해 귀성장 근처를 배회하던 중 평생 처음 보는 절진과 만난 것이다.

입가에 실실거리는 웃음이 떠나지 않던 사내에게 몇 가지 심문을 받은 후 두 사람은 뇌옥에 갇혔다.

주서안이 옆 감방의 담우소에게 나직이 투덜거렸다.

"제길! 지난 보름간의 동행은 참 바보 같은 짓이었군."

"어째서 그렇수?"

"오늘 만난 재수없는 녀석은 여기 귀성장의 군사라고 하던데, 그 녀석 정도라면 충분히 천하의 공적이 되더라도 일을 벌일 만한 녀석이란 뜻이다."

"……."

담우소로선 알 것도 같고, 모를 것도 같은 소리였다. 군사란 자에게 실질적으로 심문을 받은 건 그가 아니라 주서안이었기 때문이다.

그러자 담우소의 침묵을 무언의 긍정으로 받아들인 주서안이 손가락을 이빨로 물어뜯기 시작했다.

사실 주서안이 담우소를 설득해 귀성장의 내부 사정을 파악하자고 꼬드긴 데는 까닭이 있었다. 이번 기회에 신비에 가려진 귀성장과 점창파 간의 분쟁에 얽힌 비밀을 알아낼 심산이었다. 정보를 다루는 자답게 그는 두 세력 간의 분쟁에서 알 수 없는 구린내를 맡았던 것이다. 그런데 일을 시작해 보기도 전에 귀성장에 붙잡히고 말았으니, 주서안으로선 회한이 일지 않을 수 없었다.

기껏해야 표행의 쟁자수에 불과한 담우소야 별 일이 없겠지만, 하오문에 소속된 주서안으로선 상황이 난감해질 수도 있는 노릇이었다.

'흐음, 내가 소속된 사천성 하오문에 폐를 끼치지 않기 위해 저 담가 녀석을 팔아치워야 할지도 모르겠군.'

너무 이빨에 힘을 줬는지 손가락에서 흘러내리는 핏물을 혀로 핥으며 주서안은 눈살을 찌푸렸다.

대충 이용할 건 이용하고, 버릴 건 버렸던 다른 때와는 사정이 좀 달랐다. 지난 보름간 주서안은 담우소와 정이 들 대로 들어버린 것이다. 그런데 담우소를 배반해야만 하다니! 주서안에겐 하오문도로서의 현실이 지금 너무 쓰게 다가오고 있었다.

＊　　　＊　　　＊

　예로부터 사천지방은 무덥고 습한 날씨였다. 경계를 맞대고 있는 운남(雲南)만큼 끔찍한 수림이 우거지진 않았으되 주변은 온통 야생의 뜰이었다. 그러니 이런 척박하고 지독한 자연에 터를 닦고 기업을 끌어올린다는 건 보통의 노력 가지고선 될 일이 아니었다.

　사천에서 일어난 수없이 많은 문파들 중 현재까지 명맥을 잇고 있는 문파의 숫자는 다른 지방에 비해 턱없이 부족한 게 현실인 것이다.

　때문에 사천에서 명맥을 잇는다는 건 여타의 강호문파들과는 다른 끈질김과 강인함을 겸비했다는 걸 의미했으니, 그런 문파 중 하나가 바로 귀성장이었다.

　귀성장은 원명 교체기 시 명태조 주원장의 내침을 받은 대장군 서달의 후예들에 의해 세워졌다고 강호에 알려졌을 만큼 신비에 가려진 문파였다. 구파일방이나 오대세가처럼 어디에나 이름을 붙이길 좋아하는 호사가들에 의해 무림삼장(武林三莊)의 하나로 불리긴 하나 무엇 하나 확실하게 알려진 게 없었다.

　기껏해야 알려진 것이라곤 이곳의 기문진법(奇門陣法)이 천하에 적수가 드물 지경이라 웬만한 고수라 해도 귀성장의 영역에 함부로 발을 들여놓을 수 없다는 것 정도였다. 때문에 사천의 패주를 자처하는 당문 마저도 귀성장의 영역인 만리평(萬里平) 일대는 인정해 주는 형편이었다.

　사천 같은 척박한 대지에서 근 이백 년 가까이나 명맥을 유지한 문파에 대한 예의였고, 은근히 그들과 분쟁이 붙는 걸 꺼려한 때문이었다. 그런데 아직 동이 채 뜨지 않은 새벽, 사천의 토박이들조차 꺼려하는 만리평 일대로 다가드는 일단의 인영들이 있었다. 그들은 하나같이 청포로 만든 도복에 태극 문양이 아로새겨진 도관을 쓰고 있었다.

누가 뭐라 해도 당당한 도사들이었으나, 지금은 땅바닥을 기는 포복을 마다 않고 있었다. 지금 그들은 밤새 내렸던 부슬비와 새벽이 되자 고양되기 시작한 양기에 의해 만들어진 안개를 이용해서 멀리 흐릿하게 보이는 고색창연한 장원에 다가들고 있는 것이다. 그러니 이런 자신이 한심했을 것이다. 최선두에서 포복을 하고 있던 중년 도사가 나직이 한탄했다.

"무량수불(無量壽佛)! 허어, 어찌 점창파가 이런 지경까지 이르렀단 말인가!"

뒤에 바짝 붙어 있던 비슷한 연배의 도사가 얼른 주의를 줬다.

"목령(木靈) 사형, 말을 아끼십시오. 귀성장의 군사(軍師)는 눈이 열 개나 되고 귀는 스무 개가 넘는다고 하지 않습니까."

"그렇군. 빈도가 잘못했으이. 그러나 목상(木桑) 사제가 말은 더 많이 한 것 같구만."

"무, 무량수불!"

사제 목상의 도호성을 귓가로 흘리며 목령 도장이 다시 앞서 포복하기 시작했다.

지난밤 천기(天氣)를 읽어 잡은 절호의 기회였다. 안개가 개기 전에 목령 도장을 위시한 열다섯 명의 점창파 도인들은 귀성장의 영역 안으로 뛰어들어야 했다.

제16장 귀성장(鬼星莊)의 신임 군사

언제나 그러하듯 사건의 발단은 단순했다.

대략 삼십 년쯤 되었을까?

한 명의 청년 도사가 사천 땅을 주유하던 중 우연찮게 한 권의 무경(武經)을 발견했다.

그 무경에 적힌 내용은 전대의 어떤 이름 모를 기인(奇人)이 필생의 정력을 기울여 남긴 절학(絶學)일 가능성도 배제할 수 없었다.

보통 무림에서 말하는 '기연을 얻는다!' 에는 그런 종류의 것들이 비일비재한 때문이다. 하지만 무경을 발견한 청년 도사는 결코 기연을 얻을 수 없었다. 그가 무경을 얻었을 때 마침 그 광경을 목격한 사람들이 있어서였다.

그들은 다름 아닌 귀성장의 사람들이었다.

평소 자신들의 영역을 지키는 데 광적인 집착을 보이던 귀성장 사람들이 타문파인 청년 도사를 쫓아내기 위해 찾아온 것이다. 때문에 청년 도사와 귀성장 사람들 사이에서 어느새 서로 간에 언성을 높이는 시비가 발생한 건 그리 놀랄 만한 사실은 아니었다.

상황이 불리해지자 청년 도사는 자신의 출신 문파인 점창파의 위광(威光)을 팔았고, 귀성장 사람들은 그것에 자존심이 상한 까닭이다. 그러니 이런 일에 좋은 결말이 있을 리 없다.

시비 끝에 몇몇 수하들이 청년 도사에게 부상을 당하자 화가 난 귀성장의 소장주가 출수했다.

귀성장의 독문무공인 산타백팔퇴(散打百八腿)와 점창파의 비전무공 중 하나인 회풍무류사십팔검(回風無流四十八劍)이 사천에서 처음으로 맞붙게 된 사건이었다.

하지만 소문난 잔치에 먹을 것이 없다고 승부는 너무도 쉽사리 결정났다.

이미 산타백팔퇴를 십성 가까이 익히고 있던 귀성장의 소장주에게 점창파의 청년 도사는 단 십 초도 버티지 못했다.

그때까지만 해도 무공에 별로 관심이 없던 청년 도사로선 처음부터 살기를 띠고 공격해 들어온 소장주를 이길 도리가 없었던 게 당연했다. 그리고 그것은 점창파와 귀성장 간의 지독한 악연의 시발점이 됐다.

청년 도사는 삼십 년이 지나자 점창파의 장문인(掌門人)이 됐고, 그날의 소장주는 지금 귀성장의 대장주가 되어 있었다.

'그때 만약 내가 양보의 미덕을 품었다면 어땠을까? 내가 젊은 객기로 무경을 그의 눈앞에서 불태우지 않았다면 지금 이와 같은 일을 겪고 있지는 않았을 텐데……'

희끗한 머리, 주름진 이마에서는 깊은 연륜이 흘러내렸다. 만약 값

비싼 금포백룡의(錦袍白龍衣)를 입고 있지 않다 해도 이만한 기백을 지닌 사람이 평범할 리 없었다.

새벽의 기운을 받으며 귀성장의 주변에 설치해 둔 팔문금쇄(八門禁鎖)의 진법을 살피고 있는 사람은 당대의 귀성장주인 서원평(徐願平)이었다. 젊은 시절, 귀성장을 떠나 천하를 주유하며 얻은 선풍대협(旋風大俠)이란 외호는 이제 강호에서도 꽤나 나이 든 축들이나 기억할 게 분명했다. 그만큼 서원평이 강호를 주유한 건 이미 옛일이 되어버린 까닭이다. 그러나 강호무림은 선풍대협을 잊었다 해도 서원평은 젊은 날의 열정을 아직 잊지 않고 있었다.

오십 년간 하루도 빼먹지 않았던 새벽 수련과 부단한 내공 수련은 그의 기백을 날이 갈수록 깊게 했을 뿐 결코 줄게 하지 않았다. 아직도 두 주먹엔 힘이 가득하고, 다리의 힘은 젊은이도 쫓지 못할 정도였다.

그러한 사실을 과시하고 싶었던 것일까?

안개가 가득한 새벽의 진세 속을 성큼거리며 걷고 있던 서원평이 갑자기 뒤를 돌아보며 우렁우렁한 목소리를 냈다.

"군사, 너무 늦는 거 아니오?"

"헉헉, 언제나 드리는 말이지만 제가 늦는다기보다 장주님께서 너무 걸음이 빠르신 겁니다."

한 치 앞도 식별하기가 쉽지 않은 안개 속 저 너머에서 들려온 목소리는 의외도 젊었다. 서원평으로부터 군사라 불리기엔 그렇다는 말이다.

목소리와 그럴듯하게 어울리는 삼십 대 초반의 사내가 안개 속을 뚫고 모습을 나타낸 건 한참이 지나서였다.

걸음을 멈춘 채 그를 기다리고 있던 서원평이 잘 손질된 턱수염을 오른손으로 쓰다듬으며 말했다.

“그래, 이젠 이 늙은이와 함께 하는 새벽 산책이 즐거워지지 않았는가?”

“헉헉헉헉……”

사내는 자다가 막 일어났는지 머리는 엉클어져 있고, 옷차림은 엉성했다. 어느 모로 보든 자세가 반듯하고 엄정한 서원평과는 비교가 되지 않는 모습이다. 그러나 그런 차림인 주제에 숨마저 헐떡거리고 있는 평범한 외모의 사내를 바라보는 서원평의 눈빛 속엔 깊은 신뢰가 담겨 있었다. 눈앞 사내의 외양 따윈 전혀 염두에 두지 않고 있는 것이 분명했다.

사내가 숨을 헐떡이는 것을 멈추길 끈덕지게 기다리던 서원평이 다시 말했다.

“그러게 이 늙은이가 내공과 신법을 전수해 줄 테니 익히라고 하지 않았던가!”

“후우!”

간신히 숨을 안정시키고 한차례의 호흡을 내뱉은 사내가 반쯤 숙이고 있던 허리를 간신히 펴곤 소맷자락으로 이마에 맺힌 땀을 닦으며 천천히 입을 열었다.

“장주님의 말씀은 고맙습니다만, 전에도 말했다시피 전 이미 내공이나 신법을 익히고 있습니다. 다시 가르쳐 주신다면 오히려 제게 해를 끼치는 꼴이 되고 말 겁니다.”

“허허, 하지만……”

“예, 제가 익힌 내공이나 신법은 정말 보잘것없어서 장주님의 발걸음마저 쫓기가 힘들지요. 하지만 장주님의 축지법(縮地法)을 쫓으려면 장내의 어떤 고수라 해도 따르기가 쉽지 않을 겁니다.”

"축지법?"

"제 눈엔 항상 그렇게 보입니다만."

서원평의 얼굴로 어색한 미소가 떠올랐다. 과연 곰곰이 생각해 보니, 방금 전 자신이 신법을 너무 과하게 펼쳤다는 생각이 든 것이다.

그런 서원평의 내심을 모른 채 외면한 사내가 주변을 둘러보며 말했다.

"새벽에 이렇게 물기가 성하니 팔문금쇄 중 수문일로(水門一路)의 진세가 발동한 것은 지극히 온당한 방법인 것 같습니다."

"호오, 날 따라다닌 지 이제 고작 십여 일이 지났을 뿐인데, 자네가 벌써 팔문금쇄의 원리를 눈치 챈 것인가?"

"팔문금쇄는 말 그대로 팔괘(八卦)의 변화에 의해 천변만화한 변화를 일으키는 진세입니다. 저같이 우둔한 자가 그 엄청난 변화를 깨달으려면 평생을 연구해도 부족할 겁니다."

'하면?'

사내를 바라보는 서원평의 눈빛 속엔 장난기 섞인 호기심과 함께 은근히 부추기는 뜻이 담겨 있었다.

자신의 반밖엔 세상을 살지 못한 눈앞의 젊은이가 그동안 일으킨 기적 같은 일들을 그는 익히 알고 있는 것이다. 항시 그렇듯 생각에 몰두하면 주변을 잊어버리는 사내가 눈살을 찌푸리며 말했다.

"하지만 요 근래 장주님께 군사로 임명을 받은 후 몇 가지를 조사했는데, 그중 하나가 귀성장의 주변 땅 밑을 흐르는 수맥이었습니다. 팔괘의 광대한 변화를 이해하진 못하지만 자연적인 수맥을 이용해서 변화를 일으키는 방법 몇 가지를 알아내는 건 그리 어렵지 않았습니다."

"자네……."

"과거 팔문금쇄진의 변화 중 가장 위력이 강했던 것은 연환일로(連環—路)로 변화가 끝없이 이어져 침입자들을 가두고 차륜(車輪)의 수법으로 결국 섬멸시키는 데 유효했습니다. 하지만 오늘 이 순간부터는 수문일로가 가장 강력해질 것입니다."

"……."

"혹시 새벽의 안개를 틈타 본 장에 침입하려는 불순한 의도를 지닌 자들이 있다 해도 땅 밑의 수맥이 넘치니 쉽사리 자신들의 뜻을 이루긴 어려울 테니까요."

고개를 들어 흡사 살아 있는 생명체처럼 꿈틀대고 있는 안개 저 너머를 바라보는 사내의 얼굴은 무표정했다. 평소와 달리 도통 무슨 생각을 하는지 알 수가 없는 모습이었다.

"이보게……."

"……."

'허어, 또 자신만의 상념에 빠져든 것인가? 진정 알 수 없는 사람.'

내심 고개를 절레절레 흔든 서원평이 사내를 그냥 놔둔 채 홀로 안개 속으로 신형을 날렸다. 멍청한 표정이 된 사내의 상념을 깨뜨리기 싫어 혼자서 나머지 진세를 돌아보기로 마음먹은 것이다.

*　　　*　　　*

'으음.'

한동안 목령 도장은 포복하기를 멈추고 있었다.

아니, 솔직히 말하자면 포복을 더 이상 못하게 됐다는 게 옳았다. 포복 자세로 백여 장쯤 이동하자 갑자기 흙바닥이 물컹물컹해진 까닭이다. 물론 흙바닥이 물컹물컹해졌다 해서 평생 무공에 일로정진한 처지에 포복쯤 못한다는 건 말이 안 됐다. 선두를 맡고 있던 목령 도장의 동작을 멈추게 한 건 땅이 물컹물컹해서가 아니라 느닷없이 다리춤을 잡아당기는 수렁 때문이었다.

"사제들은 모두 동작을 멈추고 뒤로 물러서라!"

"무량수불!"

목령 도장의 명에 따라 뒤를 따르고 있던 도인들이 일제히 뒤로 신형을 물렸다. 점창파 비전 유운신법(流雲身法)이란 이름이 무색하지 않은 일사불란한 모습이었다. 그러나 순식간에 십여 장이나 뒤로 신형을 빼낸 사제들과는 달리 그저 신형만을 일으킨 도인도 있었다.

그는 목령 도장의 손아래 사제인 목상으로 신형을 꼿꼿이 세우곤 그대로 금계독립(金鷄獨立)의 자세를 취하고 있었는데, 그 모습이 꽤나 오만불손했다. 아무리 좋게 봐도 불만이 가득한 얼굴이었고, 천성적으로 남의 말을 안 들을 듯한 표정이 그의 얼굴에 떠돌고 있었다.

자신의 말을 안 듣길 천직처럼 여기는 목상의 성미를 알고 있는 목령 도장이 가볍게 눈살을 찌푸렸다.

"이곳에는 지나칠 정도로 물 기운이 강하네. 방금 전에도 땅의 기운이 이 사형의 다리를 잡아끌어 하마터면 신형을 유지하지 못할 뻔했어."

"……."

"목상 사제가 비록 경공에 능하다곤 하나 조금만 더 그런 자세를 취하고 있으면 수렁에 빠져 낭패를 볼 수도 있다네. 그러니 그만 뒤로 물러서는 게 옳을 것이네."

목령 도장의 인내심이 발휘된 설명이었다. 그러나 도대체 무슨 생각을 하고 있는 것일까? 여전히 금계독립의 자세를 풀지 않은 채 목상이 입을 열었다.

"무량수불, 사형의 말씀이 지극히 옳으나, 저 목상은 따르기가 어렵습니다."

'어째서?'

말 대신 의문의 눈빛을 던지는 목령 도장에게 목상이 그제야 금계독립의 자세를 풀며 말을 이었다.

"사형의 말처럼 보통 때라면 이렇게 뒤로 물러서 안개가 걷히길 기다리는 것이 옳을 것입니다. 인명은 재천이나 될 수 있으면 위험은 피해가는 것이 좋으니까요."

"그렇지. 안개가 걷히면 어떤 것이 진창이고, 어떤 것이 수렁인지를 명확히 알게 될 테니, 그때 가서 다시 방도를 구하는 것이 정도일 것일세."

얼른 의견을 피력하는 목령 도장의 안색이 조금쯤 밝아져 있었다. 목상이 금계독립을 푼 순간부터 이번만은 옹고집에 성질 나쁜 손아래 사제를 설득할 자신이 생긴 것이다.

하지만 한번 삐딱한 자가 느닷없이 정도로 돌아설 리 만무했다.

말없이 목령 도장을 바라보고 있던 목상이 기다렸다는 듯 말을 덧붙였다.

"하지만 사형, 이미 한 달여에 걸쳐 갖가지 방법을 동원했음에도 우리 사형제들은 아직 귀성장에 다가들지 못하고 있습니다. 그래서 천기까지 살펴 얻은 기회인데, 지금 조그만 위험을 만났다 하여 다시 되돌아가자는 말씀이십니까? 저 목상의 생각에 이대로라면 기일 안에 장문 진인의 명을 이행할 방도는 전혀 없다고 봅니다."

"그건 그렇지만 지금의 상황은……."

"예, 매우 힘든 상황입니다. 귀성장은 무림인답지 않게 정면에서 모습을 드러내지 않고, 그곳의 군사는 신출귀몰하게 저희들을 몰아붙였습니다. 병법에 밝지 못한 저희 사형제들로선 아직 사상자가 나오지 않은 것이 신기할 정도이지요. 만약 다른 길이 있다면 저 목상은 뒤도 돌아보지 않고 이곳을 떠나고 싶은 심정입니다."

"……"

"하지만 본 파를 떠나기 전 장문 진인께서는 이번 일이 매우 중요하다고 하셨습니다. 아니, 굳이 그런 말씀을 하지 않으셨다 해도 점창파의 일대제자 중 삼분지 일이 이번 일에 동원됐습니다. 조속히 어떤 성과를 달성하지 못한다면 사부님께서 곤란을 겪게 되실지도 모릅니다."

어찌 이리도 구구절절이 옳은 소리를 하는가! 평소와 달리 억지가 아닌, 정론을 펴는 목상의 말에 목령 도장은 처음 가졌던 마음이 흔들리는 것을 느꼈다. 세속을 벗어나 풍진을 조소하는 도사라 해도 홀로 독야청청(獨也靑靑)할 수는 없는 법이었다.

무리를 짓지 않으면 눈 덮인 설산의 대호라 해도 늑대들에게 뜯기는 게 세상의 이치인 까닭이다.

그래서 같은 도가의 공부를 수행하는 자들이 모여 성립한 곳이 도문(道門)일진대 그중 하나인 점창파에는 요즘 묘한 기류가 흐르고 있었다. 세속을 등진 도사들에겐 어울리지 않는 시기와 질투, 모략과 갈등이 바로 그것이었다.

현재 장문에 오른 자허 진인(紫虛眞人)과 목령 도장을 위시한 십오 인의 사부인 자하(紫霞) 도장은 점창파가 자랑하는 도가의 거목(巨木)이었다.

한 사람은 무려 이십 년이란 기간을 면벽(面壁)한 끝에 점창파의 모든 검법을 대성한 사람이고, 다른 한 사람은 도학을 깊이 체득한 고사였다.

무학으로는 자허 진인이 앞서고 도학으로는 자하 도장이 한 수 위라 할 만했다. 그래서 무림에서 일컫길 점창쌍도(點蒼雙道)라 했으니, 그 중 누가 장문의 중임을 맡아도 무리가 없었을 것이나 자하 도장에게는 열다섯이나 되는 제자들이 있었다.

하나같이 뛰어난 인재들인 제자들을 봐서라도 다음 대 장문인이 자하 도장이 되리란 걸 의심하는 사람은 없었다. 적어도 점창파 내에선. 하지만 결과는 이십 년간의 면벽수련으로 문파 제일의 고수가 된 자허 진인이 장문인에 오르는 것으로 끝났으니, 번잡한 목소리가 나오지 않을 수 없었다. 기껏해야 단 한 명의 장문제자를 제외하곤 제자를 받아들이지 않은 자허 진인이 점창파에서 떨치는 위세와 자하 도장의 위세는 근본적으로 달랐던 것이다. 문파의 대외적인 주력이라 할 수 있는 일대제자의 삼 분지 일을 제자로 두고 있는 자하 도장을 자허 진인이 껄끄럽게 대하게 된 건 어쩔 수 없는 일이었을까?

도학이 출중한 자하 도장은 스스로 자신을 낮추는 모습으로 문파 내의 화기를 해치지 않으려 했으나 주변의 다른 사형제들이 그를 가만 놔두지 않았다.

문파 내의 일보다는 무공 수련에 항시 집중하는 신임 장문인에 대한 불평 불만의 구심점으로 자하 도장을 항상 내세웠기 때문이다.

'그래서 사부님께서 얼마나 괴로워하셨던가! 날이 갈수록 차가워지는 장문인의 눈빛을 풀기 위해선 이번 일을 반드시 성공해야만 한다. 목상 사제의 말처럼 이대로 물러났다간 분명 사부님께 누를 끼치고 말 것이다.'

오랜 고민 끝에 내린 결정이었다. 그리고 결정을 내렸으면 뒤를 돌아보지 않는 것이 점창파 문인이 나아가야 할 길이었다.

여전한 눈빛으로 결단을 촉구하는 목상을 한차례 바라본 목령 도장이 신형을 돌려 충직한 사제들을 향해 외쳤다.

"앞으로 오십 장 정도만 나아가면 귀성장이다. 사제들은 지금부터 주변에서 나무토막을 찾아 수렁에 빠지는 것을 대비하라!"

"무량수불!"

대답은 바로 나왔다. 목상을 제외하면 목령 도장과는 기량이나 나이 차가 상당한 사제들로선 반론할 여지가 없는 까닭이다.

"사제들은 빨리빨리 서두르라! 곧 안개가 갠다."

"예, 알겠습니다."

"목상 사형도 놀지만 말고 거드십시오."

"뭐?"

"사형은 일대제자 중 수좌가 아니지 않습니까!"

"크흠, 그래, 그래 알았으이."

사형을 누르고 자신의 의견을 관철시켰기 때문일까?

평소 항시 찌푸리고 있던 얼굴과는 달리 사제들을 독려하는 목상의 얼굴이 밝았다. 항상 삐딱한 평소 같으면 어림도 없을 농담마저도 그는 참아 넘기고 있었다.

그러거나 말거나 몇몇 사제들이 구해온 나무토막을 단단히 발목부근에 비끄러매며 목령 도장은 깊은 한숨을 내뱉었다. 자신의 결정이 앞으로 어떤 상황을 야기시킬지 알 수 없어 터져 나온 한숨이었다.

군사란 어떤 사람을 말하는가?

보통 일반적으로 떠올릴 만한 사람은 삼국지연의(三國志演義)의 영웅군사인 제갈량(諸葛亮)이다. 그의 자는 공명(孔明)으로 별호는 와룡선생(臥龍先生)이었다.

당세에 지략(智略)으로 대항할 자가 없으니, 일세를 풍미했다고 할 수 있으나 천하의 병법가(兵法家)들에겐 그리 큰 평가를 받지 못했다. 후세에 남을 전술이란 항시 병법가들이 배워 익힐 수 있게 체계적이어야 했다. 그래야 쉽사리 재현할 수 있고, 병법가들에게 도움이 됐다.

그런데 제갈량이 펼쳤다는 전술은 너무도 엉뚱했다. 전혀 체계적이지 못할 뿐더러, 후학들에게 시사하는 바가 드물었다. 전술의 기본은 보이지 않고 온통 기략만이 난무했다.

그래서 제갈량에 대한 기록은 재상(宰相)으로서의 평가는 있으나 군(軍)을 움직이는 군사로서의 업적은 전혀 보이지 않는다는 것을 들어 병법가들은 그를 폄하하길 주저치 않았다.

한마디로 말해 삼국지연의에 실린 경천동지할 전술 전략이란 그저 이야기에 불과할 뿐 실제가 아니라는 게 병법가들의 공통적인 견해로 굳어진 것이다.

전란의 한가운데를 관통한 병법가들에겐 귀신의 힘을 빌어 바람의 방향을 돌린다거나 쓸데없이 천하를 셋으로 나눈다는 말 따윈 소설로 치부할 수밖에 없었기 때문이다.

그래서 병법가들이 역사 이래 가장 높이 평가하는 군사는 다름 아닌 손자병법(孫子兵法)의 창시자로 이름 높은 손무(孫武)였다.

그는 춘추 전국 시대의 인물로 엄정하고, 엄격한 전술을 구사한 걸로 정평이 난 사람이었다. 사서(史書)에 이르기를 군을 움직일 때는 질서가 있고, 퇴각 시에는 위풍이 당당했다.

병법을 펼침에 있어 모든 것이 명명백백하고 전혀 어색한 점이 없으니, 기략만으로 유명한 제갈량과는 달리 후학들이 본받으려하고 숭배하지 않을 수 없었다.

그러니 후대의 병법가들이 손자병법에 쓰인 어구 하나하나를 금과옥조(金科玉條)처럼 여기는 건 지극히 당연한 일이랄까?

새벽까지 손자병법을 뚫어지게 쳐다보느라 잠을 별로 못 잔 귀성장의 신임 군사 강문호(姜文浩)의 두 눈은 붉게 충혈되어 있었다.

본래 게으른 성격이라 앞에 나서는 걸 좋아하지 않는 그로선 꽤나 바람직하지 못한 상황이었다. 눈이 붉어졌다는 건 그만큼 격무에 시달렸다는 뜻이고, 게으름뱅이에게 그만큼 치명적인 일은 없는 까닭이다. 그러나 잠시 졸음을 이기지 못해 깜빡 정신을 잃은 사이 자신을 놔둔 채 귀성장주 서원평은 사라진 상태였다.

어렵지 않게 노익장을 과시하길 좋아하는 늙은이가 나머지 진세를 확인하러 떠났다는 걸 눈치 챈 강문호는 크게 기지개를 켰다.

'하암, 이제부터 장주님의 뒤를 쫓는다 해도 그저 숨만 헐떡거릴 뿐이렷다! 그렇다면 게으름뱅이는 역시 게으름뱅이의 도를 쫓아 지름길을 이용해 먼저 장내로 돌아가는 것이 옳은 판단일 것이다.'

군사인 주제에 이런 잔머리를 굴리는 게 가슴 아픈지 강문호는 뒤통수를 긁적였다. 그러나 그의 발걸음은 이미 지름길을 향하고 있었다. 모든 건 사서 노릇이나 하려고 들어왔던 자신에게 군사를 맡긴 귀성장주의 잘못이라는 변명을 늘어놓으면서였다.

그리고 바로 그때였다.

강문호의 아무 생각 없어 보이던 눈빛이 가볍게 변했다.

수문일로의 변화 때문에 앞으로 한 식경은 더 주변을 뿌옇게 만들어놓을 안개가 크게 흔들렸다. 침입자가 팔문금쇄진에 침입한 게 분명했다.

오늘 하루도 바빠지겠다는 생각과 더불어 강문호의 발걸음이 빨라졌다. 스스로 게으름뱅이를 자처하는 그로서도 점창파란 대명을 무시할 순 없는 것이다.

"강 군사님!"

"강 군사님!"

대문을 넘자마자 자신에게 달려드는 일단의 무사들을 발견한 강문호가 어깨를 으쓱해 보였다.

'무사들은 항상 벼락 출세한 날 못마땅해했는데 이리 사근거리는 목소리를 내는 걸 보니 아직 장주님께선 돌아오지 않은 모양이군. 그렇다면 무게 좀 잡아야겠다.'

몇 차례 마른기침을 터뜨려 무사들의 다급한 마음속에 울화를 심어 넣은 강문호가 말했다.

"험험, 진정들 하게. 뭐, 이런 일이 한두 번도 아니잖은가! 그래 이번엔 어디로, 몇 명이나 몰려온 거지?"

"그게 그러니까……."

"그, 그것이……."

말을 못하고 우물쭈물하는 무사들의 시선이 선임 쪽을 향했다. 역시 이런 일엔 윗사람에게 책임을 전가하는 것만큼 속 편한 것이 없었다. 이런 일에라도 쓰지 않으면 윗사람이란 족속은 아무짝에도 쓸데가 없는 것이다.

따라서 잠시 잠깐 사이에 논리정연한 보고의 임무를 떠맡게 된 황의무복의 무사가 안색을 가볍게 찌푸리며 고했다.

"팔문의 축 중 남동쪽에서 화전(火箭)이 날았습니다. 불빛의 궤적으로 보아 거리는 대충 오십 장 정도이고 인원은 십 명에서 이십 명 사이로 사료됩니다."

'호오, 예상을 뛰어넘을 정도로 꽤나 똑똑한 보고가 아닌가! 사천에서 귀성장이 이백 년간 세력을 유지한 건 이런 자들 때문이겠지.'

강문호는 순수하게 감탄했다. 지금과 같은 위기 상황에서 이러한 보고는 가히 천금의 가치가 있었다.

만약 아랫도리에 묵직한 물건을 달고 태어나지 않았다면 눈앞의 무사에게 입이라도 맞춰주고 싶은 심정이었다.

"애석하군, 애석해."

"……."

상대방이야 알아듣거나 말거나 혀를 끌끌 차곤 고개를 흔들어 보인 강문호가 이미 남동쪽으로 걸어가고 있었다.

군사가 있는 곳에 무사들이 있는 법이었다. 잠시 떠올랐던 의문의 빛을 지운 채 황의무복의 무사가 얼른 뒤를 따랐다.

'이런 점도 마음에 들어. 아주.'

고개를 끄떡인 강문호가 지나가는 투로 말했다.

"황의무복을 걸쳤으니 장의 이급무사일 테고, 모였던 자들 중 같은 황의무복 또한 보였으니 동료들로부터 꽤나 인정받고 있겠군. 자네의 명호가 어찌 되는가?"

"쓰는 건 좌수검(左手劍)이고 이름은 좌경(左耿)이라 합니다."

귀성장은 넓었다. 걸음을 약간 빨리하며 강문호가 고개를 끄떡였다.

"좋은 이름이야. 상황 대처나 관찰에 철저한 걸 보니 지금까지의 보직은 필시 수색조(搜索組) 쪽이겠군."

"군사님의 말씀대로입니다."

“그럼, 어떤 상황 조치를 취했지? 설마 선 조치 후 보고의 원칙을 수행하지 않은 건 아니겠지?”

좌경을 바라보는 강문호의 눈빛에는 어느덧 한 가닥 위엄이 담겨 있었다. 도대체 저 게을러 보이는 얼굴에서 풍겨 나오는 기도라곤 도저히 생각할 수 없는 모습이었다.

그러나 이것저것 따지며 생각하기엔 상황이 너무 다급했다. 자신의 의아한 내심을 얼른 마음속으로 숨긴 좌경의 보고는 신속했다.

“저를 비롯한 수색조는 지난 한 달여간 군사님께서 하달하신 상황 조치를 그대로 따랐습니다.”

“그럼 장주님께서는 곧 장내로 돌아오시겠군.”

“예. 그 외에 각 당(堂)의 당주들과 소장주님께도 사람을 보냈으니, 곧 천성각(天星閣)에 모여 상황 대기에 들어갈 것입니다. 이젠 군사님과 장주님만 천성각으로 가시면…….”

“나는 그전에 먼저 남동쪽의 방비를 확인해야만 해.”

“예, 알겠습니다.”

전혀 군더더기가 느껴지지 않는 답변과 함께 좌경은 입을 한 일 자로 다물었다. 꼭 자신보다 한 걸음쯤 떨어져 따라오는 좌경이 더욱 마음에 든 강문호의 입가로 흐뭇한 미소가 떠올랐다. 이만한 정보와 상황 조치가 끝났으니, 설혹 천군만마가 몰려온다 해도 두렵지 않았다.

‘하지만 진짜 천군만마가 쳐들어온다면 포위 섬멸을 기본으로 하는 팔문금쇄의 진세도 별로 소용이 없을 테니 무척 곤란할 거야. 아무래도 진법에 있어 기마병이란 존재는 골치 아프거든.’

머리 속에 떠오른 상념을 재빨리 지운 강문호가 걸음을 빨리했다. 그의 머리 위로 수없이 많은 화전들이 꼬리를 물며 하늘을 물들였다.

그러는 사이 침입자들, 그러니까 점창파의 막강한 고수들이 벌써 수문일로를 뚫고 십여 장까지 다가서고 있었다. 드디어 병법 중 방어의 진수인 수성전(守城戰), 아니, 수장전(守莊戰)의 묘를 발휘할 때가 된 것이다.

휘익.

그저 빠른 걸음 정도론 안 되겠다 싶었는지 신형을 날려 망루에 올라선 강문호가 크게 소리쳤다.

"우왕좌왕할 것 없다. 천성각에선 이미 방어에 대한 논의가 구체적으로 이루어지고 있고, 적은 그리 많은 숫자가 아니다. 일단 자리를 지킨 채 주어진 임무에 충실하라!"

적황흑(赤黃黑), 총 삼급으로 나눠진 귀성장의 무사들 중 이곳 망루 주변을 지키고 있는 건 황색무사 두 명과 흑색무사 삼십여 명이었다.

외곽의 팔문금쇄진 곳곳에 만들어놓은 전초 기지 쪽에 인원을 많이 투입한 관계로 여덟 곳이나 되는 망루 주변에 많은 무사를 투입할 수 없었기 때문이다.

그러나 계속해서 하늘을 물들이고 있는 화전이 전하는 소식은 이미 몇 개의 전초 기지가 깨졌다는 것이었다. 아마도 지금까지와는 달리 전력을 한 군데에 집중시킨 게 분명했다.

'그래서 고수라고 불리는 인간들은 성가셔. 기본적인 전술 운용을 뛰어넘는 괴물들이 많거든. 어쨌든 살아남으려면 게으름 따윈 용납이 안 되겠어. 이거 초과 근무 수당을 신청해야 하는 거 아냐?'

단숨에 혼란에 빠져 있던 망루 주변의 경계를 정상화시킨 강문호는 내심 투덜거렸다. 물론 속마음만 그러했다.

대장주가 천성각으로 향하지 않는 한 고수 급인 각 당의 당주들은 이곳에 달려올 일이 없었다. 매우 불합리한 일이나 자신이 세운 계획이 그러하니 불평을 터뜨릴 수도 없었다.

수뇌 급인 자신이 불만스런 표정을 짓는다면 수하들이 불안할 게 분명하니 입가에 미소는 필수였다. 비록 속마음은 매우 떨리고 불안하다 하더라도 말이다.

그리고 강문호의 불평 불만은 곧 현실이 됐다.

얼마 전 그렇게 자신하던 수문일로의 변화와 세 군데나 되는 전초 기지를 뚫고 일단의 도인들이 도포 자락을 휘날리며 모습을 드러냈다.

"허, 저런 방도가 있었군."

강문호는 자신의 뒤통수를 때렸다. 진세의 중추마다 전초 기지를 세워놓은 건 포위 섬멸을 하기 위함뿐이 아니라 그 부분이 특별히 취약하기 때문이다. 그래서 생문(生門)이라 불리는 그곳의 경계를 단단히 해서 고수 급들의 진출을 막으려고 했는데, 상대방인 점창파 도인들은 기가 막히게 강문호의 수법을 깼다.

흡사 하늘을 나는 새라도 된 듯 서로가 서로를 공중으로 집어 던져 날듯이 전초 기지를 깨고 바람처럼 안개의 진세를 뚫고 있었다. 흩어지기 시작한 안개 덕분에 보게 된 그들의 다리 부분에는 각기 큼지막한 나무토막이 매달려 있었다. 수령의 회오리가 전혀 먹히지 않은 게 납득이 가는 모습이다.

그러나 이렇게 넋 놓고 있을 수만은 없었다.

익숙한 손짓으로 궁수들을 불러 모은 강문호가 소리쳤다.

"일단 쏘고 보라고!"

쇄액! 쇄액!

활이 날았다. 특별히 백련정강으로 만들어진 활촉이 달린 물건이었다. 그러나 활 따위 전초 기지를 지키고 있던 무사들도 필수 품목으로 가지고 있는 것이었다.

요란한 검 빛과 함께 비산하던 활들이 흩어졌다. 역시 쾌속 다변한 검법으로 유명한 점창파의 고수들다운 검놀림이었다.

발걸음을 되돌려 달아나고 싶은 마음을 꾹 누르며 강문호가 소리쳤다.

"당황할 것 없다! 일점궁술(一點弓術)을 시행한다!"

대답은 없었다. 전투 시 대답이란 무용하다는 강문호의 지론대로 무사들은 다시 활을 날렸다.

방금 전과 달라진 점이라면 앞장서서 신형을 날려오는 중년 도인에게 서른 개의 화살이 집중된 점이었다.

차차창!

절정에 버금갈 정도로 익힌 회풍무류사십팔검이었다. 물샐틈없이 휘둘러진 검막(劍幕)을 뚫고 들어온 강철 화살에 어깨가 꿰뚫린 목령 도장의 신형이 한쪽으로 튕겨 나갔다.

"사형!"

"사형!"

순간적으로 내공을 끌어올리긴 했지만 심장이 덜컥거릴 정도의 타격을 입었다. 꿰뚫린 어깨는 고사하고 입 안으로 튀어나오던 핏물을 억지로 꿀꺽 삼킨 목령 도장이 소리쳤다.

"주, 주의하라!"

크윽! 큭!

경호성은 늦은 감이 있었다. 앞장서서 적의 전초 기지를 때려부쉈던 목령 도장이 쓰러지자 잠시 주춤했던 도인들 중 몇이 화살에 당했다. 일점집중의 수법으로 진세를 깨자 적의 저주받을 군사가 역시 똑같은 수법으로 대응해 온 것이다.

자신의 곁을 지키고 서서 수없이 많은 검화(劍花)를 만들어내고 있는 목상을 향해 목령 도장이 소리쳤다.

"망루 위에서 연신 손가락질을 하고 있는 자가 귀성장의 군사일 것이다. 날 놔두고 적의 군사를 쳐라!"

"싫습니다."

"……."

"날 놔둔 채 사형 혼자 우화등선(羽化登仙)하게 만들진 않겠소이다."

'이 녀석!'

목령 도장의 입가로 핏물이 배어 나왔다. 방금 전 치밀어 올랐던 기혈 때문이 아니라 혀를 깨문 탓이다. 순간적으로 안색이 불그스름해진 목령 도장이 벌떡 신형을 일으켜 세웠다.

목상의 얼굴이 파랗게 질렸다.

"진원(眞元)을 사용하신 것이오!"

"반 시진가량 버틸 힘이 있다. 너는 사제들을 이끌고 빨리 장문 진인의 명을 받들라!"

추상 같은 목소리였다. 자칫 검끝이 흔들려 활에 맞을 뻔했던 목상의 얼굴이 딱딱하게 굳었다. 나이가 들어서도 항상 치기에 넘치던 얼굴이 정색이 된 것이다.

끄떡!

목상은 마음속에 떠오른 말을 굳이 입 밖에 내지 않았다. 그 말을 입 밖에 낸다면 마치 생리 사별이 돼버릴까 두려웠다.

파파팟!

검끝을 크게 돌리는 수법으로 세 대의 활을 날려 버린 목상이 바람같이 신형을 날렸다. 그 자신이 마치 한 대의 화살이 된 듯 망루를 향해 궁신탄영을 펼친 것이다.

그러자 다급해진 건 강문호였다.

'파앙!' 소리와 함께 날아드는 검도 고수만큼 화살로 요격하기 힘든 부류는 없고, 그자가 일심으로 자신의 목숨을 노리고 있기 때문이다.

귓청을 울리는 '위험하다! 위험해!' 하는 소리에 부응하여 강문호가 처음으로 다급한 목소리를 냈다.

"삼십육계(三十六計) 주위상책(走爲上策)! 일단 도망이다!"

말과 함께 강문호는 자신이 먼저 솔선수범했다. 망루에서 뛰어내리자마자 뒤도 돌아보지 않고 내빼고 있었다.

그러나 단숨에 망루에 올라선 목상은 조금도 방심하지 않았으니, 과연 그의 기대에 부응하기라도 하려는 듯 망루가 산산이 무너졌다.

"이 상황에도 시간을 벌 셈이냐!"

하늘을 향해 울부짖은 목상이 재빨리 날아올랐다. 허둥지둥 달아나고 있는 강문호를 잡기 위해서였다.

그러나 역시 목상은 목령 도장이 되지 못했다. 선두의 그가 별다른 신호를 보내지 않은 바람에 두 명의 사제가 무너지는 구조물에 깔렸다.

"크아악!"

"크윽!"

처절한 신음성에 흠칫 뒤를 돌아봤던 목상이 이빨을 부드득 갈아붙이며 다시 신형을 날렸다. 자신의 손으로 강문호의 머리를 몸에서 분리하지 않고선 분함을 풀 길이 없었다.

파앗!

그는 단숨에 강문호를 뒤따라 잡을 수 있었다. 머리만 믿고 사는 군사 나부랭이가 신법을 익혀봤자 별것이 아닐 거라던 그의 생각대로였다.

'이놈!'

카캉!

아무런 망설임 없이 검을 휘둘러가던 목상의 검끝은 목표했던 강문호의 머리를 벨 수 없었다.

어느새 검을 빼 든 좌경이 굳건한 자세로 강문호의 앞을 가로막고 있었다.

"좌경, 자네는 처음 생각대로 정말 훌륭한 무사다! 하지만 지금은 매우 위험한 선택을……."

파악!

강문호의 칭찬에 이은 충고는 끝을 맺지 못했다. 어느새 변초를 일으킨 목상의 검이 좌경의 왼 팔뚝을 날려 버리고 있었다.

가차없는 일검에 강문호의 입술이 가볍게 벌어졌다. 평생 무공을 익히기보다는 글 읽기를 좋아했던 그에겐 목상의 일초가 그저 환상처럼만 느껴졌다. 하지만 일검이 만들어놓은 결과는 어디까지나 현실이었다. 절단된 어깨를 감싸 안고 뒤로 주춤 물러선 좌경을 바라보며 목상이 차갑게 말했다.

"진세 속에 몸을 숨기고 있는 두더지치고는 제법 용기가 가상하구나!"

파앗!

"으윽!"

눈앞에서 좌경의 가슴이 커다란 입을 벌리는 걸 보며 강문호는 어깨를 부르르 떨었다.

어젯밤 정성껏 읽었던 손자병법에는 이와 같은 일에 대한 대비책이 전혀 없었다. 애초부터 투덜거렸듯 병법에 있어 무림고수와 같은 특별한 능력을 보유한 자들만큼 예외 규정이 많은 자들은 없는 까닭이다.

'그러나 병법가들에게 천시받는 제갈량이라면 어땠을까? 그와 같이 재기백출한 천재 군사라면 이 같은 상황조차 웃으면서 넘길 수 있지 않았을까?

평소 가장 좋아했던 삼국지의 한 대목을 떠올리며 강문호는 억지로 입가에 미소를 배어 물었다. 한순간 떠올린 죽은 공명이 산 중달을 속여넘겼다는 고사 때문이었다.

하지만 강문호가 제갈량이 아니듯 목상 역시 사마중달이 아니었다.

단호히 그가 죽음에 직면해 미쳤다고 판단한 목상이 뻣뻣이 선 채로 기절해 버린 좌경을 밀어내고 검을 들어 올렸다.

"마지막으로 남길 말이 있느냐!"

"그야……."

뒤통수를 벅벅 긁어대던 강문호가 느닷없이 과장될 만큼 반가운 기색을 한 채 소리쳤다.

"어이, 이봐! 나 좀 살려줘!"

자신을 앞에 둔 채 미친 듯 손을 흔들어대는 강문호 때문이 아니었다. 뒤로 기이한 인기척을 느낀 목상이 슬쩍 신형을 돌려세웠다. 강문호쯤 되는 자는 한순간만에 제압할 수 있다는 자신감의 발로였다.

"뭐? 살려달라구? 내가? 널?"

끄떡끄떡.

"너, 돌았냐?"

마치 주인을 만난 삽살개처럼 고개를 끄떡이는 강문호에게 목상이 하고 싶었던 말을 대신 내뱉어준 사내는 장발에 누더기 차림이었다.

그래도 근골이 좋고, 눈매가 날카로우니 방심할 수 없다는 생각이 들었을 것이다. 차갑게 사내를 바라보던 목상이 냉랭하게 말했다.

"무량수불! 빈도는 점창파에서 수행하는 목상이라 하외다. 귀하는 이곳 귀성장의 사람이 아닌 듯한데 어디에서 무엇 하는 사람이고, 이곳에는 어떻게 있게된 것이오?"

"점창파? 당신이 점창파의 도사라고?"

"그렇소이다."

아마도 점창파의 위명에 놀란 게 분명했다. 잠시 머뭇거리던 사내가 강문호처럼 버릇없는 표정으로 뒤통수를 긁적이며 말했다.

"나는 그냥 평범하게 표물을 메고 이곳저곳 떠돌아다니는 쟁자수로 존성대명은 담우소라 한다오. 이곳에는 저쪽 잘난 체하길 좋아하는 군사 나으리에게 붙잡혀 억류되어 있었던 것이고요."

자신의 말투를 따라 하는 담우소를 바라보는 목상의 눈빛이 순간 매서워졌다. 사형 목령 도장을 제외하곤 점창파 내에서도 저런 싸가지없는 말을 내뱉는 자를 보지 못한 까닭이다.

내심 '이건 초과 근무야! 초과 근무라고!' 라 소리치며 머리를 쥐어뜯고 있던 강문호의 입가로 의미 모를 표정이 떠올랐다.

꽤나 친분이 있는 귀성장주 서원평이 이곳에 있었다면 무언가 음모를 꾸미는 얼굴이란 걸 눈치 챘을 그런 표정이 그의 얼굴을 잠식하고 있었다.

제17장 진짜 고수(高手)를 만나다

짧은 순간이었다. 살기등등하던 목상이 고개를 돌린 사이를 빌어 강문호는 재빨리 좌경에게 다가갔다.

땅바닥에 쓰러져 있던 좌경을 부축한 그의 손가락이 재빠르게 심장 주변의 몇 개의 혈을 두드렸다.

파파팍!

"으윽!"

"일단 심맥 근처의 사개혈을 보호했소. 당분간 숨을 쉬기는 약간 곤란하겠지만, 목숨이 소중하니 잠시만 참으시오."

침착한 목소리는 듣는 이의 마음을 안정시켰다. 숨을 헐떡이고 있던 좌경이 힘겹게 눈을 떴다.

"구, 군사님. 피하……."

"당신 덕분에 잠시 목숨을 구한 것만으로도 일생의 복이외다. 어깨쪽의 출혈이 심하니 암 말도 하지 마시오.”

찌익!

말을 하는 와중에 옷자락을 찢은 강문호가 무식할 정도로 단단히 좌경의 잘린 팔뚝을 감쌌다. 자칫 출혈이 심하면 팔이 잘린 정도로도 사람은 목숨을 잃을 수 있기 때문이다.

잠시 담우소에게 정신을 팔고 있던 목상의 눈빛이 가늘게 흔들렸다.

‘으음, 저자는 군사이고, 팔이 잘린 자는 그저 일개 무사에 불과하다. 필시 한 걸음이라도 더 도망갔어야 옳거늘 어찌 저런 멍청한 짓을 한단 말인가!’

내심 터뜨린 신음과는 달리 강문호를 바라보는 목상의 눈빛은 약간 부드러워져 있었다. 흥분했던 마음이 가라앉자 도인으로서의 자각이 일어난 게 분명했다.

하지만 지금 급한 쪽은 도망갈 마음이 없어 보이는 강문호 쪽이 아니었다. 자신의 신분을 알고도 뻗대고 있는 눈앞의 건방진 청년 쪽이었다.

냉랭한 눈빛 그대로 목상이 담우소에게 말했다.

“귀성장의 사람이 아니라고?”

“그렇지 않다면 이런 누더기 차림에 퀴퀴한 썩은 냄새를 풍기고 있겠소이까?”

“으음, 과연 자네 몸에서 나는 냄새는 지독하기 짝이 없군.”

“똥구덩이나 다름없는 곳에서 주야로 보내다보면 다 그렇게 되는 게 아니겠소.”

“그렇군, 그래.”

“그러니, 이제 그만 가봐도 되겠소? 난 지금부터 날 뇌둔 채 도망간

몹쓸 녀석을 찾으러 가봐야 하기 때문에……."

말과 함께 담우소의 시선이 목상 너머의 강문호를 향했다. 진세에
빠져 반쯤 죽어가던 자신을 구해준 은인이자 지하 뇌옥 속에 가두라
지시한 원수를 만나자 애증이 교차했다. 하지만 어차피 강문호는 이미
엄정한 하늘의 죄를 받아 원수를 만난 상태였다.

나머지 일은 눈앞의 도사가 알아서 처리하겠거니 마음을 되돌린 담
우소가 신형을 돌리려는데 느닷없이 강문호가 입을 열었다.

"흑상귀란 자는 사천에서도 신출귀몰하기로 유명한 자이고, 주서안
이란 자도 출신이 하오문이니 찾기가 그리 쉬운 건 아닐 텐데……."

"……."

"하지만 나는 사천에서 태어난 토박이고 귀성장에는 사천의 여러 인
물들과 인연을 맺고 있는 사람들이 많아서……."

'느닷없이 무슨 말인가?

목상의 눈빛이 가볍게 변했다. 담우소의 눈빛이 변한 정도는 더욱
심했다. 머리가 있는 자라면 강문호가 걸어온 홍정이 무엇을 의미하는
지 모를 리 없었다.

'으음, 으음, 으음…….'

짧은 순간 고뇌에 찬 신음을 내뱉기를 대여섯 차례. 자신을 곁눈질
하며 입가에 흐릿한 웃음을 머금은 강문호에게 한차례 시선을 던진 담
우소의 신형은 이미 움직임을 보이고 있었다.

휘익!

파파팟!

불문곡직이란 말이 어울릴 정도의 급습이었다. 하지만 강문호를 덮
쳐 가던 담우소는 자신의 뜻을 이룰 수 없었다. 벌써부터 기다렸다는

듯 목상의 전신으로 찬연한 검화가 줄기줄기 일어나 있었다. 자신은 물론이거니와 강문호로 향하는 방향을 온통 가리고 있는 검의 꽃무리였다.

"무량수불, 젊은이는 목숨이 소중한 것을 알게나!"

"……."

달려들었을 때보다 오히려 더 빨리 뒤로 신형을 물려야 했던 담우소의 눈빛이 깊숙이 가라앉았다. 목상의 근엄한 한마디가 아니라 그가 전개한 일초식에 담긴 무한한 위력을 느낀 탓이다.

덜덜덜덜…….

등덜미를 타고 흘러내리는 한 덩이의 오싹한 소름. 한순간 담우소는 몸 전체로 목상의 무자비한 강함을 느꼈다. 처음에 뿜어내던 차가운 살기는 이미 흔적을 찾아볼 수 없었다. 지금 담우소의 눈앞에 서 있는 사람은 그저 평범한 중년의 말코일 뿐이다. 하지만 그럼에도 불구하고 지금 목상이 보이고 있는 절정의 기도는 지금껏 담우소가 알고 있던 강함의 차원을 뛰어넘고 있었다. 울부짖는 야수와 맞닥뜨린 것과 같았고, 끝이 보이지 않는 운무(雲霧)에 가려진 암암절벽 위에 홀로 내쳐진 것처럼 두려움이 치솟았다.

'이것이 소위 말하는 강호의 일류고수라는 것인가?

담우소는 스스로에게 질문을 던지곤 곧장 고개를 흔들어 보았다.

치솟아오르는 두려움을 떨치기 위해 생각나는 대로 질문을 던진 것까지는 좋은데, 답이 너무 평범하다. 머리를 싸맬 필요가 없으니 두려움을 떨치기도 여의치 않았다.

'그렇다면 어떤 질문이 좋을까?

고개를 갸웃한 담우소가 말했다.

“그러니 내가 목숨을 소중히 여기려면 어떻게 하는 게 좋겠소이까?”

느닷없이 튀어나온 아무런 의미가 없는 질문이다. 입을 놀린 담우소 자신도 멋쩍은지 뒤통수를 긁적였다. 그러자 눈빛을 가볍게 변화시킨 목상이 반문했다.

“빈도와 선문답을 하자는 것인가?”

‘그 딴 걸 내가 알 리가 없지.’

내심의 투덜거림과는 달리 담우소가 빙긋 미소 지었다.

“하하, 대점창파의 도사 분의 말씀이 아니더라도 분명 목숨은 소중히 여겨야 하는 게 옳소이다. 누구에게나 무척 소중하고 여분 또한 준비된 게 없으니까.”

“끝내 빈도와 대적하겠다는 것이냐?”

담우소가 내뱉은 말 따윈 전혀 염두에 두지 않은 듯한 목상의 질문이었다. 귓전을 울리는 말 따위보다 차갑게 가라앉은 담우소의 눈빛을 중시한 게 분명했다.

“으음, 그건…….”

“아니면, 지금까지의 말과는 달리 귀성장과 꽤나 연관이 있는 것인지도 모르겠구나!”

“…….”

눈앞의 중년 도인이 그동안의 막싸움 상대와는 아예 상궤를 달리한다는 걸 인정할 수밖에 없었을 것이다. 담우소는 더 이상 평소 그렇게 유창하던 말솜씨를 부리려 하지 않고 얼굴을 주먹으로 툭툭 두드렸다. 딱딱하게 굳어 있던 몸을 푸는 것과 동시에 전의를 일으키려는 동작이었다. 그리고 그런 행동은 나름대로 성과를 거뒀다.

이미 담우소의 신형이 지난 십여 일간 죽자사자 몸에 익힌 보행(步

行)대로 움직이고 있었다.

타타타탁…….

흘러내리는 물결과 같이 자유로운 발걸음. 그리고 온몸에서 흘러넘치는 강렬한 투기(鬪氣)! 신형을 잔물결같이 흔들어 보인 담우소의 신형은 순식간에 귀성장의 너른 청석 바닥 위에서 대여섯 개로 불어났다.

강호에 널리 알려진 팔괘장(八卦掌)의 변화와 비슷한 빠른 보행으로 만들어낸 잔영이다.

주서안에게 온갖 굴욕을 당해가며 몸으로 체득한 운중행을 전력으로 펼치자 이런 결과가 나타난 것이다. 그러나 사실 담우소로서도 운중행을 실전에서 사용하기는 이번이 처음이었다.

'불안하군! 불안해!'

신형을 움직이며 담우소는 연신 눈살을 찌푸렸다. 자신이 어떤 곳으로 신형을 움직이든 간에 눈앞 상대의 눈빛은 전혀 동요하지 않았다. 꼿꼿이 신형을 세운 채 자신을 바라보고 있는 목상의 엄정함에 담우소는 두려움을 느끼지 않을 수 없었다. 하지만 상황은 이미 잡아당겨진 활이었고, 빼 들어진 칼날이었다. 찰라에 가까운 순간, 담우소의 신형이 멈칫했고 맹렬한 기세를 품은 채 그의 신형이 튀어올랐다.

파앗!

물론 처음과 같이 아무런 대비도 없이 신형을 날린 건 아니었다. 생전 처음 만난 일류고수에 대한 예우 차원에서 담우소는 처음부터 비장의 선풍구도를 펼쳤다. 운중행의 기본이 되는 열여덟 방위를 역으로 밟던 중 첫 번째로 땅을 차고 뛰어오른 일보(一步)에 격렬한 발경의 파괴력을 담은 것이다.

그러니 그 일격에 담긴 위력은 미처 날뛰던 황소라도 일격에 목뼈를 꺾을 만했으나 변화 자체는 오히려 단순했다.

스윽.

여태껏 잠자코 서 있던 목상이 발끝이 변화하기를 기다려 신형을 움직이자 기다렸다는 듯 담우소의 다리가 공중에서 다섯 번의 회전을 일으켰다.

파파파파광!

담우소가 노렸던 것은 목상의 장검이 현란한 검화를 뿌리기 전에 먼저 그의 손목을 걷어차는 것이었다. 그리하면 적수공권이 된 상태로 어떻게든 승부를 볼 수 있다는 판단이었다. 그러나 지금껏 담우소가 상대해 왔던 일반적인 하수들과 목상의 수준이 같을 리 없었다.

잠시 잠깐만에 자신과의 간격을 좁혀오는 담우소의 발차기에 목상은 수중의 장검을 놓치지도, 뒤로 신형을 날려 피하지도 않았다.

스윽, 팟!

마치 공간 이동을 한 것처럼 신형을 움직인 목상의 손목이 일순 가볍게 흔들렸다. 방금 전 담우소를 가로막았던 검이 들린 오른손이 아니라 고적하니 흔들리고 있던 왼손이었다. 그리고 일어난 강렬한 역도(力道)!

공중에서 연달아 회전하던 발 그림자를 뚫고 파고드는 기쾌 무비한 일장(一掌)에 놀란 담우소가 정신없이 신형을 뒤로 물렸다. 위기의 순간을 넘기게 해준 건 운중행 열여덟 동작 중 주서안이 나려타곤에 비교하던 운중퇴보(雲中退步)였다. 그러나 자존심이고 나발이고 모조리 집어던진 담우소의 후퇴에도 불구하고 상황은 전혀 호전된 것이 없었다. 그저 일장을 휘두르는 것으로 선풍구도를 물리친 목상이 한줄기 바람이 되어 담우소의 옆구리를 파고들었다.

'젠장할! 이번엔 내 완맥을 제압하겠다고!'

목상은 그 짧은 순간에 담우소가 펼친 운중행의 변화를 꿰뚫어 본 게 분명했다. 보행의 변화를 쫓는 움직임이 흡사 그림자와 같았다. 그러니 노골적일 정도로 빤히 들여다보이는 그의 공세에 담우소로선 분노할 밖에!

한차례 어깨를 떨어 보인 담우소의 신형이 순간 맹렬한 기세로 목상의 집요한 일장을 튕겨냈다. 그의 연신 방위를 밟고 있던 다리를 제외한 온몸이 작되, 결코 끊임이 없는 수라구전의 한 동작을 만들어냈다.

파파팟!

그러나 다급한 나머지 억지로 급조된 회전력이 오래갈 리 없었다.

운중행과 완전히 합일되지 못한 수라구전을 억지로 펼쳐 낸 담우소가 다음 순간 꼴사납게 땅바닥을 뒹굴었다. 수라구전으로 일어난 전사경(纏絲勁)의 힘과 운중행의 유유한 움직임이 충돌을 일으키자 그 힘을 이기지 못하고 균형을 잃은 것이다.

우당탕탕!

'허어!'

말 그대로 난처한 지경이 된 담우소의 모습에 목상이 바람처럼 움직이던 신형을 주춤 멈춰 세웠다. 담우소의 수라구전에 자신의 장세가 튕겨지자 곧바로 펼쳐 냈던 이장이 허사로 돌아간 때문은 아니었다. 땅바닥에 쓰러진 상대를 공격하지 않는 명문 점창파의 전통이 그의 공세를 가로막고 있었다.

그러거나 말거나 담우소로선 무림에 출도한 이래 개망신도 이런 개망신이 없었다. 재빨리 신형을 일으켜 세운 담우소의 얼굴이 시뻘겋게 물들어 있었다.

"다, 다시 한 번……."

"무량수불, 이미 승부는 끝났다."

"무슨 소리냐! 승부는 지금부터……."

파앗!

어찌 보면 지극히 평범한 선인지로(仙人指路)의 일초식이었다. 그러나 그 일초식 때문에 담우소는 분기 섞인 말을 끝맺을 수 없었다. 목상이 가볍게 내뻗은 검봉에서 일어난 스산한 기운이 일순 삼장을 격하고 단숨에 담우소의 전신을 휘감아왔다.

'이, 이게 무슨?'

위화감을 느꼈을 땐 이미 상황이 끝나 있었다.

황급히 신형을 뒤로 날리려던 담우소의 입술이 가볍게 일그러졌다. 이미 보이지 않는 어떤 힘에 단단히 옥죄어져 어찌할 수 없게 된 자신을 느낀 것이다.

그래도 여전히 투기는 끓어서 넘칠 정도였다. 방금 전과 같이 언제라도 다시 반격하고 말겠다는 표정이 여실한 담우소를 향해 목상이 차갑게 말했다.

"젊은 혈기로 보기엔 제법 훌륭한 박투술(搏鬪術)이었다. 하지만 빈도가 일으킨 검기는 이미 네 상반신의 대혈(大穴)들을 몽땅 제압하고 있으니, 더 이상 반항할 생각은 하지 않는 게 좋을 것이다."

'검기?'

그저 강호를 떠도는 이야기꾼들의 협객담에서나 들었던 말이다. 그만큼 검기를 다룬다는 말은 일반적인 삼류 무림인들에겐 꿈속에서나 볼 법한 경지였다.

그런데 자신이 그 꿈속에서도 본 일이 없는 검기에 제압당했다니!

잠시 어리벙벙한 표정이 되었던 담우소는 왠지 웃음이 나왔다. 대점창파의 일류고수가 자신을 제압하기 위해서 검기를 사용해야만 했던 것이다.

그러나 이미 담우소를 제압하는데 너무 많은 시간을 할애했다고 목상은 생각하고 있었다. 그때까지도 자신을 쫓아오지 않는 사형제들에게 신경이 쓰이지 않을 수 없었다. 비록 망루가 무너지는 바람에 몇 명이 다치긴 했지만 당당한 점창파의 일대제자들이 제 몸 하나 간수하지 못할 리 없다. 지금까지 달려오지 않는 건 뭔가 일이 생긴 게 분명했다.

자연스레 내력을 귀 쪽에 집중한 목상의 미간이 가볍게 좁혀졌다. 은은한 파공성과 함께 들려오는 익숙한 도호성! 귓전을 울리는 소리들은 그의 예감을 뒷받침했다.

'뭔가 잘못 됐다!'

여타 사제들보다는 사형인 목령 도장이 걱정이다. 바람처럼 검을 움직여 담우소와 강문호 등을 점혈한 목상이 파공성이 울린 쪽으로 신형을 날려갔다.

"이런!"

강문호는 한숨을 내쉬었다. 자신의 계산대로 일이 되지 않았다는 표정이 여실한 것이 방금 전 생사가 백척간두에 섰던 사람이라곤 보이지 않는 한가로움이다.

그런 강문호를 구하려 했다기보다는 그에게서 몇 가지 알아볼 것이 있어 역시 목숨이 백척간두에 섰던 담우소가 나직이 투덜거렸다.

“저런 무식하게 강한 말코와 원한을 맺다니! 네 녀석이 머리가 좋은 녀석이긴 한 것이냐?”

“…….”

강문호가 일순 어깨를 으쓱해 보였다. 받아 마땅한 비난은 아니라 해도 통렬한 비난이긴 하다는 생각이 든 것이다.

확실히 조금이라도 삶에 가치를 부여하는 사람이라면 저런 인물은 물론이거니와 그가 소속된 단체와도 거리를 두는 편이 장수에 이로울 터였다. 하지만 그 점에 있어서 강문호로선 약간 억울한 감이 있는 것도 사실이었다. 점창파와 원한을 맺은 건 귀성장주이지 강문호 자신은 아닌 것이다.

‘하지만 일단 나는 귀성장의 군사를 역임하고 있으니 주군의 방패가 되어줄 필요성이 있는 것인가?’

내키지 않는 마음으로 강문호가 입술을 비죽였다.

“세상을 살다 보면 때로는 하기 싫은 일도 해야 할 때가 있는 법이다. 자네 역시 방금 전에 무위(武威)는 하늘에 닿고 검을 떨치면 대지가 갈라진다는 대점창파의 도사님에게 감히 달려들지 않았던가!”

“그거야…….”

“처음과 달리 난 구해달라는 말도 하지 않았고, 살려달라고 애원하지도 않았어. 엄하게 내 핑계를 댈 생각은 않는 게 좋을 거야.”

“…….”

“뭐, 그러거나 말거나 지금 귀성장이 지니고 있는 전력으론 저 무지막지한 점창파 도사들을 막아내지 못할 테니, 이 따위 말장난은 쓸모없을 듯싶지만.”

처음 쌀쌀맞던 강문호의 목소리는 뒤에 이르자 묘한 쓸쓸함을 담았다. 어디까지나 의기양양하던 평소와는 다른 끝맺음이었다. 억울함에 기가 막힌 중에도 담우소는 그런 미묘한 차이를 읽어낼 수 있었다. 마음이 움직였으나 평소처럼 그것을 무시한 담우소가 말했다.

"그러니 기왕이면 내게 흑상귀와 주서안의 행방에 대해 말해 주는 게 어때? 죽을 때 죽더라도 궁금증을 안고 갈 수는 없지 않겠어?"

"지금 머리로 먹고 사는 날 얼르고, 빰치려는 건가?"

"그럴 리가!"

만약 몸이 제대로 움직였다면 담우소는 연신 손사래를 쳤을 것이다. 과장된 모습은 때론 진실을 호도하는 데 매우 쓸모있기 때문이다.

그러나 지금 담우소는 손가락 하나 까딱할 수 없는 처지였다. 오직 목소리에만 진실함을 담아봤자 별무소용이었다. 강문호에게서 나직한 냉소가 흘러나왔다.

"홍, 하기사 그거야 지금 중요한 일이 아니지."

"……."

"내 한 가지 충고하겠는데 자네에게 어떤 수가 있다면 빨리 쓰는 게 좋을 거야. 지금쯤이면 대장주께서 천성각에 도착했을 테니 이곳에 남은 전력은 기껏해야 무사 이백에 불과해. 이곳을 습격한 열다섯이 몽땅 방금 전 도사와 같은 무위를 지녔다면 일각도 견디기 힘들 거야."

"설마… 수뇌부가 네 녀석과 부하들을 놔두고 몽땅 달아났다는 건 아니겠지?"

"천성각에 비밀 통로를 만들고 비상시 상황 대치에 대한 강령을 만든 게 바로 나거든."

역시 평소와 다름없는 얼굴이다.

그러나 자신의 옆에 쓰러져 있는 좌경을 바라보는 강문호의 눈가엔

잔주름이 새겨져 있었다.

거침없는 말과는 달리 마음을 몽땅 얼려버리진 못한 듯싶었다.

그런 군사의 마음을 담우소가 이해할 수 있을 리 없었다.

잠시 어이없다는 듯 입을 벌리고 있던 그가 버럭 목소리를 높였다.

"네놈! 스스로 죽기를 자처한 것이냐!"

"아니, 나는 그리 희생적인 성격이 아니야."

"그럼, 그런 짓을 한 까닭이 뭐냐?"

"……."

잠시의 침묵이었다. 그 잠깐마저도 답답해하는 담우소의 성화에 강문호가 얼마 전과 같이 쓸쓸한 목소리를 냈다.

"다 내가 모자란 탓이다. 수문일로의 변화가 이리 쉽사리 뚫릴 줄은 몰랐거든. 어떻게든 짝이 되는 화문일로(火門一路)의 변화만 손에 넣었어도 이리 쉽게 당하진 않았을 텐데……."

'화문일로? 벽력진천뢰를 말하는 건가?'

아쉬움의 뒤끝이 귓전을 간질이는 걸 느끼며 담우소는 투덜거리길 멈췄다. 이대로라면 절대로 강문호의 입을 열 수 없다는 걸 깨달았기 때문이다. 따라서 담우소로선 죽기만을 넋 놓고 기다리는 어울리지 않는 짓을 하고 있을 이유가 없었다. 지하 뇌옥에 갇힌 덕분에 터득한 지뢰경중의 한 구절을 외우며 정신을 집중한 담우소가 오행토기를 움직이기 시작했다.

*　　　　*　　　　*

"헉헉헉……."

숨이 턱에 차자 호흡은 폭발할 것만 같았다. 별다른 내공 한 점 운용할 수 없는 몸으로 장 시간 땅속을 헤쳐 왔으니 마땅한 일일 것이다. 전력으로 오행토기를 운용한 끝에 파김치가 된 채 땅속에서 빠져나온 담우소의 얼굴은 잔뜩 일그러져 있었다. 거의 반쯤 죽을 지경이 된 자신에 비해 너무나 평안한 강문호의 안색 때문이었다.

'저 녀석, 내공을 운용하여 폐맥(閉脈)의 수법을 사용한 게 분명해!'

내심 이를 갈았으나 담우소는 지금 손가락 하나 까딱할 수 없었다. 일류고수의 점혈은 그리 수월하게 해혈되는 것이 아닌 것이다.

하늘을 바라본 채 대자로 뻗은 담우소의 귓전으로 얼굴색 하나 변하지 않은 강문호의 투덜거림이 파고들었다.

"아아, 적어도 반 시진은 더 이런 모양을 하고 있어야겠군."

'흥, 폐맥 같은 건 잘하는 주제에 해혈 공부는 그리 높지 않은가 보지?'

속으로 냉소를 터뜨린 담우소가 숨을 고르며 말했다.

"헉헉, 어째서 신주단지 모시듯 하던 좌경이란 사내는 놔두고 오자고 했느냐?"

"그야……."

잠시 말을 멈췄던 강문호가 담담한 목소리로 말했다.

"머리가 조금이라도 돌아가는 자라면 자력으로 지하 뇌옥을 빠져나온 거라든지, 점창파의 말코도사에게 제압을 당하고도 별로 당황하지 않는 모습을 보고 느끼는 게 없지 않을 거다."

"……."

"하지만 세상에 이런 기상 천외의 수법을 익히고 있는 자가 있을 줄이야 어찌 알 수 있을까? 너 같은 녀석에게 목숨을 맡기는 일에 이미 중상을 당해 기식이 엄엄한 사람을 끌어들일 순 없는 노릇이지."

"흐흥, 그러니까 그 좌가는 부상자이니 목숨을 부지할 확률이 높지만 너는 기다려 봤자 목숨을 건질 방도가 전혀 없으니, 모험을 걸 수밖에 없었겠군."

"뭐, 어려서부터 운은 타고났으니까 그리 크게 걱정하진 않았다구."

그 말을 끝으로 강문호는 눈을 감아버렸다. 어차피 다른 누군가가 이곳을 찾아낸다 해도 어쩔 수 없다는 배짱이었다.

"어이, 지금 자는 거야!"

"이른 새벽에 일어나서 뛰어다니느라 너무 과도하게 힘을 사용했다. 너도 일단은 조금 자두는 것도 나쁘진 않을 거야."

"이 녀석, 그런 식으로 제멋대로 결정하지 말아라! 아직 너는 목숨을 구원해 준 나에게 해줄 말이……."

"음냐, 음냐!"

'이 녀석!'

어이없는 표정이 된 담우소가 한숨을 내쉬었다. 도대체 어쩌다가 이런 녀석을 만나 이런 꼴이 됐는지 자신이 너무나 한심했다. 그때 망설이지 말고 귀성장을 떠났어야 했다는 자책도 함께 일었다.

하지만 그런 한탄도 잠깐, 강문호의 이해할 수 없는 배짱을 연신 욕하던 담우소 역시 곧 혼곤한 수마(睡魔)의 침습을 받았다. 어쨌거나 누운 채로 할 수 있는 일은 자는 일밖엔 찾을 수 없었던 것이다.

정신이 든 순간 담우소는 신형을 벌떡 일으켜 세웠다. 팽팽하게 긴장되어 있던 온몸의 근육들이 정신을 차리자마자 일제히 격렬한 반응을 보이고 있었다.

그러나 흉험한 담우소의 기세를 비웃듯 주변의 풍경은 고요하기만 했다. 그가 깨어난 곳은 녹음이 가득한 아름드리 나무들에 둘러싸인 한적한 숲의 한가운데였다.

'이런!

잔뜩 긴장했던 자신이 멋쩍어 잔뜩 힘을 줬던 눈동자에서 힘을 푼 담우소가 입가의 침을 닦으며 주변을 둘러봤다. 멀찍이 떨어진 나무 그늘에 몸을 뉘이고 있던 강문호가 천천히 몸을 일으키며 입을 열었다.

"냄새난다. 거기 옷 한 벌을 놔뒀으니 냉큼 갈아입어라!"

'옷?'

담우소의 시선이 발치로 굴러내렸다.

발치 근처에 가지런히 놓여져 있는 한 벌의 청의경장이 보였다. 대충 눈대중으로 봐도 품이 낙낙해 보이는 게 걸치기만 하면 될 듯싶었다.

공짜라는 생각에 담우소가 재빨리 옷을 집어 들자 강문호의 질책이 뒤따랐다.

"새 옷을 몸도 씻지 않고 걸칠 셈이냐! 근처에 개울이 있으니 거기서 대충이라도 씻어라! 이 근처는 꽤 위장이 잘되어 있어서 지나가던 아낙에게 덮침을 당하는 일은 아마 없을 거다."

"……."

도대체 진심인지, 거짓인지 알 수가 없는 말이다.

표정의 변화가 없는 강문호를 험상궂게 노려보던 담우소가 하릴없이 발걸음을 개울 쪽으로 향했다. 역시 세상에 공짜란 없다는 투덜거림도 잊지는 않은 채였다.

잠시 후.

멀쑥하게 변한 담우소를 발견한 강문호가 대뜸 앞서 걸어가기 시작했다. 너무나 단호한 모습에 자신도 모르게 뒤를 따르던 담우소가 낭패한 목소리를 냈다.

"자는 동안 내가 너한테 약점이라도 잡힌 거냐?"

"그럴 리가!"

"그럼, 한 가지만 물어보자."

"얼마든지."

"내가 어째서 네 뒤를 변견 마냥 쫓아가야 하는 거냐?"

잠시 발길을 멈칫한 강문호가 의뭉스레 말했다.

"내가 언제 따라오라고 한 적 있냐?"

"아니."

"나는 지금부터 귀성장 인원들과 접선을 시도해야 해. 혹시 네가 자는 동안 암습이라도 당할까 봐 지금까지 지켜줬으니, 이젠 그만 헤어지도록 하자."

그 말을 끝으로 강문호는 다시 앞서 걸어가기 시작했다. 이 부근의 지리에 훤한 듯 발걸음에 거침이 없었다.

'젠장, 이 부근을 지배하고 있는 귀성장의 군사니까 당연히 그렇겠지!'

내심 화를 낸 후 담우소가 역시 강문호의 뒤를 따랐다. 울울창창한 산속에서 길을 아는 자와 헤어지는 것만큼 위험천만한 일은 없기 때문이다.

*　　　　　*　　　　　*

목상이 합류한 점창파의 일대제자들은 귀성장의 이백 명이 넘는 무사들을 제압하는 데 한 시진 이상을 소요하지 않았다. 강문호의 우려대로 일대제자의 무공 차이란 그저 백지 한 장 정도씩밖엔 나지 않았기 때문이다.

무리하게 진원지기를 끌어올렸으니 운기조식(運氣調息)에 집중할 만도 한데, 목령 도장은 결코 몸을 쉬지 않았다. 그가 원했던 것은 귀성장의 본진을 완전 제압하는 것 따위가 아니라 다른 데 있었다.

"목운(木雲)!"

"예, 목령 사형. 말씀하십시오."

격렬한 저항으로 인해 발생한 귀성장의 부상자들을 한쪽으로 몰아 눕히는 일에 골몰하고 있던 목운이 달려왔다.

다시 군사를 잡으러 간 목상에 비하면 지나칠 정도로 마음이 착한 사제였다. 그러나 마음이 착한 만큼 일 처리 역시 꼼꼼하다. 사문으로 돌아가면 적어도 일 년간은 폐관 참수에 들어가야겠다는 생각을 하며 목령 도장이 말했다.

"이번에 우리가 상대한 자들 중 고수들은 없었다. 아마도 귀성장의 군사가 자신을 미끼 삼아 전력을 딴 곳으로 피신시킨 게 분명하다. 그러니 자네가 사제들을 나눠서 귀성장 주변을 꼼꼼히 살펴보게. 분명 비밀 통로 같은 것이 있을 걸세."

"무량수불, 목광(木光) 사제를 남기고 지금 바로 수색을 시작하겠습니다."

"자네만 믿겠네."

바로 손아래 사제인 목상이 들었다면 매우 섭섭했을 소리였다. 그러나 목령 도장은 그제야 마음을 놓은 듯 눈을 반개한 채 운기행공에 들어갔다. 촌각이 늦으면 그만큼 폐관의 기간이 늘어날 터였다.

한편 여유있는 신법으로 출발했던 곳으로 돌아온 목상은 안색이 새파랗게 질렸다. 뒤늦게 싸움에 참가했으나 가장 높은 전과를 올려 마음이 흐뭇했는데, 그사이 자신이 잡아놨던 전리품이 사라지고 없었다. 다급한 마음에 유운신법을 극한까지 끌어올린 목상이 주변을 샅샅이 뒤졌지만 혼절한 좌경을 제외하곤 이미 그림자도 찾을 수 없었다.

'누군가 내가 자리를 비우길 기다려 그 간교한 군사를 데려갔구나!'

방금 전의 격전 시 고수를 보지 못했다는 생각이 뒤통수를 쳤으나 이미 때는 늦어 있었다. 아무리 주변을 뒤져 봤자 보이는 것은 줄지은 담장이요, 고색창연한 건축물들뿐이었다. 어디에도 도주에 열심인 자들이 발하는 인기척은 들리지 않았다. 내심의 분노를 그대로 얼굴에 드러낸 채 다시 좌경이 널브러진 곳으로 돌아온 목상이 가볍게 수장을 뒤집었다.

파앗!

바람처럼 일어난 경력이 좌경의 백회를 때렸다. 그저 정신을 차리게 할 요량이니만치 극히 미량의 진기가 발휘된 일장에 좌경이 부르르 몸 전체를 떨었다.

이미 그가 정신을 차렸다는 걸 눈치 챈 목상이 차가운 목소리를 냈다.

"군사는 어디로 갔느냐!"

"……."

"부상당한 널 놔두고 혼자만 살겠다고 달아난 자다. 그런 자를 위해 목숨을 내놓겠다는 말이냐?"

아까와는 다른 까닭으로 어깨를 떨어 보인 좌경이 비로소 눈을 떴다.

"군사는 군사의 의무를 다했고, 나는 나의 의지를 다했소. 어차피 강호에 나와 실력이 떨어져 죽는다 한들 애석할 건 없으니, 도장은 더 이상 말하지 마시오."

목상을 바라보는 눈빛 속에는 굳건한 의지가 담겨 있었다. 더 이상 그에게 질문을 던진다면 모욕이 되리란 걸 깨달은 목상의 입에서 가벼운 한숨이 흘러나왔다.

스릉!

다섯 명의 팔뚝을 날렸던 장검이 다시 목상의 손에 들렸을 때였다. 방금 전까지 그렇게 찾아도 전혀 들리지 않던 인기척이 목상의 귓전을 울렸다.

"기개가 있는 사내다. 정파란 간판을 버젓이 내걸고 있는 터에 너무 심한 거 아닌가?"

"……."

목상은 일단 대답하지 않았다. 말의 내용과는 달리 거친 목소리는 그렇다 치더라도 목소리의 고저가 뚜렷했다. 꽤나 가까운 곳까지 접근한 것이다.

'고수!'

팽팽한 긴장감을 옅은 미소로 숨긴 채 목상이 신형을 돌렸다. 그에게서 사오 장밖엔 떨어지지 않은 곳에 호색적인 얼굴을 한 대머리가 서 있었다. 목상을 기습할 의도가 있었다면 충분히 성공시키고 남음이 있을 기도를 풍겨내고 있을 뿐 아니라 손에는 큼지막한 방천화극(方天

火戟)이 들려 있었다.

'귀성장에 저런 고수가 있었던가?'

그럴 리가 없지란 말로 자신의 의문에 대한 답을 내리곤 일이 복잡하게 되었다는 말을 다시 되뇌인 목상의 두 눈이 담담한 신광을 띠기 시작했다. 귀성장에 들어선 후 처음으로 만난 고수에 대한 대접을 충분히 해줘야겠다는 마음이 불러일으킨 변화였다.

대머리 역시 비슷한 결론을 도출한 듯 수중의 방천화극을 힘있게 들어 올렸다. 바야흐로 또 다른 격전이 시작을 알리고 있었다.

제18장 무명인(無名人)의 무공비급

방천화극이란 끝 부분에 강철창과 같은 뾰족한 날이 있고, 그 가로
에 월아(月牙)라 불리는 반월형의 날을 붙인 장병기(長兵器)를 말한다.

주로 송(宋) 시대의 중앙군에서 사용했던 병기로 베기와 걸기, 찌르
기를 동시에 수행할 수 있는데, 일반적인 무림인이 사용하는 건 극히
드물었다. 본래가 마상 전투에서 주로 쓰이는 병기인데다, 무게가 무
겁고 길이가 길어 패용이 불편할 뿐더러 꽤나 눈에 띄는 병기이기 때
문이다.

반란을 막기 위해 역대 황조에서 항상 민간에 전파되는 걸 극히 꺼
려하던 장병기를 이리저리 휘두르고 있는 대머리 사내를 목상으로선
신경 쓰지 않을 수 없었다. 보통 아무리 자신의 무공에 자신있는 무림
인이라 해도 쓸데없이 관부와 충돌하길 원하지 않는데, 눈앞의 사내는
전혀 거리낌없이 방천화극을 패용하고 있는 것이다.

'저자는 관부와의 충돌도 전혀 아랑곳하지 않을 배짱을 지녔거나,
지독한 바보임에 분명하다.'

처음 목상이 내린 판단이었다. 그리고 얼마 후 목상은 대머리 사내
가 그중 전자에 속한다고 인정하지 않을 수 없었다.

절정까지 연마한 자신의 분광십팔수검(分光十八手劍)의 절초인 섬전
분광(閃電分光)이 헛되이 공간을 가른 후였다.

파앗!

벼락이 떨어지는 듯 날카로운 일검을 떨쳐 낸 목상의 검봉이 곧바로
땅바닥을 향했다. 바로 또 다른 절초인 분광추영(分光追影)을 펼쳐 내
기 위해서였다. 그러나 대기를 가르는 절정의 검법이라도 상대가 있어
야 그 현묘한 변화를 보일 수 있는 법이다.

횡(橫)으로의 베기에서 종(從)으로의 찌르기로 이어지려던 목상의
검기는 순간 허공을 헤매는 신세가 됐다. 나아갈 방향을 잃어버린 것
이다.

'이런!'

목상의 신형이 제자리에서 대여섯 차례에 걸쳐 회전했다. 그에 따라
창창이 일어난 검기가 종횡하니 주변에 늘어서 있던 도화나무에서 꽃
잎이 비산했다.

파라락!

그러나 이십수 년간의 공력을 한꺼번에 쏟아낸 목상의 검기는 한낱
덧없음이었다. 처음, 벽력과도 같은 기세로 파고들던 방천화극은 어느
새 맹렬한 기세만을 남긴 채 땅 위에 파묻혀 있었다.

단 일 초식의 경합! 어이없이 깨진 섬전분광의 앙갚음을 받기도 전

에 대머리 사내는 홀연히 자취를 감추고 있었다.

"……."

침묵은 그리 길지 않았다. '아차!' 하는 생각에 목상이 재빨리 신형을 좌경 쪽으로 돌렸다.

그러나 그의 예상대로랄까? 좌경은 대머리 사내와 마찬가지로 종적을 감추고 있었다. 대머리 사내는 구파일방 중에서도 가장 표홀한 검법을 자랑하는 점창파의 일대제자가 전력으로 펼쳐 낸 일검을 뚫고 유유히 사람을 구해 사라진 것이다.

'내, 내가 꿈을 꿨는가?'

평소답잖게 멍청한 표정이 된 목상이 문득 손을 머리에 댔다.

어느 틈에 베였는가!

우수수 소리와 함께 목상의 도관이 절반이 되어 흘러내렸다. 사실 대머리 사내에겐 목상의 이 초식째를 기다릴 이유가 없었음에 분명하다.

스윽, 슥!

신법의 움직임은 바람이라는 말로밖에 형용할 수 없다. 그만큼 지축을 질주하는 인영의 움직임은 빨랐다.

보통 신법을 펼칠 때 가장 신경을 쓰는 표홀함의 기본을 여실히 보여주는 움직임이었다.

'재밌군, 재밌어! 쟁자수 녀석을 쫓아왔다가 재밌는 사실을 알았다. 삼십여 년 전 무림을 떠들썩하게 했던 무명인의 무공비급이 귀성장에 숨겨져 있을 줄이야!'

옆구리에 좌경을 긴 채로 천하의 식자들 사이에선 천하제일 경공대가(天下第一輕功大家)란 자못 긴 이름으로 불리는 천리종횡은 발끝에 더욱 힘을 줬다. 옆구리에 낀 좌경의 기식이 엄엄하자 더욱 속력을 낸 것이다.

그러자 관도 위로 일진의 광풍이 일었다.

사람의 모습은 보이지 않고 한줄기 매서운 광풍만이 불어댔다. 아마도 근처의 용한 의원이 있는 곳까지 불어댈 일방통행의 광풍이었다.

*   *   *

담우소의 입술은 한 일 자로 굳게 닫혀져 있었다. 전적으로 현 상황에 대한 불만을 품고 있는 모습이다. 지금 돌아가고 있는 상황이 그에겐 하나도 달갑지 않았던 것이다.

그러나 사람을 다룬다는 측면에서 강문호는 노련하기 그지없었다. 익히 담우소의 성격을 파악한 듯 몇 마디만으로 그를 제압하곤 묵묵히 자신이 할 일만을 하고 있었다.

슈욱, 펑!

주변이 온통 새카만 밤이었다. 별이 뜨지 않았다면 동서남북의 방향조차 알아볼 수 없었다.

그런 밤 하늘로 폭죽이 날자 순간적이나마 주변이 온통 환하게 물들었다.

그동안 강문호가 얼마나 종적을 남기지 않는 일에 골몰했는지를 알고 있던 담우소가 어이없다는 듯 말했다.

"우리가 위치한 장소를 점창파 말코들에게 알려줄 속셈이냐!"

"그들만 이 화려한 불꽃을 보지는 않겠지."

"하지만……."

담우소의 의견 따윈 가볍게 묵살하고 강문호가 동쪽으로 달리기 시작했다. 역시 이번에도 머리보다 몸이 먼저 움직인 담우소가 뒤를 따르며 소리쳤다.

"어쩌자는 거냐!"

"당연히 목표 지점에 합류하려는 것이지. 이런 곳에 계속 있어봤자 점창파 도사들에게 날 잡아가슈 하는 것밖엔 되지 않을 테니까."

"그렇군, 그래."

그제야 납득한 담우소가 고개를 끄떡이며 입을 다물었다. 그리고 산길을 질주하기 시작한 두 사람이 발을 멈춘 건 삼경이 꼬박 넘은 새벽녘이었다.

온통 이름 모를 거목들로 가득한 주변을 꼼꼼한 시선으로 살펴보던 강문호의 입에서 나직한 휘파람이 흘러나왔다.

삐익, 삑!

특별한 가락을 띠지 않았기에 휘파람은 무미건조했다. 담우소가 뒤에서 '강아지가 휘파람을 불어도 그보다는 낫겠다'며 투덜거릴 정도였다. 그러나 강문호가 자신의 휘파람 솜씨를 자랑하려는 의도가 아니었음은 금세 드러났다. 거목들 사이에서 몇몇의 인영이 모습을 드러내고 있었다.

"군사시오?"

걸걸한 음성답지 않게 긴장감이 배여 있는 목소리다. 머리 좋은 사람답게 음성만으로 사람을 알아본 강문호가 대답했다.

"세상이 나보다 더 휘파람을 못 부는 사람도 있겠습니까?"

"오오, 군사가 맞구려!"

“군사!”

“군사!”

여기저기서 흘러나온 탄성을 뚫고 백색 인영 하나가 바람같이 강문호를 덮쳤다.

“문호, 문호…….”

울음이 차 있는 목소리. 대략 삼십 세쯤 되어 보이는 준수한 사내의 억센 팔에 끌어안긴 꼴이 된 강문호가 난처한 목소리를 냈다.

“소장주님, 여전히 절 사랑해 주시는 건 고마운 일이지만 주변에 이목도 있는데, 이래서야!”

“시끄러워, 이 망할 녀석아! 도대체 어디를 싸돌아다니다 이제 나타난 거야!”

“커억!”

강문호의 입에서 가쁜 숨이 터져 나왔다. 자신을 끌어안고 있는 억센 두 팔에 적어도 두 배쯤의 힘이 들어가 있었다.

‘이런!

괴로워하는 강문호의 모습을 꼴좋다는 듯 바라보고 있던 담우소의 표정이 가볍게 변했다. 어느새 해후의 기쁨을 만끽하고 있는 두 사람을 제외한 몇몇의 중년인들이 그의 주변을 에워싸고 있었다. 방심한 상태가 아니었더라도 피하지 못했을 정도로 재빠르고 정련된 포위였다.

“이게 무슨 짓이지?”

안색이 대변한 담우소가 주먹을 들어 올릴 때였다. 뒤통수에도 눈이 달렸는지 강문호가 얼른 목소리를 냈다.

“그는 내가 고용한 용병입니다. 당주님들께서는 포위를 푸십시오.

기껏해야 이류가 될까 말까 한 무공 실력이니 꺼려할 필요가 없습니다."

"아, 그렇소이까?"

"그렇구만."

담우소를 에워쌌던 당주들이 처음 있던 자리로 신형을 물렸다. 그러자 강문호를 그제야 놓아준 소장주의 입에서 심통스런 목소리가 흘러나왔다.

"흥, 기껏해야 이류의 인물이라면서 어찌 기용한 거지? 혹시 예전부터 아는 사인가?"

"그저 우연히 제 목숨을 그에게 구원받았을 뿐입니다."

"그래?"

반문하는 목소리에는 아직 미심쩍은 기색이 완연했다. 강문호가 쉽사리 누군가를 사귀지 않는다는 걸 소장주는 알고 있었던 것이다.

그러거나 말거나 소장주의 무식한 두 팔에서 풀려난 것으로 만족한 강문호가 얼른 목소리를 사무적으로 바꿨다.

"그런데 혹시 은자 좀 가지고 계십니까?"

"은자?"

"예, 있는 대로 좀 주시면 감사하겠습니다만."

'어째서?' 란 말 대신 소장주가 사람들을 향해 돈주머니를 풀라고 소리쳤다. 잠시 후, 소장주와 다섯 명의 당주들에게서 거둬진 은자는 대략 백여 냥에 달했다.

그것을 몽땅 담우소에게 건네며 강문호가 말했다.

"이것은 귀성장의 미래를 짊어지고 있는 천재군사를 구한 값이네. 후일 다시 귀성장이 서게 되면 다섯 배쯤 더 사례할 테니, 오늘은 이것으로 참아주게."

쩔그렁!

결코 사양하지 않는 얼굴로 얼른 손을 내밀어 은자를 챙긴 담우소가 뒤통수를 긁적이며 말했다.

"약속 하나는 확실히 지키는군."

"아무렴, 그렇지 않으면 누가 날 대신해서 목숨을 걸겠어!"

목소리를 슬쩍 높였던 강문호가 계속 말을 이었다.

"그리고 네가 궁금해했던 문제에 관해선데, 자신을 주서안이라 밝힌 자는 하오문에 소속된 자로 지금부터 찾더라도 행방을 알기가 힘들 거야. 본래 바람처럼 왔다가 사라지는 자들이니까. 그래도 정 그자를 찾고 싶다면 후일 하남성(河南省)에 가서 개방(丐幫)의 총단을 찾아가라. 그들에게 묻는다면 하오문의 점 조직망을 어느 정도 파악할 수 있을 거야."

"……."

"그리고 흑상귀란 자에 대해 알고 싶으면 당문을 찾아가는 게 좋을 거야. 사천의 소금 사업을 뒤에서 조종하고 있는 게 바로 당문이니까."

"그렇군."

강문호의 자세한 설명에 연신 고개를 끄떡이던 담우소가 눈살을 가볍게 찌푸렸다.

"그런데 어째서 갑자기 이리 사근사근해진 거지?"

평소와 달리 '그걸 몰라서 묻나?'라 쿠사리를 주지 않고 강문호가 말했다.

"뭐, 그동안 너를 이용한 대가라고 생각하라고."

"그렇다는 건 이젠 내가 필요없다는 뜻인가?"

“그야……”

“그래도 생사를 함께 한 사인데 이번에도 대충 넘기려는 건 아니겠지?”

어색한 웃음을 띤 담우소의 질문에 강문호의 얼굴이 갑자기 진지해졌다.

꽈악!

갑자기 있는 힘껏 담우소를 껴안은 강문호가 속삭이듯 말했다.

“네가 보여줬던 귀성장에서의 분투는 내 생전에 처음 보는 것이었다.”

“……”

“하지만 경험해 봐서 알겠지만 점창파는 무진장 강하다. 이번 일은 우리 귀성장의 일이니까 너는 이대로 발길을 돌려 떠나가면 되는 거야. 그래서 지난날 뇌옥 속에서 나한테 했던 넋두리대로 사천에 온 일을 끝내라구.”

그 말을 끝으로 담우소를 힘있게 밀어낸 강문호가 신형을 돌려 소장주를 부르며 걸어갔다. 오직 담우소의 귀에만 들릴 정도로 작은 목소리의 여운을 남긴 채.

‘이 녀석, 지금 날 생각해 주는 거야?’

순간, 떠오른 생각이었다. 그리 많은 시간을 보낸 것도 아니고 교분이 두터워질 만한 어떠한 일도 없었다.

두 사람은 새벽이 밝아오는 걸 바라보며 곤드레가 되도록 술잔을 나눈 일도 없는 것이다. 그러나 지금 이 순간, 담우소의 가슴을 찌르는 감정의 울림은 무언가?

목울대로 침을 꿀꺽 삼킨 후 수중의 은자를 침착하게 품 안에 챙겨

넣은 담우소의 주먹이 사정없이 강문호의 뒤통수를 가격했다.

뻐억!

전혀 사정을 보지 않은 일권이었다. 순간 휘청하고 신형을 떨어 보인 강문호가 간신히 쓰러지는 걸 참아내자 담우소가 투명스런 목소리를 냈다.

"분명, 오늘 준 은자보다 다섯 배쯤 더 준다고 했지?"

"……."

"어차피 내가 사천에 온 이유 중 하나는 빚을 갚기 위해서다. 지금 헤어지면 언제 다시 만날지도 모르는데 내가 이대로 떠날 것 같냐!"

"……."

"너한테 나머지 은자를 몽땅 받아낼 때까지 이곳에 있을 테니 딴소리하지 말아라."

담우소는 어깨를 으쓱해 보였다. 내심 감격한 강문호가 달려들면 손을 내밀어 적절히 밀어낼 작정이었다. 방금 전 소장주란 자와 강문호가 보였던 닭살맞은 장면을 재현하고픈 마음은 전혀 없었기 때문이다. 그러나 씩 하고 입가에 미소마저 머금고 있던 그에게 날아온 건 무지막지한 강권이었다.

'퍽!' 소리와 함께 얼굴이 반대 편으로 돌아간 담우소를 바라보며 강문호가 무덤덤한 목소리로 말했다.

"바보병이 걸린 녀석은 어쩔 수 없군."

그 말을 끝으로 강문호는 이번에는 진짜로 소장주 쪽으로 걸어갔다. 하지만 찝찌름한 핏물을 혀로 핥은 담우소의 입가엔 여전히 처음과 같은 미소가 매달려 있었다. 마찬가지로 그가 강문호의 뒤를 따라가는 걸 주변의 귀성장 인물들은 전혀 가로막지 않고 있었다.

　　　　　*　　　　　　*　　　　　　*

임시로 마련된 전초 기지에 도착한 강문호가 가장 먼저 찾은 건 귀성장주 서원평이었다. 주변의 다른 인물들과 떨어져 반색하는 그와 독대한 강문호가 먼저 말문을 열었다.

"먼저 지나친 자만심으로 패전을 자초한 일에 대해 처분을 받고 싶습니다."

"그건 어차피 중과부적이었네. 만약 자네가 없었다면 벌써 한 달 전에 승부가 났을 일이니, 전혀 개의치 말게나."

어디까지나 이번 패배에 대한 단 한 마디의 문책도 없는 서원평이었다. 강문호의 고개가 저절로 숙여졌다.

"장주님의 관대하심에 감사드립니다."

"됐네, 됐어. 기업을 몽땅 잃기는 했지만 장내의 중요 인물들은 자네 덕분에 모두 무사했네. 그들만 있으면 언제든 귀성장은 다시 일어설 수 있으니……."

"죄송하지만 잠시만!"

무례할 정도로 단호한 목소리로 서원평의 말을 끊은 강문호가 자세를 바로하며 말했다.

"먼저 급하게 장주님께 보고드릴 사안이 있습니다."

"급하다? 자네가 급하다면 급한 것이겠지. 말해 보게."

다시 고개를 숙여 보이곤 강문호가 말했다.

"현재 이곳 전초 기지에 모여 있는 인원은 천지풍운(天地風雲) 사 개 당의 당주와 부당주를 합한 십이 명과 군사인 저를 제외하면 장주님과 소장주를 비롯한 식솔 삼십여 명이 전부입니다."

"으음, 벌써 조사를 끝마쳤군. 하지만 그 같은 사실은 이미 나도 알고 있는 사실이네만."

"예, 여기까지는 누구라도 알 수 있는 일입니다. 하지만 이러한 사실을 그냥 사실 그대로만 받아들이고 있다면 제가 귀성장에 설 자리가 없게 되겠지요."

"말속에 가시가 돋아 있구만. 뭔가 할 말이 있다는 것이겠지? 자네는 전혀 망설일 것이 없네."

"감사합니다."

고개를 숙여 감사를 표시한 강문호가 천천히 자신이 돌아오자마자 조사한 사항에 대해 늘어놓기 시작했다. 작게는 귀성장의 생존 인원들의 식량 조달 문제로부터 본거지 이동 등의 굵직한 문제까지…….

누구라도 듣고 있다 보면 가슴이 답답해지지 않을 수 없는 문제들이 끊임없이 꼬리에 꼬리를 물고 이어졌다. 묵묵히 듣고만 있던 서원평이 한참 후 입을 뗐다.

"그러니까 한마디로 말해서 우리 귀성장은 이젠 전혀 미래가 없다는 것인가?"

지치지도 않고 말을 늘어놨던 강문호가 고개를 흔들었다.

"그렇지는 않습니다."

"그렇지 않다?"

"예, 전부 합해 오십 명도 되지 않는 인원이긴 하지만 세력을 유지하려면 이렇게나 많은 제약이 따릅니다. 그리고 솔직히 사천에서 점창파와 적대하면서까지 우리 귀성장을 옹호할 만한 문파가 없는 것도 사실입니다. 하지만 우리 귀성장이 살아날 한 가지 방법이 있습니다."

“…….”

서원평은 ‘그것이 어떤 것인가?’ 하고 묻는 평범한 반응을 보이지 않았다.

지금까지의 모습과는 사뭇 동떨어진 서원평의 침묵을 물끄러미 직시하던 강문호가 입가에 쓸쓸한 고소를 물었다.

“역시 그렇군요.”

“어떻게 알았나?”

“세상에는 비밀이란 게 없지요. 몇 가지 우연을 제외하면 모든 일은 거의가 필연으로 이뤄지니까요. 처음부터 점창파가 느닷없이 수십 년 전의 해묵은 은원을 갚기 위해 이백 년 역사가 당당한 귀성장을 친다는 건 도무지 말이 안 되는 일이라고 생각했습니다.”

“…….”

“그래서 군사의 권한을 빌어 몇 가지 사실을 조사하다가 과거 천하를 떠들썩하게 만들었던 한 권의 무경에 대한 일을 알게 되었습니다. 이름조차 천하에 알려진 바가 없으나 왠지 천하에서 가장 유명한 신공이 적힌 무경이 행방불명된 때와 장주님이 점창파의 후기지수와 일전을 벌였던 때가 묘하게 일치한다는 걸 알게 된 것이지요.”

강문호가 꺼낸 이야기는 강호에서는 꽤나 해묵은 것으로 요즘은 이야기꾼조차도 별로 끄집어내지 않는 이야기였다. 사람들의 구미를 끌 만한 현실성이 없었기 때문이다.

그러나 그 시대를 전성기로 보낸 서원평에겐 그렇지도 않은 듯했다. 묘하게 설레이는 얼굴이 된 서원평의 얼굴을 찬찬히 살피며 강문호가 말을 이었다.

“천하에 삼대마공이 있으니 그 하나를 초혼(招魂)이라 하여 죽음을 관장하게 하고, 그 둘을 불멸(不滅)이라 하여 생사를 뛰어넘게 한다. 하지만 앞의 둘이 세 번째를 이기지 못하니, 그 이름을 무명(無名)이라 한다. 이름이 없는 자가 적었으니 무명이요, 아직 익힌 자가 없기에 무명이라 한다라고 했던가요?"

"그래, 분명히 그랬지. 분명히 그랬어."

자신의 물음에 연신 고개를 끄떡여 찬동하는 서원평을 바라보며 강문호가 반문하듯 말했다.

"그렇지만 아직까지 무명신공, 혹은 무명마공이라 불리는 무공은 세상에 등장한 적이 없습니다. 혹자는 과거 천 년 전 달마 대사를 면벽하게 만들었던 마교조사(魔敎祖師)의 진수가 담긴 무공이 바로 무명이라 하지만 그런 건 그저 풍문에 불과할 뿐 확인된 사실이 아니지요."

"……."

"그런데 장주님께서는 그 무경을 포기하지 않으셨습니다. 이백 년간 쌓아온 귀성장의 기반을 몽땅 포기하면서까지요. 과연 그럴 만한 가치가 있는 것이었습니까?"

서원평은 똑똑히 알 수 있었다. 자신이 진흙 속에서 발굴해 낸 보석 같은 사내는 처음 생각했던 수준을 훨씬 상회했다. 지난 수십 년간 자신을 끝없이 좌절하게 했던 비밀을 단숨에 눈치 챘을 뿐 아니라 그 이면까지 넘겨다보고 있었다.

'그러니 이젠 어떻게 할까?'

서원평은 지그시 강문호를 노려봤다. 만약 그를 죽여 입을 봉하려면 지금밖엔 기회가 없었다. 분명 그 자신도 충분히 예상하고 찾아온 것이리라!

하지만 서원평은 불끈 쥐어진 채 가늘게 떨리던 주먹을 그저 힘없이 떨굴 뿐이었다. 어느새 친자식에 버금갈 정도로 아끼게 된 강문호를 죽일 수는 없었다.

"……."

짧은 순간, 등덜미로 펑펑 솟구치는 땀방울을 전혀 느끼지 못하고 있던 강문호가 내심 가슴을 쓸어 내렸다. 자신이 방금 생사의 경계를 넘나들었다는 사실을 알고 있었기 때문이다. 순간적으로 일으켰던 살기를 절반 가까이 지운 서원평이 십 년쯤 늙은 얼굴로 말했다.

"그래서 자네는 점창파에 무명비급을 내주자는 것인가?"

"장주님께서는 수십 년간 무명신공을 익히셨습니까?"

거의 동시에 내뱉어진 질문에 서원평과 강문호가 똑같이 고개를 흔들었다. 그중 뜻밖이란 표정이 된 서원평이 눈가에 주름을 잡아 보이며 말했다.

"내가 무명신공을 익혔다면 어찌 점창파의 일대제자들 따위에게 기업을 모조리 잃었을까? 자네는 망설이지 말고 의견을 내주길 바라네."

"마음의 결정을 내리신 거겠지요?"

"자네에게 어찌 당하겠는가! 어차피 무명신공은 천하의 누구라도 익힐 수 없을 테니, 내 자네에게 귀성장의 운명을 걸어보겠네."

"그 마음 감사히 받겠습니다."

처음과 두 번째와는 달리 진심 어린 얼굴로 고개를 숙여 보인 강문호가 눈빛을 빛내며 말했다.

"광명신교(光明神敎)를 아시겠지요?"

"마, 마교를 말하는 건가?"

"예, 세간의 이야기에 불과할 뿐이라 해도 무명비급은 광명신교의 개파 조사의 유진이 담겼다고 전해지는 물건입니다. 과거에는 마천루의 난 때문에 비급 쟁탈전에 뛰어들지 못했지만, 지금은 사정이 다르지요. 본거지인 십만대산(十萬大山)을 중심으로 꾸준히 세력을 늘리고 있다고 알고 있습니다."

"하지만……."

"예, 그들은 사마외도라 불립니다. 언제나 그래 왔지요. 하지만 지금 우리 귀성장을 멸망에 이르게 한 자들은 어디의 누구입니까!"

평소와 달리 강문호는 웅변가가 되어 있었다. 아마도 필요하다면 언제든 이런 모습을 보일 수 있을 거라고 서원평은 생각했다. 그리고 이번에 그의 웅변은 확실히 사람의 마음을 움직이게 하는 힘이 있었다.

묵묵히 침묵하고 있던 서원평이 한참이 지나서야 입을 열었다.

"그리하면 귀성장은 어떻게 되는 건가?"

"그건 지금부터 생각해 봐야 할 문제겠지요."

"그런가?"

"예, 그렇습니다."

서원평이 눈을 감았다. 자신의 무능력함과 더불어 눈앞의 강문호가 지닌 한량없는 재능을 느낀 때문이다. 장강의 앞물결은 역시 뒷물결에 밀리는 때가 오기 마련이었다.

*　　　　*　　　　*

천리종횡 최고봉의 안색은 지금 가볍게 일그러져 있었다. 대략 반 시진 정도 전에 강남의 지령단에 전서구를 날리고 돌아온 터였다.

적어도 열흘은 지나야 또 다른 지령을 받게 될 테니 천천히 좌경의 상세를 지켜볼 수 있으리라 생각했는데 한 사내의 느닷없는 방문을 받왔다. 물론 이런 방문에 초조해하거나 긴장할 정도로 최고봉의 간담이 작은 건 아니었다. 평소 최고봉이 천하제일이라 자부하는 신법 중 가장 자신하는 건 마도종횡보(魔道縱橫步)라 불리는 절세의 신법이었다.

한 걸음을 내딛는 동안 십여 가지 변화를 줄 수 있기에 지척이라 해도 쉽사리 상대방의 눈을 속일 수 있었다. 바로 그런 신법으로 얼마 전 목상을 희롱할 수 있었는데, 이번에는 천하의 마도종횡보 역시 아무짝에도 쓸모가 없었다.

사내는 최고봉이 변화를 일으키기도 전에 이미 마혈을 제압해 들어왔다. 마도종횡보의 변화를 처음부터 끝까지 알고 있는 게 분명했다.

'그렇다면 군이 신법의 변화를 따를 필요가 없으렷다!'

사내의 정체를 대충 눈치 챈 최고봉은 느닷없이 신법의 변화를 꾀했다. 신법을 마도종횡보에서 무공을 익힌 자라면 대부분 그 변화를 알고 있는 칠성행보(七星行步)로 바꾼 것이다.

그러나 천하제일 경공대가가 펼쳐 낸 칠성행보가 그저 단순하기만 할 리 없었다.

역시 칠성행보의 변화를 쫓아 사내가 파고들자 기다렸다는 듯 최고봉의 신형이 화려한 변화를 일으켰다. 순식간에 또 다른 신법이 펼쳐지고 있었다. 그러니 최고봉과 같이 일평생 경공만을 일로정진했던 사람이 아니라면 그런 빠른 변화를 따라올 수 없었다.

휘청, 휘청!

변화의 빠르기를 따라오지 못한 사내의 신형이 가볍게 흔들리는 틈을 봐서 최고봉이 슬쩍 보행을 흐트러뜨렸다. 그리고 뒤로 물러서는 바람 같은 움직임!

순간적으로 발이 뒤엉켜 움직임이 주춤했던 사내가 부지불식간에 균형을 잃고 크게 땅바닥을 굴렀다.

우당탕! 쿵! 쾅!

"으윽!"

신법의 속도가 속도이니 만치 보통 사람 같으면 뼈가 몇 군데쯤 부러지고도 남음이 있는 모습이었다. 그러나 놀랍게도 사내의 땅바닥을 뒹구는 기술은 남달랐다. 그는 그저 몇 바퀴 땅바닥을 뒹굴더니, 스스로 자신의 몸을 땅바닥 위에서 회전시켜 여력을 없앴다. 중상을 모면하긴 하였으되, 꼴불견이란 말로밖엔 표현할 도리가 없는 모습으로.

그 모습에 사내로부터 세 걸음쯤 뒤로 물러서 있던 최고봉의 미간이 가볍게 찌푸려졌다. 인영이 펼친 땅바닥을 뒹구는 동작이 무엇인지를 눈치 챈 것이다.

"나려타곤을 펼치다니! 어찌 이름 높은 오행기(五行旗)의 휘하 중에 너와 같은 녀석이 있느냐?"

허리를 퉁겨 신형을 일으켜 세운 인영이 진중한 목소리로 말했다.

"본래 제가 전에 몸을 담고 있던 문파는 산서성에 위치한 지당문이었습니다. 다급한 가운데 저절로 몸이 움직인 것이니 용서해 주시기 바랍니다."

"지당문?"

반문한 최고봉이 눈가에 멸시의 기색을 담았다.

"흥, 그런 곳의 제자가 감히 광명신교에 귀의하여 오행기의 제자가 되다니, 참으로 세상이 많이 바뀌었구나."

"……."

"그러나 출신이야 어쨌든 지금 너는 광명신교의 제자된 자이다. 감히 윗사람인 나를 능멸한 것 또한 죽어 마땅한 일일진대, 땅바닥을 뒹구는 기술로 목숨을 구걸했으니, 그 죄가 심히 크다 하지 않을 수 없다. 너는 당장 두 다리를 잘라서 너의 잘못에 대한 대가를 치루도록 하라!"

말과 함께 최고봉이 허리춤에 차고 있던 박도(朴刀)를 빼서 집어 던졌다. 마도종횡보와 함께 그의 이대 절기 중 하나로 꼽히는 대파참(大破斬)을 펼치는 데 쓰는 마도였다.

그러자 그저 손을 대기만 해도 베일 듯 예기가 넘치는 박도의 칼날을 물끄러미 바라본 사내가 품속에서 하나의 패를 빼 들었다.

"광명좌사(光明左師)? 네가 설마!"

뒤로 주춤 물러선 최고봉을 바라보며 사내가 당당히 말했다.

"설마가 아니라 사실입니다. 저는 오행기를 거느리시고, 천지풍뢰(天地風雷)의 사대문파를 주관하시는 좌사님의 명을 받아 이곳에 온 자입니다."

"……."

"그러니 본래 명존(明尊)의 휘하 중에 높고 낮음이나, 존귀 비천 따윈 존재하지 않는다고 알고 있습니다. 후배가 오산인(五山人) 중 한 분이신 선배님께 무례를 범한 것은 죄송하오나 방금 전의 말씀은 거둬주시기 바랍니다."

"흥, 아무리 좌사의 위광을 등에 짊어졌다곤 하지만 감히 내 명령을 거역하다니!"

이빨을 갈아붙인 최고봉이 거칠게 말했다.

"어쨌든 좌사의 신패를 꺼내 들고, 명존의 거룩하신 성명(聖名)을 들먹인 걸 보면 필시 내게 전할 말이 있을 터. 네게 내린 명령은 철회할 테니 어서 말하거라!"

최고봉의 부릅뜬 두 눈에서 안광이 번뜩였다. 내공이 절정에 이르지 않고선 보일 수 없는 경지의 기도였다. 그러나 눈앞의 사내는 앞서 말했다시피 광명신교 중 오산인이 이끄는 천지이단(天地二團)보다 서열이 높은 광명좌사의 위세를 짊어진 상태였다.

조금도 꿀림이 없는 눈빛으로 사내가 말했다.

"좌사님께서는 강남 지령단의 요즘 행태를 대단히 우려하셨습니다."

"흥, 천지이단을 관장하는 건 어디까지나 광명우사(光明右師)와 오산인이다. 좌사는 십만대산에서 성화(聖火)를 지키는 데 직분을 다하면 족할 것이다."

"예, 직분상으로는 물론 그렇습니다. 하지만 지금 좌사님께서 걱정하시는 건 다름 아닌 광명소주님의 이해할 수 없는 행동입니다. 명존께서 폐관에 들어가신 지 십 년. 백여 년간 분열됐던 광명신교가 세력을 되찾은 건 어디까지나 좌사님과 우사님이 힘을 합했기 때문입니다. 지금 와서 광명소주님께서……."

"무엄하다!"

버럭 소리를 질러 사내의 입을 막은 최고봉의 안색이 스산하게 변해 있었다. 그가 살기를 일으키고 있다는 걸 눈치 챈 사내가 뒤로 주춤 물러서며 말했다.

"자중하십시오. 좌사님의 명을 받고 온 절 죽이신다면 광명신교 내에서 내전이 일어날 수도……."

퍼억!

사내의 얼굴이 반대 편으로 돌아갔다. 내공을 일으킨 일격은 아니었지만 사내는 크게 신형을 휘청거렸다.

'흐흐, 만약 내공을 일으켜 저항하려 했다면 두개골 자체가 박살났

을 터인데…….'

　사내가 생각보다 똑똑하다고 여긴 최고봉이 잔혹한 웃음을 입가에 매달았다.

　"비록 지금 신교 안에서 좌사의 세력이 가장 크다곤 하지만 그것은 어디까지나 명존께서 폐관하셨기 때문이다. 감히 네놈 따위가 명존의 유일한 혈손이 하는 행동을 왈가왈부할 수 있다고 생각하는 것이냐!"

　"그, 그것은……."

　"그렇지 않다면 진정 신교가 삼백 년 전 그랬듯 둘로 나뉘어 피로 피를 씻는 혈전을 벌이길 바라는 것은 아니겠지?"

　"……."

　사내는 침묵했다. 방금 나온 말은 자신이 부여받은 권한을 월등히 뛰어넘는 말이었기 때문이다. 그것만으로 충분히 만족한 듯 최고봉이 사내의 어깨를 두드려 줬다.

　"이런 때 말을 아낄 줄 알다니! 그래, 네놈이 마령신단(魔靈神丹)을 복용한 오행기의 제자이긴 하지만 나이에 비해 똑똑한 녀석이라고 생각했다."

　부르르…….

　"마령신단의 공효는 상상을 불허하지. 하지만 내가 방금 심어놓은 열화기(熱火氣)를 무시할 수는 없을 거다. 그만하면 좌사라 해도 네게 죄를 묻지는 못할 테니, 너는 그만 돌아가거라."

　"은혜에 감사……."

　말을 채 끝맺지 못하고 한 덩이나 되는 피를 토한 사내가 신형을 되돌려 허겁지겁 달려갔다. 아무리 진기가 격탕되었다 해도 최고봉 앞에서 운기조식을 취하고 싶진 않을 터였다.

그러자 무심하게 그 모습을 지켜보고 있던 최고봉이 손을 들어 버릇처럼 자신의 민대머리를 매만졌다. 여름 햇볕에 탔는지 머리가 화끈거렸다.

'젠장, 초희라도 있으면 모자를 만들어줄 텐데. 그나저나 소주께서는 도대체 무슨 생각을 하고 계신 건지.'

초희 생각에 얼굴을 붉게 물들인 채 최고봉은 좌경을 보기 위해 걸음을 빨리 했다. 절대로 초희나 남들 앞에서는 내보이지 않을 얼굴이었다.

*   *   *

최고봉이 날린 전서구가 목적지인 절강성에 도착한 건 십여 일이 지나서였다. 도중에 몇 차례나 건장하고 활기 찬 녀석들로 바뀐 덕분에 며칠을 줄일 수 있었다.

그리고 전서구의 다리에 매달린 작은 통에서 꺼내진, 말린 종잇조각에 적혀 있던 암호문의 해석이 얼추 끝나갈 때였다.

호사스러운 전각, 귀품이 넘치는 사람들의 움직임에 감탄을 하며 엄정하는 내실의 광경이 예상 밖으로 조촐하다는 생각을 하고 있었다. 현재의 상황은 그런 쪽으로 신경을 분산시키거나 자신의 앞에 놓여진 용정차(龍井茶)의 은은한 향기를 진심으로 즐겨야지만 넘기기 수월할 터이기 때문이다.

그래서인지 벌써 침묵 속에 자리를 잡은 지 한 시진이 넘어가고 있었다. 보통의 자제력을 지닌 자라면 얼굴에 짜증의 기색이라도 나타낼 만한데 그의 얼굴은 고요하기만 했다.

‘응?’

목적을 달성하기 위해서라면 무엇이든 서슴치 않는 이곳 주인의 얼굴에 가벼운 파문이 일어났다. 장부를 정리하던 도중 새소리에 놀라 고개를 들어보니 눈앞에 그림같이 아름다운 미장부가 앉아 있는 것이다.

‘저자는 누구지? 아아, 날 만나기 위해서 천금의 가치가 있는 야명주를 준비해 온 사람이었지!’

스스로 묻고, 스스로 답한다. 발을 사이에 두고 눈빛을 빛내던 주인의 목소리가 부드럽게 내실을 울렸다.

“그래서 원하는 게 무엇인가요?”

구슬이 구르듯 아름다운 미성이나 단도직입적이었다. 어쩌면 발안의 주인도 자신과 비슷한 부류일 것이라 생각한 엄정하가 역시 부드럽게 입을 열었다.

“오늘은 소생에겐 중요한 소식이 오는 날입니다. 시간이 늦었으니 이만 실례하겠소이다.”

“뭐라고 하셨지요?”

“막 대인께서는 안녕히 계시오. 본인은 다음날 다시 찾아뵙겠소이다.”

말과 함께 자리에서 일어난 엄정하가 내실을 천천히 걸어나갔다.

그가 어떤 말을 하더라도 걸음을 멈추지 않으리란 걸 알고 있기에 악덕 상인 막문위는 만류의 말을 내뱉지 않았다.

엄정하가 눈치 챘듯 그녀 역시 두 사람이 같은 부류라는 걸 직감적으로 느끼고 있었다.

‘하지만 최소한의 조치 정도는 필요하겠지?’

내심 혀를 찬 막문위가 옆에 늘어져 있는 줄을 잡아당겼다. 그러자
일수유도 되기 전에 문밖에서 저음의 목소리가 들려왔다.

"부르셨습니까."

"방금 나간 자에게 사람을 붙이세요."

"예, 알겠습니다."

문득 생각난 듯 막문위가 말했다.

"아, 잠깐만요."

"……."

"요즘 쌍뢰신기 상관옥은 뭘 하고 있지요?"

잠시 침묵하던 목소리의 주인이 대답했다.

"풍뢰문 건을 실패하고 술에 찌들어 살고 있습니다. 부상은 완치됐
으나 일을 다시 수행하기에는 조금 무리가 있다고 사료됩니다."

"이번 일은 그에게 맡기세요."

"하지만……."

"방금 나간 사람은 절세고수가 아니면 아예 무공이라곤 익힌 일이
없는 백면서생이에요. 그러니 상관옥 말고 지금 누굴 사용할 수 있겠
어요."

"알… 겠습니다."

그것을 끝으로 목소리는 더 이상 들려오지 않았다. 그리고 극히 일상
적인 사무를 처리한 막문위가 다시 눈앞의 장부 쪽으로 시선을 돌렸다.

천하에서 가장 큰 재원 중 하나를 움직이는 손길은 절대로 멈춰서는
안 되기 때문이다.

제19장 사지(死地)로의 출행

엄정하의 발걸음은 독특하다. 어떻게 보면 그저 평범한 걸음걸이지만 사람들은 그가 곁을 지날 때마다 흠칫 놀란 기색을 지어 보이곤 한다. 다가오는 기척을 전혀 느끼지 못했기 때문이다.

그러나 그는 사람들이 어떤 반응을 보이기도 전에 이미 그들의 옆을 지나쳐서 큰 물의를 일으키지 않았다.

절강성의 성도인 항주(杭州)의 복잡한 골목길을 걸어 들어가는 그의 발걸음은 행운유수와 같을 뿐더러 멈춤이 없었다.

그렇기 때문일까?

여인이라면 누구라도 흠모할 만한 미모이지만 요란한 치장을 하고 거리를 배회하는 여인들 중 어느 누구도 엄정하에게 추파를 던지지 못했다. 사실 엄정하가 노린 건 바로 그점일지도 모르는 일이다.

하지만 물론 이런 특이한 행동을 평상시에 거리낌없이 행할 리 없다. 지금 엄정하는 무언가 급한 일이 있었다.

번화가의 좁고 구불구불한 골목들을 한참 동안 걸어 엄정하가 도착한 곳은 퀴퀴한 냄새가 물씬 풍기는 잡화상이었다. 이런 골목이라면 으레껏 하나씩은 있는 평범한 가게였다. 하지만 어떤 사람들 사이에 숨겨놓더라도 눈에 띌 듯 발군의 용모를 지닌 엄정하는 별로 망설이는 기색도 보이지 않고 잡화상 안으로 걸어 들어갔다.

여기저기 아무렇게나 널려져 있는 물건들 사이로 고개를 끄떡거리고 있던 허리 구부정한 노인이 고개를 들어 올렸다.

"어떻게 오셨소?"

"가게의 주인이오?"

"그렇소만."

"이런 곳에 발을 디딘 사람에게 그런 질문은 별 의미가 없다고 생각하지 않소이까?"

엄정하는 웃었다. 남녀를 불문하고 누구나 반할 듯한 미소를 입가에 떠올린 것이다.

하지만 잡화상의 노인은 여간내기가 아니었다. 몇 개 남지 않은 이빨을 오물거리곤 말했다.

"나는 너무 늙어서……."

"나이가 들었다 해도 이것을 잊지는 않았겠지?"

말끝을 짧게 하며 엄정하가 하나의 동그란 신패를 꺼내 들었다. 전체적으로 푸른색이 흐르는 데다 녹색으로 타오르는 불꽃이 양각된 신패의 이름은 성화령(聖火令)이었다.

광명신교의 천지이단 중 지령단의 절강분타주가 대뜸 땅바닥에 얼굴을 처박았다. 엄정하에게라기보다는 성화령 자체에 복종의 자세를 취하는 모양새다. 특별히 그런 것에 연연하지 않는 성격인 엄정하가 말했다.

"아직 대낮이고 이런 골목이라도 지나다니는 사람이 있을 텐데, 그런 모습은 보기에 좋지 않군."

"그런 것을 아시는 분이 교의 은어를 주고받기도 전에 그런 성물을 꺼내드십니까!"

"그야 나는 귀찮은 걸 싫어하는 성격이라……."

"역시 소문대로십니다. 이미 오산인 중 초희님에게 언질은 받은 상태입니다."

"그런가?"

반문한 엄정하가 말했다.

"그런데 언제까지 고개를 땅바닥에 박고 있을 거지?"

"성화령의 존엄을 풀어주셔야 하지 않습니까!"

"아아, 참 그랬지."

천연덕스레 말하며 엄정하가 성화령을 품속으로 집어넣었다. 그러자 대뜸 신형을 일으켜 세운 절강분타주가 얼른 잡화상의 문을 닫았다.

오랫동안 강남에서 터를 닦아서인지 영업이 끝났다는 팻말을 붙이는 주도면밀함도 잊지 않는 그였다.

겉의 잡화상은 물론 위장에 불과하다.

문을 닫고, 돌아선 절강분타주를 따라 잡화상의 지하로 이어진 길다란 회랑을 걸어 들어간 엄정하는 곧 커다란 서가와 맞닥뜨렸다. 한눈에 보기에도 족히 수천 권은 넘어 보이는 장서들이 빽빽하게 벽면의 서가를 채우고 있었고, 땅바닥에는 정리가 되지 않은 두루마리들이 아무렇게나 나뒹굴고 있었다.

그 한쪽에 마련된 원탁의 가장 가운데 자리를 엄정하에게 권한 후 절강분타주가 반대 편에 착석했다. 자리에 앉자마자 대뜸 두 다리를 원탁 위에 걸치는 방약한 자세를 취한 엄정하가 허리를 뒤로 젖히며 말했다.

"정자세로 오랫동안 앉아 있었더니 허리가 쑤시는군. 아무리 돈도 좋지만 주판 알이나 튕기는 자들과 흥정을 한다는 건 마음에 들지 않는 일이야."

서가에서 몇 권의 책을 뽑아내어 가져온 절강분타주가 한마디로 딱 잘라 대답했다.

"하지만 세상은 예산이 지배합니다."

"예산?"

"예, 천하가 혼돈에 빠진 지금, 가장 필요한 건 무력이나 세력이 아닙니다. 무력이나 세력을 유지할 수 있는 자금력입니다. 그 점에 있어서 강남상계를 제압하고 있는 금산상회와 손을 잡는 건 매우 중요한 일입니다."

언뜻 엄정하의 눈빛이 가늘게 쪼개졌다. 예리하게 꽂히는 서늘한 눈빛을 받으며 절강분타주가 고개를 가볍게 숙여 보였다.

"이미 아시는지 모르겠습니다만, 소개는 해야겠지요. 지령단의 절강분타를 맡고 있는 번뇌심안(煩惱心眼) 안강(安慷)입니다. 소주님께서 절강성에 들어오시는 순간부터 쭉 지켜보고 있었습니다."

"호오, 열다섯을 돌려보냈는데 그 외에도 더 있었는가 보군."

"저희 절강분타의 추종술은 과거부터 가장 끈적끈적하기로 유명하지요, 흐흐흐."

안강의 웃음은 꽤나 사악해 보였다. 과거 이십여 년 전까지 가공할 살인귀를 표방하던 인물답다는 생각을 잠시 떠올리곤 엄정하가 웃어 보였다.

"그건 그렇고, 나에게 온 전서구가 있을 텐데."

"사천으로부터 온 소식을 말씀하시는 건지요?"

"알면서 묻는 걸 나는 매우 싫어해."

"예, 알아모시겠습니다. 하지만 소주님께서는 먼저 하실 일이 있으실 텐데요?"

순간 여유만만하던 엄정하의 눈빛이 금빛으로 물들었다. 번뜩이는 눈빛에 얼른 고개를 아래로 향한 안강이 목소리를 낮췄다.

"제가 주제넘었습니다."

"주제넘은지는 아는가?"

"물론입니다. 소주님께서 이미 금안공(金眼功)까지 익히셨을 줄은……."

"됐다! 하지만 너는 오산인과는 같지 않구나!"

"속하는 명존께서 폐관에 드신 후 입교한지라 아직 화심인(火心印)을 받는 영광을 얻지 못했습니다."

"그렇군."

고개를 끄떡인 엄정하가 손을 내밀었다. 중간 관리자들이 으레 그렇듯 눈치 빠른 안강이 얼른 옆에 놔뒀던 책자를 밀어놓고 한 장의 서찰을 꺼내 들었다. 애초부터 안강이 자신을 시험했다는 걸 눈치 챈 엄정하가 입가의 미소를 더욱 짙게 하며 서찰을 빼앗았다. 기다렸다는 듯 안강이 조목조목 설명했다.

"처음 속하는 오산인 중 한 분이신 천리종횡의 사천행에 의문을 품었습니다. 하지만 서찰의 내용이 사실이라면 충분하고도 남음이 있는 결정이었던 것 같습니다.”

“서찰을 봤는가?”

“우사님께서 천지이단의 빠른 정보 전달을 위해 내리신 긴급 명령 삼십오 조에 의거한 분타주의 의무를 수행한 것이지요.”

“……”

엄정하로선 금시초문인 이야기였다. 그러나 천지이단의 실질적인 우두머리는 광명우사였다. 좌우광명사자의 권위에 맞서는 건 아직이라 중얼거리며 엄정하는 서찰을 꼼꼼히 읽어 내려갔다.

안강이 말한 것은 분명 무명비급에 관한 것일 텐데, 엄정하의 시선을 한참 동안 잡아둔 부분은 담우소에 대한 짤막한 언급이었다.

‘이번에는 귀성장과 행동을 함께한다고? 하하, 이자는 천성적으로 고난을 달고 다니는 자인가?’

엄정하는 고개를 갸웃거리며 미소 지었다. 안강에게 지어 보였던 가식적인 미소가 아니라 진심으로 유쾌해서 못 견디겠다는 웃음이었다. 그러자 아마도 광명우사에게 엄정하를 대처하는 직통의 서한을 받았음이 분명한 안강이 슬쩍 목소리를 높였다.

“속하가 급히 조사한 바론 무명비급이 세상에 모습을 드러낸 것은 대략 이백 년 전입니다. 본 교의 지원을 받아 몽고족을 몰아냈던 주원장의 배신으로 성화가 꺼졌을 때 유출된 걸로 사료됩니다.”

“사료된다?”

“예, 본 교의 장서고가 그 당시 불탔기 때문에 정확한 유출 원인은 찾지 못한 상황입니다.”

“그렇다면 진위의 유무는 누구도 판단할 수 없는 일이겠군.”

엄정하의 목소리는 고저가 분명한 것이 듣기에 매우 좋았다. 하지만 안강에겐 목소리가 듣기 좋고 나쁘고가 문제가 되지 않았다.

어디까지나 무명비급에 대한 열의를 내보이지 않는 엄정하에게 안강이 목소리를 더욱 높였다.

"여기서 중요한 건 무명비급의 진위가 아닙니다. 지난 천여 년 간 본 교의 명존 중 어느 분도 그 지닌 바 뜻을 해독하지 못했으니, 다른 누구라 해도 마찬가지일 게 분명합니다."

"그렇다면 됐지 않은가!"

엄정하가 탁자에 걸치고 있던 다리를 쭉 펴더니 이번엔 다리를 가볍게 꼬았다. 따분해서 견딜 수 없다는 얼굴 표정을 굳이 엿보지 않더라도 그런 일에는 관심이 없다는 뜻을 노골적으로 표시하는 행동이었다.

'과연 오만하기 이를 데 없는 오산인들이 쩔쩔맸다더니 여간한 분이 아니시구나. 하지만 나, 안강은 우사님에게 밀지를 받은 몸이다. 소주님이 마음대로 하게 해드릴 수는 없다.'

눈앞의 모든 것을 완전히 무시하는 얼굴을 해보이며 안강이 말했다.

"하지만 소주님의 말씀처럼 일이 간단하진 않습니다."

"……."

"그동안 정파의 떨거지들이 신교를 두려워한 데는 천하 삼대 신공 중 으뜸인 무명신공의 덕이 큽니다. 굳이 무명신공의 위광을 빌리지 않더라도 신교는 무적이나 관부의 견제를 받느라 당금에 들어선 세력이 많이 약해진 것도 사실입니다. 무명비급이 정파의 손에 들어간다면 앞으로 많은 애로 사항이 생길 게 분명합니다."

"흐음, 그러니까 무명비급이 전혀 쓸모없다는 걸 정파에 알리지 않기 위해 반드시 회수가 이뤄져야만 한다는 건가?"

"꼭 그렇지만는 않지만……."

"뭐, 그렇게 하지."

"예?"

"그렇게 하자고. 어차피 마땅한 강자 하나 없어서 따분하기 그지없는 강남에는 별로 오랫동안 머물고 싶지 않았어. 이번 기회에 강북의 무수한 강호들과 차례차례 손속을 겨뤄보는 것도 나쁘진 않겠지."

결정했다는 듯 엄정하가 고개를 까딱거렸다. 자못 오만한 발언을 뛰어넘을 정도로 오만의 극치에 이른 모습이었다. 그러나 그런 모습조차 눈앞의 사나이에겐 확실히 어울린다는 사실을 안강은 마지못해 인정해야만 했다.

그 자신이 과거 강호무림에 피보라를 일으키며 기세등등한 청년 시절을 보냈지만 이와 같은 호기는 부리지 못했던 것이다.

"소주님께서 가주신다면 이보다 좋은 일은 없을 겁니다. 그렇다면 빨리 금산전장과의 일을 끝마치셔야겠군요."

안강의 손이 방금 전 한쪽으로 치웠던 서책들을 슬그머니 엄정하 앞으로 밀어 보였다. 여인같이 길다란 속눈썹을 파르르 떨어 보인 엄정하가 입술을 가볍게 꼬았다.

"나는 지금 당장 사천으로……."

"처음부터 말씀드렸지만 금산상회와 제휴를 맺는 일은 앞으로 신교가 부흥하기 위해선 필수 불가결한 과업입니다. 신교의 수많은 형제들이 일각이 여삼추처럼 명존께서 폐관을 끝내고 출관하시어 신교의 위광을 천하에 떨치길 고대하고 있습니다. 소주께서만 회피하실 순 없는 문제라고 사료됩니다."

'으음, 진짜 말은 잘하는군.'

명존을 들먹이고 있었다. 더 이상 피할 도리가 없다고 생각한 엄정
하가 발을 반대 편으로 꼬아 보이며 말했다.

"하지만 상인이란 것들은 너무 꼬장꼬장해서……."

"그래서 제가 정성들여 마련한 것이 있습니다."

"이 책자들 말인가?"

엄정하의 눈길이 책자를 가리키자 안강이 기다렸다는 듯 목소리를
높였다.

"금산상회의 각종 상하 관계와 세력 분포도, 인간관계의 맹점을 포
함한 제반 사항들이 모두 이곳에 담겨 있습니다. 그중 금산전장에 대
한 건은 특별히 책자 한 권으로 되어 있으니, 소주께서는 부담 느끼지
마시고 숙독해 주십시오."

안강의 노회해 보이는 얼굴로 자신감이 흘러넘쳤다. 아마도 책자 속
의 내용에 상당한 자부심을 느끼고 있는 게 분명했다.

'흐음, 이자와 같이 정보를 다루는 자들이 이런 표정을 지어 보이고
있을 땐 못 이기는 척 들어주는 것도 나쁘진 않겠지.'

내심 일 순위에 뒀던 사천행을 잠시 뒤로 늦추기로 마음먹은 엄정하
가 눈앞의 책자를 하나 들어 올렸다.

'금산전장 특별편?'

다시 찾아보기 힘들 정도로 극악스런 제목이라고 중얼거리며 책자
를 펼쳐 든 엄정하의 얼굴이 가볍게 변했다. 눈앞으로 한 장의 나녀도
(裸女圖)가 파고들었다.

"이, 이게 뭐지?"

입가 가득 흐뭇한 표정을 감추지 않은 채 안강이 대답했다.

"선대로부터 금산전장을 물려받은 지 삼 년 만에 세를 열 배로 키운

당대제일의 여걸을 공략하기 위한 첫 번째 과정입니다.”

“악덕 상인 막문위의……?”

“예. 무려 서른 명이나 되는 분타원들의 희생으로 만들어진 자료입니다. 뒷장에는 그녀에 대한 상세한 설명이 덧붙여져 있습니다.”

너무 당당하게 말하니 화도 못 내겠다고 엄정하는 생각했다. 그러나 변태나 호색한처럼 계속 이런 그림을 보고 있을 수도 없는 노릇이었다.

재빨리 책장을 넘기던 엄정하의 눈빛이 더욱 크게 흔들렸다. 뒤로 갈수록 책자의 내용은 더욱 가관이 아니게 변해가고 있었다.

*　　　　*　　　　*

삽시간에 열흘이 지났다.

어찌어찌 귀성장의 생존자들과의 공존에 익숙해진 담우소는 하릴없이 풀밭을 뒹굴고 있었다. 역시 군사답달까? 강문호는 주변의 지형지물을 이용하여 점창파의 추격을 노련하게 따돌렸다. 낮에는 지금처럼 울울창창한 숲 속에 숨어서 숨을 죽이고 있고, 밤에는 궁벽한 산길을 따라 쉬지 않고 이동했다. 그의 말을 빌자면 아주 고전적인 수법이었다.

그 외중에 여인들과 아이들은 크게 지쳐서 다른 사람들의 부축을 받아야만 했는데, 그 점에 있어서 담우소는 별다른 부담이 없어 좋다고 생각했다. 사랑하는 사람들을 지켜야 한다는 부담감은 상당했다. 귀성장의 날고기는 일류고수들조차 점차 안색이 침울해지는 걸 숨기기 힘들어하고 있었다.

그중 가장 아무 생각이 없는 얼굴을 하고 있는 강문호가 온몸으로 휴식을 취하고 있는 담우소 곁에 아무렇게나 털썩 주저앉았다.

"뭐 하냐?"

"잠잔다."

"그러냐?"

"그렇다."

누가 곁에서 듣는다면 서로 간에 전혀 대화를 나눌 의사가 없는 두 사람이라고 생각할 터였다.

그만큼 둘의 대화는 무미건조했다.

자신의 옆에 앉아 있는 사내가 무언가 목적이 없고선 남에게 말을 거는 것조차 귀찮아하는 타고난 게으름뱅이라는 걸 담우소는 알고 있었다.

기다리다 보면 먼저 말을 꺼내리라 기다리고 있자니 과연 강문호가 나직한 헛기침과 함께 슬그머니 말문을 열었다.

"지금 우리는 사천의 가장 깊숙한 심처인 대파산(大巴山)을 향해 가고 있다. 기주나 중경도 생각했지만 그쪽은 당문의 세력권이니 불필요한 충돌이 일어나기 쉽거든."

"……."

"대파산은 일단 산세가 험하고 점창파나 아미파(峨嵋派)와 같은 대문파와 인접하지 않은 곳이야. 그곳에 둥지를 틀고서 어떻게 다음 작업에 들어가 볼까 한다."

"……."

"그런데 말야……."

담우소는 이제야말로라고 생각했다. 얼마 전 스스로 남기를 청한 까닭에 주눅 들어 있던 강문호에게 큰소리를 칠 때가 드디어 도래한 것

이다. 그러나 강문호는 갑자기 고개를 절레절레 흔들고는 신형을 일으
켜 세웠다.

그는 전혀 그답지 않게 고뇌에 가득한 표정을 지어 보이고는 발길을
돌려세웠다.

내심의 기대만큼이나 오히려 마음이 다급해진 담우소가 버럭 소리
쳤다.

"지금 뭐 하는 짓이냐!"

"……."

"말을 시작했으면 끝을 봐야 하잖아!"

말을 꺼내놓기가 무섭게 담우소는 후회했다.

'이런 제길, 이러면 내가 세운 계획 자체가…….'

담우소야 투덜거리든 말든 간에 발길을 돌린 강문호의 두 눈은 어느
새 반짝거리고 있었다. 무언가 속으로 음흉한 생각을 하고 있을 때의
표정이었다.

이번에도 자신이 당했음을 인정할 수 없었던 담우소가 목소리를 높
였다.

"그런 표정 짓지 마라! 난 절대 응한다고 한 적 없다!"

"난 아무 말도 하지 않았는데."

"어쨌든 난 응한다고 한 적 없다는 게 중요하다구."

"뭐, 일단 그렇다고 해두지."

강문호의 입가로 능숙한 사교적 미소가 떠올랐다. 하는 말과 달리
그의 안색은 이미 모든 일은 자신의 뜻대로 결정됐다는 듯 태평했다.

'이 녀석이!'

다시 자신의 옆에 자리를 잡고 앉은 강문호를 바라보는 담우소의 얼

굴엔 내심의 불편한 심기가 물씬 묻어났다. 담우소를 바라보며 싱글거리고 있던 강문호가 하늘을 바라보며 말했다.

"그래서 이어지는 얘긴데, 대파산으로 들어가서 버티는 동안 한 가지 처리할 일이 있다. 귀성장의 미래가 걸린 일이니만치 매우 중요한 일인데, 거기에 네가 동참해 줬으면 한다."

"……."

잠시의 침묵 끝에 담우소의 입이 열렸다.

"왜 나냐? 난 무공도 그리 강하지 않고 귀성장 사람도 아닌데?"

"흐음, 네가 너 자신을 그렇게 잘 알고 있다니 이제야 내 마음이 놓이는구나!"

"……."

담우소가 화를 낼 틈도 주지 않고 강문호가 말을 이었다.

"지난 번 너와 생사고락을 함께 하는 동안 난 놀고만 있었던 건 아니다. 네가 무림에서 찾아보기 힘든 특이한 무공을 익히고 있어 매우 자연 친화적이란 걸 눈치 챌 수 있었다는 말이야. 뭐, 그만큼 야생에 가까운 야만인이란 뜻도 되지만."

"너, 나랑 싸움하러 왔냐?"

"그럴 리가! 어쨌든 그런 이유로 해서 이번 일에는 네가 적격이란 판단을 내린 것이다."

담우소로선 며칠 전부터 내심 줄곧 기다리고 있던 말이었다. 그와 강문호는 마음으로 깊이 사귄 지기라고 하기엔 낯간지런 사이였다. 굳이 얘기하자면 담우소 자신의 변덕스런 성격으로 인해 얽힌 악연에 가까웠다.

하지만 천애고아에다 사문마저 망해 버린 담우소로선 악연이라 해도 섣불리 다룰 수 없었다. 내심 하루만 더, 하루만 더 하던 것이 벌써 열흘이 지나고 있었다.

강문호가 위험에 처한 상황에서 떠나기가 꺼려졌지만 언제까지나 패잔병 꼴이 된 귀성장 사람들과 함께할 수는 없었다. 지금쯤 어딘가 산채 하나를 점령한 채 자신이 돌아오기만을 목이 빠져라 기다리고 있을 금조표국의 일행들은 그렇다 치더라도 그는 머나먼 사천까지 놀러 온 게 아닌 까닭이다. 따라서 대충 점창파의 추격으로부터 자유로워진 지금, 강문호의 부탁 한 가지를 들어준다면 몸을 빼내기가 수월할 터였다. 어느 누구에게가 아니라 자기 자신의 마음속 짐을 조금이나마 덜 수 있다고 생각한 것이다.

앞뒤를 재지 않고 무턱대고 고개를 끄떡이려던 담우소가 문득 생각이 났다는 듯 목소리를 낮췄다.

"근데 한 가지 물어보자."

"왜? 설마 할 마음이 든 건 아니겠지?"

"그거야 네 대답에 달렸다고 할 수 있지."

"후후, 그런 거라면 얼마든지."

어깨를 으쓱해 보이는 강문호에게 담우소가 심각한 얼굴로 말했다.

"그거 혹시 공짜는 아니겠지?"

"물론!"

"어, 얼마나?"

"글쎄, 일의 중대함으로 봐서 황금 백 냥쯤을 생각하고 있는데……"

"황금 백 냥?"

"왜? 갑자기 두려움이 느껴지냐?"

확실히 그랬다. 담우소는 그저 대충 한 가지 일을 처리해 주려 한 것인데, 아무래도 잘못 짚은 듯했다. 평소처럼 전혀 내심을 알아먹을 수 없는 얼굴이 된 강문호를 바라보는 담우소의 표정이 복잡 미묘하게 변하고 있었다.

*　　　*　　　*

황금 백 냥이란 돈은 결코 적은 것이 아니다. 아무리 적게 잡더라도 한 문파의 일 년 예산을 훨씬 뛰어넘는 돈이다. 그런데 한 번의 임무에 그만한 돈을 내건다구? 굳이 깊이 생각하지 않더라도 그 임무가 거의 목숨을 내놓을 정도로 힘들고, 괴로운 임무일 거란 점은 누구라도 예상할 수 있는 일이었다. 그렇지 않다면 그만한 돈을 내걸면서까지 일을 맡기려 하진 않을 것이었다.

그러나 그 임무의 종착지가 천하에서 가장 깊숙한 오지이자 무림인들의 뇌리 속에 무한정한 공포를 주입시키는 곳이라니!

"흐음, 청해성(靑海省)의 십만대산이라……."

담우소는 뒤통수를 긁적였다. 또다시 들어본 일도 없는 곳으로 떠나가야 하는 자신의 신세가 한심해서였다. 이번이 마지막이라고 마음을 다잡았지만, 진짜 마지막이 될지도 모른다는 생각을 하면 목덜미로 식은땀이 흘러내렸다.

지금부터 담우소는 전설적인 마교의 본거지를 향해 달려가야 할 판이었다. 그렇다 해도 이미 일은 담우소의 손을 떠나 착착 진행되고 있었다. 귀성장 측에선 벌써 네 명의 고수들이 선정되었고, 지금 강문호는 그들에게 주의 사항을 일러주고 있었다.

'저 녀석들 유언장까지 썼지 아마!'

청해성 행에 뽑힌 네 명의 고수들이 비장한 표정으로 유언장을 작성하던 광경을 떠올린 담우소가 잔뜩 인상을 일그러뜨리고 있을 때였다. 네 명의 고수들과 손가락을 단지해 받은 혈주를 근엄하게 나눠 마신 강문호가 종종걸음으로 담우소에게 다가왔다.

"너, 진짜로 갈 거냐?"

"간다."

"으음, 지금이라도 너는 이번 임무에서 빠질 수 있다. 비록 사천과 맞닿아 있다곤 하지만 청해성의 곤륜산맥(崑崙山脈) 쪽으로 넘어가려면 목숨을 대여섯 번은 걸어야 한다. 너는 사천에 해결할 일이 있어서 온 거잖아."

히죽!

그사이 자신의 머리를 번잡하게 만들던 번뇌를 떨쳐 버린 것일까?

담우소는 입술을 가볍게 비틀어 보였다. 그 딴엔 나름대로 미소랍시고 지어 보인 모습이었다.

그것만으로도 충분히 담우소의 지독한 고집의 단면을 읽은 강문호가 나직이 투덜거렸다.

"내 평생에 너 같은 녀석을 만났으니 제대로 된 수명을 누리며 남은 여생을 보낼 수 있을지 모르겠다."

"그야 맨 처음 날 잡아 가뒀던 네 잘못 아니겠냐! 어쨌든 이번 일을 제대로 끝내면 주기로 한 황금 백 냥에 대해선 반드시 약속을 지켜야 한다."

"나 강문호의 명예를 걸고 맹세한다."

"네놈의 맹세 따윌 믿을 것 같냐!"

"그럼 혈서라도 써줄까?"

아까 단지한 손가락을 들어 보이며 너스레를 떠는 강문호를 물끄러미 바라보던 담우소가 갑자기 진지한 얼굴이 됐다.

"네게 한 가지 부탁할 게 있다."

"부탁? 그 딴 건 별로 좋아하지 않아서……."

뒤로 주춤거리며 물러서려는 강문호의 손목을 재빨리 낚아챈 담우소가 품 안에서 꾸러미 하나를 끄집어냈다. 곁눈질로 그것이 평소 담우소가 목숨처럼 아끼던 것임을 확인한 강문호의 미간이 슬쩍 좁혀졌다.

"설마?"

"그래, 그 설마다."

덥썩!

강문호의 손에 꾸러미를 쥐어준 담우소가 목소리를 낮췄다.

"난 돈이 생기는 일이라면 무엇이든지 해야 할 처지라서 이번 일을 거부하지 못한다. 그러니 혹시 내가 살아 돌아오지 못하면 네가 이 꾸러미를 가지고 내 고향 절강성으로 가줬으면 한다."

"그 꾸러미에 뭐가 들었는데?"

"여기에는 그동안 모은 내 전재산과 사부님께 받았던 물건이 들어 있다. 그걸 네가 풍뢰문 터에 가져다가 불태워 주면 좋겠다. 물론 내가 살아 돌아온다면 고이 간직하고 있던 그걸 황금 백 냥과 함께 돌려주면 되는 거구."

"간단하군."

"그래, 간단한 일이다."

그 말을 끝으로 손자국이 날 정도로 거머쥤던 강문호의 손목에서 손을 땐 담우소는 묵묵히 자신의 봇짐에 건량 등을 챙기는 일에 열중하기 시작했다. 산중에서 보냈던 오 년간의 경험을 말해 주는 신중한 모습이었다.

역시 이번 청해성 행의 우두머리로 그만한 적격은 없다고 내심 중얼거린 강문호가 신형을 돌리려다 문득 생각이 났다는 듯 말했다.

"그런데 너는 어째서 날 이렇게 믿는 거냐?"

"널 믿는 게 아니라 나 자신을 믿는 거다."

"……."

"내가 본 강문호란 사내는 싸가지없고, 밥맛인 녀석이지만 제법 믿을 만한 자식이거든."

자신을 향해 씨익 웃어 보이는 담우소를 바라보며 강문호가 뒤통수를 긁적였다. 어느 사이엔가 멋쩍은 일을 만나면 비슷한 행동을 하게 된 두 사람이었다.

다음날 새벽.

담우소를 비롯한 다섯 명은 대파산으로 향하는 귀성장 일행들과 헤어져 험난한 청해성 행에 올랐다.

사천성과 지역적으로는 맞닿아 있으나 중간이 온통 밀림이고 가파른 산지로 이어진 길이었다. 게다가 공포의 대명사로 불리는 마교가 위치한 곳이니, 살기보다는 죽기가 더 손쉬운 장도에 오른 것이다.

전날 강문호와 나눠 마신 화주(火酒)의 기운은 아직 담우소의 몸속을 달구고 있었다. 더욱 정확히 말하자면 머리 속을 더 심하게 달구고 있지만.

어쨌든 지금 담우소의 기분은 최고였다.

이러니 저러니 해도 그는 이번 청해성 행의 우두머리였다. 그는 드디어 은근히 시샘하던 임창배와 동일한 선상에 올라선 셈이다.

사천행시 임창배가 금조표사들에게 보였던 위세를 본받아 담우소가 근엄한 목소리로 소리쳤다.

"그만 출발해 볼까?"

대답은 없었다. 뒤에 멀뚱히 서 있던 자들 중 하나가 담우소의 옆을 스쳐 지나갔다.

"출발은 우리가 정한다."

"너는 뒤처지지 말고 따라오기나 해!"

"뒤처지면 놔둔 채 간다."

결사의 각오를 한 네 명의 부당주들 중 나머지 셋이 한마디씩을 던지곤 담우소를 놔둔 채 자기들끼리 앞서 걸어갔다.

첫 번째로 담우소의 옆을 스쳐 간 천당의 부당주 뒤를 쫓는 것이다.

갑자기 취기가 확 깨는 느낌과 함께 담우소가 허겁지겁 그들의 뒤를 따라 달려갔다. 이번에도 강문호에게 속았다는 생각은 한참 후에야 뒤를 따랐다.

*　　　　*　　　　*

쪼르륵…….

실핏줄이 들여다보일 정도로 새하얀 손의 움직임은 정갈하고 능숙했다. 다도를 깊숙이 체득하여 경지가 제법 높은 엄정하의 두 눈이 가볍게 이채를 띠었다.

'놀라울 정도로 섬세한 손놀림이군. 저런 손가락으로 주판 알을 튕긴다면 정말 쾌속하게 계산을 뽑아낼 수 있을 거야. 과연 금산 삼대 거상은 아무나 되는 게 아니었어. 혹시 암산도 그렇게 잘하는 걸까?

섬섬옥수의 주인은 화용월태(花容月態)란 말이 무색할 정도의 미인이었다. 그런 여인을 앞에 둔 사내치고는 전혀 어울리지 않는 생각을 떠올리며 엄정하가 웃어 보였다.

"하하, 차의 향기는 주인의 품성을 그대로 닮는다고 하던가요? 경국지색(傾國之色)의 미녀가 따라주는 다향의 감미로움에 소생의 코가 녹아내릴 것 같습니다."

"공자님의 코끝을 즐겁게 하는 향기는 오룡차(烏龍茶)의 것이지 소녀의 것이 아닙니다."

"이것이 그 유명한 오룡차입니까?"

"예, 복건성(福建省) 무이산(武夷山) 특산의 오룡으로 최고급이라 할 수 있지요."

"흐음, 오래전부터 다도에 관심이 많았습니다. 오늘 쉽사리 만나기 어려운 인연을 만났으니 부디 오룡차에 대해 설명해 주시길 바랍니다."

"그런가요?"

즐거운 목소리를 낸 미녀가 부드러운 목소리로 말했다.

"오룡차는 반발효과 초제(炒制)의 공정을 걸치기에 독특한 화향(花香)과 과향(果香)이 배어 있으며, 그 향기가 오랫동안 지속되고 우려낸 차는 달고 부드러운 맛이 나며 뒷 여운이 오랫동안 남아요."

"분명 특별한 방법이 있겠군요."

"물론이에요. 대부분의 녹차들은 어린 차 싹과 찻잎을 따지만 오룡차만은 다 펼쳐진 찻잎을 따는데, 그 이유는 찻잎을 너무 일찍 따면 오룡차의 독특한 향기와 맛을 낼 수 없기 때문이에요. 거기다 홍차와 녹차의 제다법을 수렴하고 은근한 불로 차의 발효를 고정시키는 배화(焙火)의 기술이 오룡차 제다법의 정화(精華)라고 할 수 있으니, 그 두 가지가 합해져야 진정한 오룡차라 할 수 있답니다. 그리고……."

"그리고?"

"복건성에서 생산된 명품 오룡차는 무이암차(武夷岩茶), 무이기종(武夷奇種), 안계철관음(安溪鐵觀音), 안계오룡(安溪烏龍), 안계색종(安溪色種) 등이 있는데, 공자님께서 맡은 향기의 정체는 무이기종의 변화 무쌍함이에요."

"변화가 무쌍하다? 그것은 소저의 아름다움에 흔들리는 소생의 마음이 아닌가 사료되는군요."

화사한 미소가 매달린 입술로 낯간지런 소리를 내뱉은 엄정하가 찻물을 천천히 들이켰다. 과연 입 안으로 번지는 다향에 정신이 맑아지는 듯했다.

'차는 주인을 닮는다지!'

문득 상대방이 여인이란 생각에 깔보던 마음이 사라진 엄정하가 고개를 끄떡였다.

"십수 년을 한결같이 다도에 공을 들였건만 이러한 경지에는 오르지 못했습니다. 오늘 소저를 만나 안계를 크게 넓히니, 십 년 공부가 허망하기만 합니다."

"호호, 처음이로군요."

"처음?"

"이곳에 들어온 후 처음으로 공자님의 입에서 제 외모와 관계없는 말이 흘러나왔다는 말이에요."

"그야!"

우아한 동작으로 손사래를 치던 엄정하의 두 눈이 가볍게 굳었다. 찻잔을 들어 자신의 잔에 마저 차를 붓고 있는 여인의 단아한 얼굴 선을 본 것이다.

'입술 밑에 조그만 점이 있군. 그런데 입술은 미소 짓고 있는데 눈빛은 얼음장보다 차갑다? 내게 보이는 것처럼 상냥한 여인만은 아니라는 것이겠지.'

엄정하가 본 것은 지금까지 여인이 보였던 우아한 아름다움과는 또 다른 모습이었다. 군이 따지자면 조각된 듯 생명력이 느껴지지 않는 아름다움이랄까?

지금까지 자신이 보였던 사교적인 미소가 눈앞의 여인에겐 전혀 소용없었다는 걸 엄정하는 금세 눈치 챘다. 그리고 그런 사실을 깨닫고도 똑같은 짓을 할 만큼 그는 어리석지 않았다.

쭈욱!

품위와 여유를 우선시하는 다도의 정신 따윈 깡그리 무시하고 단숨에 찻잔을 비운 엄정하가 여인을 똑바로 쳐다보며 말했다.

"소생은 은근과 끈기 따윈 별로 관계없는 삶을 살아왔습니다. 소저 역시 그러했을 것 같은데, 제 말이 맞습니까?"

엄정하를 바라보는 여인의 아름다운 두 눈에 이채가 떠올랐다. 고개를 귀엽게 갸웃해 보인 여인이 말했다.

"이곳에 오기 전에 소녀의 뒷조사쯤은 끝내시지 않았던가요?"

"대충 한 권쯤 되는 서책에 빽빽이 적혀 있더군요."

"호오, 한 권씩이나요?"

"소생의 수하들이 좀 그렇습니다."

익살스런 엄정하의 말에 여인이 교소를 터뜨렸다.

"호호호, 그 점에 있어서 공자님과 소녀는 공통점이 있군요."

"공통점이라! 소저께서 이미 소생의 정체를 파악하셨다는 뜻인지요?"

여인이 고개를 가볍게 흔들어 보이며 말했다.

"지난밤 수백 장이나 되는 보고서를 읽었지만 공자의 정체를 명확하게 파악할 만한 자료는 아무것도 없었어요. 분명 대문파의 당당한 대장부가 분명한데, 마치 하늘에서 막 떨어진 듯 전혀 연관된 곳이 없더군요."

"……."

"그래서 생각했어요. 과연 천하에 어떤 문파가 있어 금산상회의 수많은 이목을 속일 수 있을까를."

"그래서 밝혀내셨습니까?"

"그리 어렵지는 않더군요."

엄정하의 시선이 가볍게 흔들렸다. 여인과 담소를 나누는 동안 한 치의 움직임도 보이지 않던 주변 무사들의 움직임을 그의 예민한 청각은 잡아냈다.

'처음엔 오십여 명이었는데, 지금은 백 명이 훨씬 넘는다. 그것도 그렇게 떨어지지 않는 수준의 무위를 지닌 자들이. 그렇다면 그리 나쁜 대접은 아닌걸?'

절강분타주 안강의 신신당부를 기억 저편으로 날려 버린 엄정하가 진심으로 입가에 미소를 배어 물었다.

"이 정도나 되는 고수들을 끌어들이다니. 금산전장은 오늘 휴업하는 겁니까?"

“그럴 리가요. 하루를 쉬면 적어도 은자 천오백 냥의 손해가 있습니다. 아무리 광명신교의 고수분이 왕림하셨다 해도 상인이 장사를 하지 않을 순 없지요.”

여인은 순간 아름답고 가녀린 미인에서 냉혹한 악덕 상인의 본색이 되어 있었다.

‘내가 덮칠 것을 전혀 염두에 두지 않고 있는 모습이군. 괜히 심통 나는데…….’

막문위를 가볍게 쏘아보며 엄정하가 다소 음침하게 말했다.

“마교라고 부르지 않는 걸 보면 소생을 붙잡아 정파에 팔아넘길 걱정은 하지 않아도 되겠군요.”

“그건 모르죠.”

“…….”

“협상은 이제부터니까요.”

“그런가요?”

“그런 거죠.”

전각을 둘러싼 이백여 명의 무사들의 긴장 따윈 전혀 아랑곳 않고 두 남녀가 서로를 바라보며 웃음을 터뜨렸다.

광명신교와 금산전장 간의 막후 협상의 시작이었다.

제20장 우두머리는 저절로 정해진다

처음은 기싸움이었다. 웃음을 멈추고도 한참 동안 엄정하와 막문위는 입을 열지 않았다. 서로의 눈빛을 그윽하게 쳐다보며 상대방의 생각을 읽으려 했다.

먼저 계산이 끝났는지 막문위가 먼저 입을 열었다.

"그럼 먼저 그쪽의 패를 보여주세요."

"패를 보여달라니, 무슨 패를 말씀하시는지?"

"강남과 강북은 암묵적으로 불가침을 지키고 있지만 사실 상인들에게 있어 무림의 사정 따윈 아무것도 아니에요. 이익만 충분하다면 지옥문의 앞까지라도 달려가는 게 상인이니까요."

지나칠 정도로 자신감에 찬 모습이라고 엄정하는 생각했다. 이미 밖을 둘러싸고 있는 무사들의 숫자는 삼백 명에 달하고 있었다. 그만하면 웬만한 중소문파와 붙어도 밀리지 않을 정도는 될 것이다.

‘하지만 그렇다 해도 그들 중 절정고수는 한 명도 없다. 내가 손을 쓴다면 그들이 뛰어들기 전 이 여인의 목숨을 취하는 일쯤은 아무것도 아닐 터. 이 당돌한 여인은 자신의 목숨 따위 전혀 아랑곳하지 않는 것인가?

한번 어떻게 되나 시험해 보는 것도 재밌겠다는 생각에 엄정하는 피식 미소 지었다. 노파심쟁이인 안강은 그렇다 치더라도 광명우사를 봐서라도 그럴 수 없는 일이다.

‘그렇고 하니 재미를 추구하는 건 사천으로 갈 때까지 잠시 뒤로 미루는 거다.’

입가에 감돌던 미소를 지우곤 엄정하가 문득 입을 열었다.

“막 소저, 금산상회의 연간 총매출액은 어떻게 됩니까?”

“뜬금없는 질문이로군요. 공자는 아직 자신의 패를 보여주지 않았어요. 그런 질문은 소녀의 질문에 대답한 후에 하는 게 아닐까요?”

절대로 상대방에게 주도권을 뺏기지 않으려는 기색이 역력한 반문이다. 어쩌면 안강과 좋은 상대가 될 것도 같다고 엄정하는 생각했다.

그렇다 해도 엄정하는 그 안강을 어렵지 않게 굴복시켰던 전력이 있다. 표정 하나 바꾸지 않고 그가 말했다.

“소생은 막 소저에게 지닌 바 패를 보여달라는 말을 한 게 아닙니다. 그저 소생 역시 알고 있는 사실을 확인할 기회를 달라고 한 것이지요. 혹시 신교의 정보력이 금산상회만 못하다고 생각하시는 건 아니겠지요?”

은근히 사람의 심경을 긁는 말투였다. 저 자신만만한 얼굴에 손톱자국을 내고 싶다는 표정을 숨기지 않고 막문위가 답했다.

“설마 그럴 리야 있겠어요. 비록 지금은 쇠락했다고 하지만 광명신교의 위용은 소림이나 무당에 결코 떨어지지 않지요. 하나 그것은 어디까지나 강북에서의 일이에요. 강남에서도 위세를 떨치려 하면 곤란하지 않겠어요?"

엄정하가 숨김없이 감탄했다.

"호오, 금산상회에서 이처럼 본 교에 많은 관심을 기울이고 있는 줄은 몰랐군요."

"그야 종교에 귀의한 사람들만큼 상인들에게 껄끄러운 상대는 없으니까요. 그들은 돈 한 푼 받지 않고 일하고, 철저한 희생 정신으로 기존의 상계 질서를 어지럽히는 만행을 주저치 않거든요."

"그렇지만 본 교는 그런 사이비교가 아닌데……."

"물론 광명신교는 포교 활동을 하지 않는 무림 세력이에요. 하지만 언제 그쪽으로 돌변할진 누구도 알 수 없잖겠어요? 상인이란 잠재적인 위험 요소까지 감안해야 한답니다."

"그거 무척 힘들고 고달프겠군요."

진심이 섞인 엄정하의 맞장구에 막문위가 고개를 끄떡이곤, 한 발 뒤로 물러섰다.

"금산상회의 일 년 총매출액은 황금으로만 백만 냥을 초과해요. 그만큼 수많은 사람들의 의식주가 집행되고 있으니, 예산을 집행하고, 정책을 결정하는 위치에 있는 사람으로서 결코 대충 일을 처리할 순 없어요."

"백만 냥이라는 숫자는 과연 적은 것이 아닙니다. 그렇다면 금산전장에서는 적어도 황금 삼십만 냥은 족히 매출을 올리겠군요."

자신이 한 말의 핵심을 엄정하가 정확히 잡아내자 막문위가 슬쩍 입가에 미소를 담았다.

"호호, 어째서 금산전장의 매출이 삼십만 냥이라고 생각하는 거죠? 그것도 수하들이 조사한 건가요?"

"그야……."

잠시 말을 멈추고 다시 자신의 찻잔에 채워진 오룡차를 입에 머금은 엄정하가 말을 이었다.

"소생은 다른 삼대거상들보다 막 소저의 능력이 탁월할 테니, 적어도 오만 냥 정도는 이문의 차이는 나리라고 생각한 겁니다. 혹시 제가 너무 막 소저의 능력을 과소평가한 건가요?"

"……."

막문위는 바로 대답하지 않았다. 그녀는 자신 앞에 놓여진 찻잔을 들어 담담한 그 향기를 마실 뿐이었다.

자신이 능청을 떨어봤자 이젠 더 이상 그녀의 대답을 듣지 못하리란 걸 눈치 챘을 것이다. 엄정하는 바로 본론으로 들어갔다.

"본 교는 명조가 들어선 이백 년 동안 줄곧 박해를 받았습니다. 그래서 지닌 바 잠재력에 비해 항시 다른 대문파에 비해 과소평가를 받았지요. 뭐, 그런 점쯤은 막 소저도 아실 테니, 단도직입적으로 말하겠습니다."

"……."

"이제 슬슬 본 교는 강북무림의 패권을 잡기 위해 움직이려 합니다."

올곧은 자세로 엄정하의 말을 경청하던 막문위가 질문을 던졌다.

"광명신교에서 원하는 건 그저 강북무림의 패권만인가요?"

엄정하가 바로 대답했다.

"아마도 강북에서의 패권이 결정나면 강남 역시 본 교의 손길을 피할 순 없게 되겠지요. 하지만 금산상회에서 오랫동안 힘을 기울여 강남에 지배력을 확충했다는 걸 압니다. 아마도 강북무림을 제압하기 위해 엄청난 힘을 소진한 본 교가 곧바로 금산상회를 제압하기란 쉽지 않은 일이겠지요."

"공자는……."

막문위가 눈가에 이채가 떠올리며 잠시 멈췄던 말을 이었다.

"무척 정직하시군요."

"예, 제가 좀 그렇습니다."

엄정하는 능글맞는 표정까지도 아름답고 단아했다. 문득 눈앞 사내의 미모에 질투심이 치미는 걸 느끼며 막문위가 말했다.

"그렇지만 정직이란 자신감의 발로이기도 하죠. 제 대답을 들으셨으니, 이젠 그쪽 차례예요. 어떤 패로 제 마음을 움직이게 하실 건가요?"

안강의 신신당부를 떠올리며 엄정하가 대답했다.

"금산 사대 거상이 금산 유일 거상이 되는 것 정도면 어떻겠습니까?"

"금산 유일 거상?"

"사실 소생은 책을 읽는 걸 매우 싫어합니다. 어려서부터 매일같이 매를 맞아가며 글공부를 했기 때문에 책만 보면 온몸에 두드러기가 나기 때문이죠."

"……."

"그래서 금산상회에 관련된 책자 중 본 것이라곤 얼마 되지 않습니다. 애써 정보를 긁어모았던 수하들에겐 미안할 따름이지요. 하지만 한 가지 제 눈길을 잡아 끈 내용이 있는데, 그건 금산 삼대 거상에 올라 있는 자들이 요 근래 들어 전체 매출액을 깎아먹고 있다는 것입니

다. 상인에게 있어서 수익 창출에 도움이 되지 않는 존재는 없어지는
게 최선이 아닐까요?"

사람이 그래서 그런가? 막문위는 엄정하의 주사 빛 입술에서 흘러나
오는 말에 홀리는 느낌을 받았다. 진짜 그의 말처럼 나머지 삼대 거상
의 존재가 눈에 거슬리기 시작한 것이다.

'후, 그렇지만 일이 그리 쉬울 리 없지. 설혹 광명신교의 강대한 무
력을 등에 짊어지더라도.'

애써 유혹을 떨쳐 버린 막문위가 말했다.

"매우 솔깃한 패로군요. 하지만 광명신교에 과연 그만한 힘이 있을
까요?"

표정 하나 변함없이 엄정하가 대답했다.

"장사에 재능이 없는 게 무림인들이지요. 그러나 천하에 깔아놓은
본 교의 정보력은 상당합니다. 그 정보력에 적절한 무력의 차용, 막 소
저의 뛰어난 상술이 합쳐진다면 무서운 힘을 발휘할 수 있을 것 같지
않습니까?"

막문위가 옅은 한숨을 내쉬었다.

"후우, 공자가 내건 패는 고작 그 정도인가요? 지나칠 정도로 자신
감이 넘치시길래 뭔가 제 상상을 초월할 만한 조건을 제시하실 줄 알
았는데, 실망이네요."

말을 마치자마자 막문위가 섬연한 자태를 일으켰다. 더 이상 엄정하
와 대화를 나눌 의미가 없다는 모습이었다.

하늘거리는 걸음으로 그녀가 내실의 문 바로 앞까지 걸어갈 때까지
도 전혀 미동을 하지 않고 있던 엄정하가 입을 열었다.

"소생에게는 성화령이 있습니다."

움찔!

"성화령을 적으로 삼는다는 건 광명신교 전체를 적으로 삼는 게 된다는 걸 똑똑한 막 소저가 모를 리 없을 터. 밖의 수하들을 불러들이기 전에 한 번 더 고민하는 게 좋을 겁니다."

"……."

침묵은 그리 길지 않았다.

"호호, 그렇다면 전혀 다른 문제가 되겠군요. 공자의 제안을 받아들이기로 하죠."

"……."

"당장 세부 사항에 대한 논의로 들어갈까요?"

언제 어깨를 가늘게 떨었냐는 듯 하늘거리는 걸음 그대로 발길을 돌린 막문위의 입가에는 아름다운 미소가 떠올라 있었다.

'역시 처음 생각했던 것처럼 암산도 빠르군.'

감탄한 표정을 굳이 숨기지 않고 엄정하가 말했다.

"소생의 말을 곧이곧대로 믿는 겁니까? 사실은 소생에게 성화령이 없을지도 모르는 일이잖습니까?"

고양이처럼 다가선 막문위가 대답했다.

"성화령은 광명신교의 성물로써 오직 명존만이 그 위세를 다룰 수 있다고 알고 있어요. 신교의 제자를 자처하는 사람이 감히 성화령의 위광을 함부로 팔 수는 없는 노릇이지요."

"역시 좋은 수하들을 두셨군요."

"아무렴요. 좋은 수하들이 아니라면 비싼 월급을 줘가면서 데리고 있을 까닭이 없지요. 하나를 투자해서 둘이나 셋, 혹은 열 개를 얻는 게 장사의 기본이니까요."

"아아, 소생은 골치 아픈 숫자 놀음은 취미없습니다. 막 소저가 본 교의 대업에 동참하신다는 의중을 밝혔으니, 오늘 소생이 이곳을 찾은 목적은 달성된 셈입니다. 딱딱한 얘기는 후일 찾아올 소생의 수하와 나눠주셨으면 감사하겠습니다."

손사래 치는 엄정하의 얼굴로 진실로 귀찮다는 표정이 여실했다.

다른 사람 같으면 사뭇 오만방자하다고 느낄 만한 모습이나 막문위는 전혀 그런 느낌을 받지 못했다.

엄정하란 인물 자체가 풍기는 유유자적한 기풍이 이런 태도와 지극히 어울리기 때문이다.

입가의 흐릿한 미소를 지우지 않은 채 막문위가 고개를 끄떡였다.

"무림의 대영웅은 검을 논할 뿐 금전에 대해선 초연해지는 게 당연할 테지요. 그런데 공자는 어째서 아직 자리를 잡고 계신 거죠? 혹여 진실로 제가 끓인 오룡차의 향기에 취하신 건 아닐 텐데요."

"하하, 그럴 리가 있겠습니까."

막문위가 똑똑히 지켜보고 있는 가운데 엄정하가 빙어같이 매끈한 손가락을 들어 올렸다.

백설 같은 손가락이 순간 붉게 물들었고, 피식! 하는 소음과 함께 시커멓고 구린 기운이 불타올랐다.

'작지만 잔칫날의 폭죽같이 아름답구나! 저것이 내공이 삼화취정(三花聚頂)의 경지에 올라야만 간신히 흉내나마 낼 수 있다는 삼매진화(三昧眞火)렷다!'

어쩌면 이후 벌어질 일은 자신의 가느다란 목이 눈앞의 그림같이 아름다운 사내에게 꺾이는 일이 될 수도 있을 터였다. 아니, 그럴 확률은 꽤나 높아 보였다. 무림인치고 독에 대한 증오심을 품지 않는 이가 있을 리 없는 것이다.

그러나 막문위의 표정은 조금도 변함이 없었다. 예의 차가운 시선으로 엄정하의 손끝이 다시 처음의 백설 같은 본색을 찾는 모습을 물끄러미 바라볼 뿐이었다.

제 할 일을 끝마친 손을 내리며 엄정하가 입을 열었다.

"막 소저가 권한 차는 꽤나 독하군요. 오룡차라고 하더니, 사실은 독룡을 품고 있었던 게 아닙니까?"

막문위가 막 꿈속에서 깬 듯 취한 목소리로 대답했다.

"제가 공자에게 권한 찻잎은 그저 꽤나 독한 게 아니라 아주아주 독한 묘강(苗彊) 특산의 고독(蠱毒)이에요. 한번 몸속에 들어가면 숙주가 회수하기 전까진 무슨 일이 있어도 잘 숨어 있는 놈들인데, 공자에겐 그저 한때의 여흥에 불과하군요."

"소생이 책 보기를 싫어한다고 하지 않았던가요? 소생을 지긋지긋하게 만들었던 책 중에는 온갖 종류의 독술에 대처하는 방법이 상세히 적혀 있는 것도 있었습니다. 글씨도 작고 촘촘한 것이 절 무척 괴롭혔던 놈이지요."

"그렇군요."

전혀 사과할 의사가 없다는 얼굴로 고개를 끄떡인 막문위가 무심히 목소리를 높였다.

"밖에서 대기하고 있는 무사들을 모두 물리세요."

"예?"

문밖에서 들려온 목소리에는 당혹의 기색이 섞여 있었다. 스스로도 그럴 만하다고 생각했기에 막문위는 다시 한 차례 입을 여는 수고를 마다하지 않았다.

“적어도 백독불침(百毒不侵)의 경지에 오른 절대고수예요. 설사 엄청난 피해를 내서 막을 수 있다손 치더라도 내 목숨은 장담할 수 없을 거예요.”

“……”

“일이 이렇게 됐으니 그들로 하여금 지금 당장 업무에 복귀하도록 하세요. 이번 달에도 봉급을 착실하게 챙기고 싶다면요.”

“알겠습니다.”

바로 대답한 목소리가 나직한 발소리와 함께 사라져 갔다. 그리고 이미 사백 명에 달할 정도로 모여들었던 인원들이 일사불란하게 멀어져 가는 발자국 소리가 엄정하의 귓전을 즐겁게 했다.

눈앞의 여인과는 앞으로 좋은 동료가 되리란 생각에 마음이 유쾌해진 엄정하가 일시 얼굴을 진지하게 물들였다.

“그런데 막 소저께, 아니, 금산전장에 한 가지 부탁하고픈 일이 있는데, 들어줄 수 있겠습니까?”

“본래 이곳에 오신 건 부탁하기 위해서가 아닌가요?”

면박을 주는 말이나 목소리가 부드러웠다. 허락을 받은 셈친 엄정하가 말했다.

“본 교와 금산전장 간의 합작과는 별도로 한 사내를 소생에게 넘겨주셨으면 좋겠습니다.”

“쌍뢰신기 상관옥을 말하는 건가요? 그 사람의 추종술이 꽤 괜찮은 편이긴 하지만 광명신교쯤 되는 곳에서 쓸 만한 자는 아닌 것 같은데……”

“막 소저!”

“예?”

“넘겨짚지 마십시오.”

막문위의 안색이 처음으로 붉게 물들었다. 그런 당황한 얼굴이 오히려 더 예쁘다고 뇌까린 엄정하가 말을 이었다.

“그 상관옥이란 자는 지금쯤 항주의 뒷골목에서 술에 취해 곯아떨어져 있을 겁니다. 막 소저의 안면을 봐서 몸에는 일절 손대지 않았으니, 나중에 회수해 가시면 됩니다.”

“하면 금산전장에서 원하시는 사내란 누굴 말씀하시는 건지요?”

스윽!

아까와는 조금쯤 다른 의미로 안색을 붉힌 막문위에게 갑자기 얼굴을 들이민 엄정하가 작은 목소리로 말했다.

“소생은 풍뢰문 건으로 금산전장에 발목이 잡혀 있는 담우소란 사내에 대한 일체의 권리를 인수하고 싶습니다.”

“아!”

여인다운 몸가짐으로 뒤로 주춤 허리를 비튼 막문위의 두 눈에 이채가 떠올랐다. 그녀가 말문을 열기 전에 이미 엄정하가 단단히 못을 박았다.

“이건 어디까지나 소생의 개인적인 부탁입니다. 본 교와 결부시키진 말아주십시오.”

“……”

“어차피 막 소저는 소생에게 진 빚도 있으니, 이것으로 서로 깨끗해지면 피차 간에 좋은 관계가 이뤄지지 않겠습니까.”

막문위를 향해 순백의 손가락을 내민 엄정하의 입가가 빙글거리고 있었다.

절대로 자신만만한 표정은 덤으로 따라붙고 있었다.

*   *   *

목상, 아니, 현재 일대제자의 임시 수좌를 맡은 목상 도장은 고뇌에 빠져 있었다. 부상자를 이끌고 점창파로 돌아간 목령 도장의 뒤를 이어 도장의 위치에 올랐으나 그는 한 가지도 제대로 일을 처리하지 못하고 있었다.

새치 하나 없던 머리칼이 하얗게 샐 정도로 귀성장의 빼돌려진 주전력을 찾았으나 결과는 언제나 허탕이었다.

일행 중 무공을 모르는 인물이 있는지, 무수히 보이는 흔적에도 불구하고 그들은 도무지 규칙성을 찾을 수 없는 이동으로 목상 도장을 혼란에 빠뜨렸다.

동쪽으로 가는 것 같으면 서쪽으로 가고 남쪽을 향하는가 싶으면 북쪽으로 방향을 선회했다. 전문적인 추종술을 익히지 않은 점창파의 도사들로선 도무지 추격할 도리가 없었다. 그것이 전적으로 자신이 놓친 군사의 능력임을 알기에 목상 도장의 원통함은 시간이 갈수록 깊어갔다.

종적을 놓칠 때마다 그때 일검을 휘둘러 목숨을 끊어놨어야 했다고 그는 이빨을 갈았다. 그러나 도망가는 적이 목상 도장의 분노를 책임져 줄 의무는 없었다. 어차피 쫓고 쫓기는 관계에 있으니, 최선을 다해 도망가는 데 전력을 다할 뿐이었다.

때문에 자신과 기꺼이 남는 용기를 보인 여덟 명의 사제에게 목상 도장은 짜증을 부리기 시작했고, 그런 일이 갈수록 잦아질 무렵이었다. 천험의 산맥인 대파산으로부터 백 리가량 떨어진 울창한 숲 속에서 열

다섯 번째로 추격의 고삐를 늦춰야 했던 목상 도장의 안색은 지금 창백하게 질려 있었다.

며칠 전 발견한 야영의 흔적에 고무되어 이곳까지 꼬박 사흘간 쉬지 않고 달려온 터였다. 자신은 물론이거니와 사제들 여덟이 모두 피곤에 지쳐 사방 경계에 소홀한 점은 있었다. 그리고 지금까지 적의 군사는 오로지 도주에 목적을 둔 행보를 펼쳤지, 습격이나 암습 따윈 시도조차 하지 않았던 점도 한 가지 이유는 될 것이다.

하지만 무림의 고수들이 아홉이나 모여 있으면서 잠시 잠깐 사이에 정체 불명의 적에게 포위가 된다는 건 변명의 여지가 없는 일이었다.

내력이 가장 심후하기에 먼저 눈치를 챈 목상 도장에 뒤이어 주변의 나무에 허리를 걸치고 있던 사제들이 잠시의 간격을 두고 눈빛을 형형하게 물들였다. 그들 역시 위협을 느끼고 일제히 전신 내력을 끌어올리고 있었다.

차차차차창!

거의 천리에 달하는 추격 중 단 한 차례도 빼 들리지 않았던 청강장검이 일제히 빼 들렸다.

검을 빼 들자 곧 검기가 치솟았는데, 점창파 일대제자들의 수준에 부끄러움이 없는 위세였다.

스스슥!

누가 경호성을 발하지도, 눈짓을 하지도 않았지만 일제히 원형의 검진을 이룬 도사들 중 목상 도장이 목소리를 높였다.

"무량수불! 인기척을 죽이고 다가드는 건 무림의 규칙에 위배되는 행위! 다가선 자들은 지금 당장 정체를 밝히는 게 좋을 것이다."

점창파임을 밝히지 않으면서도 당당한 일성이었다. 때문에 주변의 고목들 사이로 모습을 숨긴 채 주변을 포위한 자들로서도 함부로 할 수 없었으리라!

마치 잔잔히 밀려드는 조수의 흐름처럼 주변을 압박하며 파고들던 기세가 일시 주춤했다. 폐부를 압박해 들던 기세가 잠시 동안이나마 활발하던 움직임을 둔화시킨 것이다.

그 점이 더욱 두렵다 생각한 목상 도장의 시선이 번개같이 주변을 훑었다. 조금이라도 움직임이 포착되면 그쪽을 집중적으로 뚫어 지나 갈 생각이었다. 그만큼 지금 이곳을 에워싼 기운은 범상치 않았다.

그런 사실을 목상 도장만큼이나 직시한 목운이 근처로 다가들며 신중한 표정으로 속삭였다.

"목상 사형, 주변을 둘러싸고 있는 기운은 전혀 강약의 구분이 느껴지지 않습니다."

"그렇군."

"그렇다는 건 이곳을 에워싼 자들의 무공이 거의 평준화가 되어 있든지, 아니면……."

"한 사람이라는 뜻인가?"

"예, 그렇습니다."

스스로 말해 놓고도 목운의 표정에는 믿기 어렵다는 빛이 완연했다. 점창파라는 자부심을 떠나 이곳에 모인 일대제자들의 무공수위는 대부분 일류에 육박하고 있었다.

적어도 사천성에서 이들 아홉을 상대로 승부를 장담할 수 있는 세력이나 문파는 손가락을 꼽을 정도인 게 지극히 상식적이며 당연한 일이었다.

'그런데 고작 단 한 명이 우리 아홉 사형제 모두를 위압할 수 있다고?

목상 도장은 곧바로 고개를 흔들어 보였다. 그런 일은 도저히 일어날 수 없다는 판단을 내린 것이다. 잠시 잠깐 사이에 목상 도장이 내린 판단이 무언지를 눈치 챈 목운이 다시 말했다.

"그렇지만 천하에 이 정도로 수준이 비슷한 자들을 한꺼번에 보유하고 있는 문파가 있다는 생각은 들지 않습니다. 하지만 무공을 절정지경까지 익힌 고수라면……."

"그건 그렇지가……."

목상 도장은 목운을 타이르려 했다. 세상에 점창파의 일대제자 아홉을 위압할 만한 절대고수는 이런 곳에 홀로 나타나지 않는다는 사실을 주지시키려는 의도였다.

그러나 목상 도장의 의도는 의도로만 만족해야 했다. 마치 그의 말문을 막기라도 하려는 듯 잠시 주춤했던 답답한 기세가 갑자기 폭발적으로 증가했다.

"우욱!"

검진을 이루자 어느 정도 트였던 숨통이 순식간에 막혀왔다. 목운을 타이르는 걸 뒤로 미룬 목상 도장의 목소리가 쥐어짜듯 터져 나왔다.

"사제들이여! 검진을 열어라[開陣]!"

"무량수불!"

일제히 발해진 도호성과 함께 검기가 종횡으로 움직였다. 그리고 귀성장을 공략할 때도 펼쳐지지 않았던 점창팔도검진(點蒼八道劍陣)이 변화를 보이기 시작하자 주변이 온통 살기로 뒤덮였다.

파파팟!

창창히 뿜어져 나오는 무형의 기운을 검끝에 모은 채 수중의 청강장검을 들어 올린 목상 도장의 기세는 늠름했다.

몰려들던 기세가 조금도 덜해지지 않았는데, 그는 이미 전혀 상관치 않는 모습이 되어 있었다.

그것이 검진이 만들어낸 일종의 거대한 기(氣)의 막 때문임을 눈치 챈 것일까?

목상 도장이 극한에 이른 기세를 드높이려는 순간이었다. 그를 향해 몰려들던 기세가 순식간에 자취를 감췄다.

마치 처음부터 그런 기세 따윈 존재하지 않았던 것처럼 압박 자체가 완전히 소멸해 버렸다.

'이, 이러한 기운은 설마!'

목상 도장의 의문은 곧 밝혀졌다. 지척조차 헤매일 듯 빽빽한 고목들 사이로 한 사람의 노도(老道)가 걸어나왔다.

저벅, 저벅, 저벅…….

노도의 발걸음은 물 흐르듯 부드러웠다. 나무들 사이로 조그만 생명이나마 움트고 있던 작은 새싹들마저도 건드리지 않는 행보였다.

'아니, 그런 것이 아니다. 저분의 보행은 새싹들 자체를 밟되, 그 위에 고여 있는 이슬조차 흔들리지 않게 하는 것이다. 저게 바로 신법이 극고의 경지에 올라야만 도달할 수 있다는 초상비(草上飛)의 경지이다!'

스릉!

순간 노도의 보행에 정신을 빼앗겼던 목상 도장이 재빨리 검기를 거뒀다.

뽑힐 때와 달리 조용히 회수된 검 울음 끝에 일제히 땅바닥에 부복한 목상 도장 이하 아홉 명이 일제히 경애의 목소리를 냈다.

"제자들이 사부님의 존안을 뵙습니다."

"제자들이 사부님의 존안을 뵙습니다."

방금 전까지 주변을 온통 위압하는 기세를 뿜어내고 있던 사람은 점창쌍도 중 한 명인 자하 도장이었다.

고개를 끄떡여 제자들에게 미소 지어 보인 그가 부드럽게 입술을 뗐다.

"팔도검진의 숙련이 이젠 이 사부의 기세에 필적할 정도가 되었구나. 목령이 부상을 당했기에 걱정했었는데, 모두들 건강한 것 같으니, 모두 이 사부의 노파심에 불과한 것이었어."

자하 도장의 손짓에 제자들이 일제히 몸을 일으켰다.

그러나 그중 한 사람, 부복한 자세 그대로 신형을 일으키려 하지 않는 자가 있었다. 임시이긴 하나, 수좌를 맡고 있던 목상이었다.

그의 얼굴에 떠오른 자책을 읽은 자하 도장이 넌지시 물었다.

"목령이 점창으로 돌아간 후 너는 사제들을 이끌고 고군분투했다. 어째서 안색이 그리 처참한 것이냐?"

목상이 차마 사부와 눈길을 맞출 수 없다는 듯 고개를 옆으로 돌렸다.

"제자는, 제자는……."

스윽!

처음과 똑같은 자세로 목상에게 다가선 자하 도장이 부드러이 그의 어깨를 토닥거렸다.

그것이 시발점이 되어 와락 자하 도장의 발목을 끌어안은 목상이 목소리를 떨었다.

"제자는 수좌의 자격이 없습니다!"

“…….”

“목령 사형의 신신당부를 잊고 그동안 공을 세우는 건 둘째 치고, 사제들을 함부로 다뤘을 뿐더러, 방금 전에는 휴식 시 지켜야 할 도리조차 지키지 않았습니다.”

항상 치기가 어리던 제자의 성숙한 자기반성을 들은 자하 도장의 주름진 입가로 벙긋한 미소가 떠올랐다.

“그래, 그랬구나! 그렇다면 너희들은 어떻게 생각하느냐?”

자하 도장의 시선을 받은 제자들이 다시 일제히 부복했다. 그중 목운이 사부에게 눈을 맞추곤 말했다.

“저희들이 뒤쫓았던 귀성장에는 귀신같이 똑똑한 군사가 있습니다. 제자들은 점창에 들어선 후 하루도 무공 수련을 게을리 하지 않았으나 병법을 공부한 일은 없습니다. 처음부터 매우 어려운 추격이었으나 목상 사형은 결코 포기하지 않았습니다. 만약 사형이 없었다면 이곳까지 올 수 없었다고 봅니다.”

“그렇습니다.”

“목운 사형의 말이 옳습니다.”

“그렇습니다.”

뒤이은 대답 역시 한결같았다. 단 한 마디도 다른 말은 흘러나오지 않았다.

처음부터 그러리라 짐작하고 있었던 듯 고개를 끄떡인 자하 도장이 담담한 목소리로 말했다.

“무릇 어떤 한 무리가 있으면 우두머리가 있기 마련이라! 무리를 선도함에 있어서 모든 일에 재삼 고민해야만 한다. 하나, 세상에 완벽한 것이 어디 있겠는가! 몇 가지 실수가 있다 하여 우두머리 된 자를 믿고 따르지 않을 순 없는 것이다."

"하지만 제자는……."

목상의 항변을 부드러운 눈빛으로 찍어누르며 자하 도장이 말했다.

"우두머리란 누가 정해주는 것이 아니라 저절로 결정되느니라! 이미 네 사제들이 널 우두머리로 믿고 있으니, 너는 더 이상 그에 대한 얘기를 할 것이 없다."

평소답지 않게 단호한 어조였다. 사부의 뜻을 눈치 챈 제자들이 하나같이 도호성을 입에 담았다. 이번에는 목상 역시 사제들과 마찬가지로 고개를 숙여 보이고 있었다.

＊　　　　＊　　　　＊

귀성장의 본진과 헤어져 청해성 쪽으로 출발한 다섯 명의 사내들 역시 얼마 지나지 않아 점창파와 비슷한 문제에 봉착했다.

사천과 경계를 맞닿고 있다지만 청해성까지의 길은 위험천만한 험로의 연속이었다. 좁디좁은 낭떠러지로 연결된 산길은 기본이고, 주변을 온통 뒤덮고 있는 열대의 숲은 정체 불명의 위험을 품은 채 방문자를 기다리고 있었다.

어떤 상황에서도 단호한 결정을 내릴 수 있는 우두머리를 정하지 않는다면 한 발짝도 앞으로 나갈 수 없을 게 분명했다.

하지만 상황이 그러하니, 한시라도 빨리 통솔자를 뽑아야 할 텐데, 그들은 계속 논의만을 거듭할 뿐 우두머리 뽑기를 주저하고 있었다. 담우소를 제외한 나머지 네 명이 모두 부당주의 위치이니, 은근히 자신이 아니면 통솔자를 할 자가 없다는 생각이 팽배해 있었던 것이다.

물론 처음부터 담우소는 그런 논의의 대상에서 완전히 배제되어 있었다. 그들은 애초부터 군사인 강문호의 명 따윈 안중에도 두지 않았음이 분명하다. 따라서 이름조차 낯선 삼림 속에서 헤매길 사흘째에 이르러서야 결과를 배출하지 못하던 논의는 급물살을 타기 시작했다.

일이 다급해지고서야 그동안 조금씩 보였던 서로에 대한 경계심과 경쟁심을 버리고 임무의 심각함을 자각하기 시작한 것이다.

그렇게 진정한 통솔자인 담우소 따윈 전혀 논외에 붙인 채 네 명의 부당주들이 자신들끼리 토론하여 내린 지휘 체계는 이러했다.

일단 서열상 가장 위인 천당의 부당주인 소면살도(笑面殺刀) 연무종(蓮務從)이 우두머리를 맡았다. 일행 중 가장 연장자인 그에게 대임을 맡긴 것이다.

그 뒤는 철사장(鐵沙掌) 양계신(楊戒愼), 쌍검팔방(雙劍八方) 곡불환(曲不換), 비도탈명(飛刀奪命) 고검령(高劍鈴)의 순이었다.

청해성행의 목적은 어디까지나 마교가 위치한 십만대산이니, 중간에 어떤 일이 발생할지는 어느 누구도 장담할 수 없기에 매긴 서열이었다.

그 가운데 만장일치로 일행의 무거운 짐을 대부분 짊어지는 매우 중요한 책무를 부여받은 자는 담우소였다.

닷새가 지나서야 간신히 하나의 숲을 돌파하자 이번에는 더욱 울창한 삼림을 맞은 일행의 뒤를 그는 터덜거리며 쫓고 있었다.

'젠장, 강남에서 사천에 갈 때에도 짐꾼이었는데, 여기까지 와서 또다시 짐꾼이 되다니! 내가 사내라면 지금이라도 당장 사천으로 발길을 돌려야 할 것이다!'

물론 흉중으로만 발해진 투덜거림이었다. 스스로 우두머리를 꿰찬 연무종은 고사하고, 제일 서열이 떨어지는 고검령조차도 담우소로선 상대할 수 없는 고수들이었다.

아무리 열이 받았다 해도 계속 지독한 열대림 속을 헤매느라 신경이 극도로 날카로워진 부당주들을 경동시킬 순 없는 노릇이었다.

그러나 애초에 그런 무공상의 고하 정도를 여우의 혼령을 백 마리쯤 삶아먹은 것 같은 강문호가 생각하지 못했을 리 없다.

이번 청해성 행은 뭔가 무공만으론 해결하기 힘든 고난이 숨겨져 있을 거라고 담우소는 생각했다. 그렇지 않다면 황금 백 냥이라는 거금을 들여 자신을 이번 일에 끌어들였을 리가 없는 것이다.

'그렇다면 과연 이들의 십초지적이나 될까 말까한 내가 할 수 있는 일이란 무엇일까?'

담우소는 문득 강문호에게 별 생각 없이 산 생활에 대해 지껄였던 일이 떠올랐다.

자신은 그저 무료함을 달래기 위해 오 년간의 일상을 드문드문 얘기했을 뿐이지만, 경청하는 강문호의 태도는 일견 엄숙하기까지 했다. 대충 아무렇게나 생각나는 대로 지껄이던 자신이 민망해질 정도였다.

'하지만 이곳은 무명산과 전혀 닮은 점이 없다. 산세는 더욱 험하고, 나무에서는 썩는 냄새가 난다. 어디서 독충이나 독사가 달려들지 알 수 없는 곳인데, 이런 곳에서 내 얼마 안 되는 산행이 과연 도움이 될까?'

스스로 질문을 던진 담우소는 일단 수긍도 부인도 할 수 없었다. 아무리 염두를 굴려봐도 그것밖엔 없었다.

무공은 물론이거니와 강호에서의 경험 또한 녹록치 않아 보이는 부당주들은 어느 모로 보나 자신보다 못한 것이 없어 보이는 것이다.

하지만 그렇다고 관도는커녕, 조그만 소로조차 보이지 않는 주변의 끔찍한 열대림 속에서 할 만한 일이 생각났느냐 하면 그건 또 전혀 아니었다. 습관적으로 운중행의 보행에 따라 걸음을 옮기는 내내 아무리 머리를 굴려봐도 담우소는 눈앞의 소면살도 연무종처럼 당당하게 앞장서서 길을 찾아나갈 자신이 없었다.

밤은 고사하고 대낮이라 해도 하늘을 온통 가린 나무들 틈으로 스며드는 햇빛만을 가지곤 아무리 산 생활에 익숙한 그라 해도 방향조차 가늠하기 힘든 까닭이다. 따라서 걸음을 옮기는 동안 담우소는 어느새 복잡한 생각을 멈추고 성실한 짐꾼으로 만족하자고 자신에게 중얼거리고 있었다. 더 이상 고민해 봤자 딱히 뾰족한 방법이 떠오를 것 같지 않았던 것이다.

하지만 불행히도 눈앞의 끊임없이 펼쳐진 열대림에 두 손을 든 사람은 그만이 아니었다.

"이런 빌어먹을!"

내뱉어진 욕설 속엔 좌절감이 가득했다. 주변의 토속민들에게서 불회림(不回林)이라 불리는 삼림의 지옥을 세 바퀴째 돌고 있다는 걸 깨달은 자의 절망이었다.

귀성장에 평무사로 들어와 사천의 척박한 대지를 빠짐없이 주유했다고 자처하던 연무종도 이러한 곳에선 낙담에 빠진 중년이 되고 마는 것이다.

힘이 빠졌는지 아무렇게나 바닥에 털썩 주저앉은 그가 이마의 땀을 소맷자락으로 닦으며 말했다.

"아침나절부터 족히 백 리는 걸었을 것이다. 이 망할 숲 속에서 한 걸음도 나아가진 못했지만."

"……."

"체력이 떨어지면 풍토병에 걸리기 쉽다. 모닥불을 피우고 이곳에서 야영할 준비를 한다. 독물들이 다가오지 못하게 주변에 백반 가루 뿌리는 걸 잊지 마라!"

그동안과는 다른 일방적인 통보였다.

연무종에게 통솔을 맡겼던 세 사내의 안색이 과히 좋지 않았다. 방향을 잘못 잡아 하루 종일 이 지옥 같은 숲 속에서 헤매게 만든 주제에 태연히 사람을 호령하는 모습이 마음에 들지 않았음이다.

하지만 이런 극한의 상황 속에서 위계가 흔들린다는 건 곧 죽음을 의미했다. 언제나와 같이 가장 먼저 움직이기 시작한 담우소의 뒤를 쫓아 그들 또한 바쁘게 움직이기 시작했다. 그동안의 경험상 숲의 밤 은 빠르고, 두렵게 다가온다는 걸 알고 있는 움직임이었다.

제21장 뒤쫓는 점창파(點蒼派)

주변은 온통 눅눅하다. 땅바닥뿐 아니라 피부로 와 닿는 기운 자체
가 사람의 오감을 잔뜩 움츠러뜨리게 만들고 있다.

지난 사흘 밤과 다름없이 몸을 잔뜩 움츠린 자세로 잠에서 깬 담우
소는 눈살을 가볍게 찌푸렸다. 어렴풋이 가장 나이가 어리다는 이유로
담우소의 바로 윗 서열이 된 비도탈명 고검명이 가부좌를 틀고 앉아
있는 게 보였다. 지난 사흘간과 전혀 달라진 게 없는 모습이었다.

새벽은 이런 숲 속에서 야영할 때 가장 두려운 시간이다. 굶주린 짐
승이나 독물들의 활동이 가장 빈번해지기 때문이다.

고검명이 이번에도 가장 취약한 새벽 시간대에 일어나 번(보초)을 섰
다는 걸 담우소는 어렵지 않게 짐작할 수 있었다.

비도 한 자루를 꺼내 들어 정성껏 닦아내고 있는 모습은 지금 막 일
어난 사람이라곤 부를 수 없을 정도로 단정했다. 적어도 잠에서 깬지

한 시진은 족히 지났을 터였다.

'양심도 없는 후레자식들!'

전날까지 이어진 강행군으로 피로가 쌓였음인지 아직 연무종을 비롯한 세 명은 수마에 당한 채로 깨어날 줄 몰랐다.

당사자인 고검명은 싫은 기색 하나 없는데 아직 어둠이 물러가지 않은 새벽에 잠이 깬 담우소는 그들이 얄미웠다. 그러고 보면 담우소 역시 조금 일찍 눈을 뜬 게 분명하다. 거의 대부분의 짐을 짊어지고 강행군한 탓에 번을 안 섰기에 일행 중 가장 오랫동안 잠을 청한 까닭이다.

오직 수중의 비도에만 눈빛을 집중하고 있던 고검명이 모닥불에 음영을 비추며 입을 열었다.

"그만큼의 짐을 지고, 그만큼의 거리를 걸었는데도 아직 체력이 왕성한 걸 보면, 자네가 지닌 실력도 녹록치는 않은 것 같군."

"내가 체력 하나는 자신있수다."

누운 자세로 온몸의 근육을 이완시킨 담우소가 흡사 용수철이라도 달린 듯 벌떡 몸을 일으켜 세웠다. 그저 등쪽의 근육만을 이용한 동작이었다.

그제야 수중의 비도에서 시선을 뗀 고검명이 담담한 목소리로 말했다.

"나는 어렸을 때 귀성장에 거둬졌다네. 태어나던 해 무척이나 가뭄이 심했던 모양이야. 부모님은 입 하나를 덜기 위해 날 길바닥에 버렸고, 서럽게 울고 있던 날 거둔 건 전대의 귀성장주님이셨어."

"……"

"세상에 태어났다는 사실조차 밝히지 못하고 죽을 뻔했던 꼬맹이를 거둬서 먹이고, 입히고, 가르침을 주셨으니 설사 이번 일에 목숨을 잃는다 해도 나로선 애석할 바가 없다. 하지만 자네는 어째서 이런 죽음의 길에 들어선 거지?”

담우소는 생각해 볼 것도 없이 ‘돈 땜에!’ 라 대답하려 했다. 그것이 사실이기 때문이다. 하지만 종종 세상에는 건드려선 안 되는 것이 있다. 지금 새벽의 기운에 젖어 과거를 회상하는 고검명의 상념이 바로 그러했다. 진실되게 말하는 사람 앞에서 지나치게 세속적인 모습을 보이는 건 문제 될 소지가 컸다.

잠시 침묵하는 것으로 그럴듯한 분위기를 자아낸 담우소가 자못 비장한 얼굴이 되어 말했다.

“나 역시 과거가 있는 사내요.”

“과거?”

고검명의 눈빛이 호기심을 품었다. 무언가를 기대하게끔 만드는 담우소의 대답 때문이다.

하지만 담우소의 입에서 그 뒤를 잇는 넋두리는 흘러나오지 않았다. 그런 말을 남에게 내뱉는 건 성격에도 맞지 않을 뿐더러 고검명과 그 정도의 친교를 나눈 기억도 없었다.

대충 이 정도에서 고검명의 체면 세워주기를 끝내기로 마음먹은 담우소가 슬쩍 목소리를 바꿨다.

“흠, 그러니까 이번 청해성 행은 내게도 중요하다는 말이오. 뭐, 당신에게 일일이 설명하고픈 생각은 없지만.”

“그런가?”

“그렇소이다. 그러니 혼자 세상의 짐을 다 짊어진 것 같은 표정은 그만두시오. 새벽부터 그렇게 기운을 빼면 쉬이 지치니까.”

스윽, 팟!

그것으로 대화를 끝내기로 마음먹은 담우소가 천천히 팔과 다리를
움직이기 시작했다.

새벽이라 해도 일출을 볼 수 없는 곳이니, 호연지기 따윈 찾아볼 수
없지만 그렇게라도 근육을 풀어보려 했다.

내가고수답게 새벽마다 그런 짓 따윈 하지 않는 고검명이 문득 수중
의 비도를 거꾸로 들더니 바람처럼 집어 던졌다.

쇄액!

본능적으로 신형을 옆으로 제낀 담우소의 입술꼬리가 가볍게 떨렸
다. 목젖으로 진득한 핏물이 흘러내리고 있었다. 어렵지 않게 그것이
자신의 것이 아니라는 걸 눈치 챈 담우소가 어깨를 가볍게 떨어 보였
다.

금방이라도 담우소의 목젖을 물려고 쩍 하고 아가리를 벌리고 있던
청사(靑蛇) 한 마리가 힘없이 떨어져 내렸다.

고검명의 손을 떠났던 비도는 청사의 머리를 절반으로 갈라놓고 있
었다.

혹여 자신을 노리고 비도가 날아들었다면 절대로 피하지 못했을 거
라 중얼거린 담우소가 냉큼 비도를 집어 들었다.

어느새 그의 곁으로 다가선 고검명이 말했다.

"며칠 전 불회림에 들어간다는 우리를 말렸던 토착민 중 한 명이 한
어를 약간 하더군. 이곳에 있는 독물들 중 절대로 주의해야 할 것이 청
색 빛깔이 도는 청갈사(靑蝎蛇)라고."

"주변에 뿌린 백반 가루가 좀 모자랐었나 보군."

비도를 돌려주는 담우소의 목소리는 무덤덤했다. 어떤 상황에서고
고맙다는 말 따윈 모르는 사람 같았다.

비도를 회수하며 고검명은 깨달았다. 자신이 비도를 날리지 않았더라도 이처럼 퉁명스런 사내가 뱀에게 물리는 일은 없었을 거란 사실을.

입가에 가느다란 미소를 배어 물고 있던 고검명이 문득 깨달은 듯 눈살을 찌푸렸다.

"이런, 청갈사는 항상 무리를 지어 돌아다닌다던데……."

"그렇다면 일단 큰일이 났다고 봐야겠군."

슬쩍 두부절단 상태인 청갈사에 눈길을 던지곤 표정이 심각해진 담우소가 크게 숨을 들이마셨다. 목젖을 타고 넘치는 숨결을 느끼며 그가 벽력같이 소리쳤다.

"자자, 기상이오! 기상! 지금 당장 일어나지 않으면 명년 올해가 제삿날이 될 것이오!"

고수들답게 기상은 신속했다. 벌써 백반 가루가 덜 뿌려진 틈으로 흉험한 기세를 뿜어내는 청갈사들이 무리 지어 기어들고 있었다.

잠시 후.

담우소를 포함한 다섯 사내가 극히 무림인다운 방법으로 청갈사 떼의 습격을 무사히 피해냈을 때였다.

평소처럼 말없는 짐꾼이 되어 있던 담우소는 불현듯 새벽녘 힘차게 타오르고 있던 모닥불을 바라보며 자신도 모르게 외웠던 지뢰경의 한 대목을 떠올렸다.

'흐음, 이곳이 비록 썩어가는 나무들 천지라지만, 지뢰경의 오행목기를 이용한다면 어떻게 활로를 뚫을 수 있지 않을까? 아니다. 굳이 오행목기를 이용하지 않더라도 방법이 있을 것 같다. 그때 모닥불 속에서 내가 본 게 사실이라면. 하지만 지금 내가 앞으로 나서면 지금까지와 달리 여러 가지 일에 신경을 써야만 할 테고, 그만큼 저들과 충돌해야만 할 것이다. 그래도 나는 좋은 것일까?

전날 이미 포기했던 종류의 고민이다. 그냥 이대로 아무런 책임도 지지 않는 짐꾼 노릇을 하며 십만대산까지 가는 것도 나쁘지 않다고 생각했다. 이마에 깊은 골이 팰 정도로 길을 찾느라 고생하는 역할은 연무종 한 사람으로 족한 것이다.

하지만 지난번과 달리 이번에 담우소는 그리 길게 생각할 여유가 없었다. 그의 눈앞에서 연무종이 또다시 하루 종일 헤매고 다닐 준비를 하고 있었다.

'아아, 차마 눈뜨고 못 보겠다!

내심 한탄한 담우소가 예기치 못했던 아침 구보를 끝마치고도 앞으로 나아가지 못하고 주저하는 빛을 보이는 연무종에게 다가갔다.

"무슨 일이지?"

어디까지나 짐꾼을 대하는 눈빛이다. 하루 이틀 그런 대우를 받은 게 아니기에 담우소는 평소와 다름없이 말했다.

"밤새 이곳을 벗어날 묘책이라도 떠오르셨소?"

'이놈이 지금 내 염장을 지르려는 건가!

연무종이 무슨 생각을 하고 있는지는 굳이 힘들여 눈치를 보지 않아도 알 수 있었다. 평소 같으면 서로 간에 강렬한 무시의 시선을 교환할 뿐, 더 이상의 대화가 이뤄지지 않을 테지만 담우소는 잠시 참을성을 발휘하기로 했다.

"뭐, 표정을 보니, 여전한 것 같구료."

"……."

"다름이 아니라 이 지옥의 아가리 같은 곳을 벗어날 방도를 대충 찾은 것 같소."

담우소의 이죽이는 말투에 슬그머니 들어 올렸던 주먹의 경력을 연무종은 급하게 되돌렸다. 문득 그의 뇌리로 급할 때는 담우소의 말을 따르라던 강문호의 종잡을 수 없는 얼굴이 스쳐 지나갔다.

연무종의 침묵을 무언의 허락으로 받아들인 담우소가 몇 걸음쯤 떨어진 곳에 서 있던 고검명을 손짓했다.

"여기 잠깐만 와보쇼."

"나 말인가?"

"거기 당신 말고 또 누가 있나 보지?"

쓸데없는 말 따윈 아끼자는 의미였다. 담우소를 지켜보던 주변의 눈총이 따가와졌으나 고검명은 군말없이 다가왔다.

그의 가슴팍에 나란히 꽂혀 있는 일곱 개의 칠성비도(七星飛刀) 중 하나를 요구한 담우소가 주변에서 가장 큰 나무를 골라 걸어갔다.

그제야 담우소가 뭘 하려는지를 대략 눈치 챈 연무종이 눈살을 찌푸리며 말했다.

"이곳은 그 끝이 얼마가 될지 알 수 없는 곳이다. 그렇게 나무에 표시하는 수법으로 길을 찾겠다는 건 어불성설이야!"

일반적인 얘기였다. 그런 일반론 따윈 가볍게 귓전에서 걸러 버린 담우소가 비도로 나무에 흠집을 내며 말했다.

"난 나무에 표시나 하자고 나선 게 아니오. 당신이 지난 사흘 동안 한 짓을 빠짐없이 지켜봤는데, 같은 짓을 되풀이할 정도로 바보는 아니거든."

"그럼 지금 뭘 하려는 거냐?"

질문한 사람은 묵묵히 지켜보고 있던 철사장 양계신이었다. 평소 말이 없던 사람이니, 한마디라 해도 그 무게가 적지 않았다.

나무에 몇 군데 생채기를 내고, 고개를 돌린 담우소의 입이 퉁명스레 움직였다.

"잠시면 되는데, 그새를 못 참겠다는 거요?"

"설명을 못해주겠다는 말이냐?"

"그게 아니라……."

옆에서 담우소를 차갑게 노려보고 있던 쌍검팔방 곡불환이 노기 어린 목소리로 끼어들었다.

"흥, 나도 지금 당장 설명을 들어야겠다. 한시가 바쁜 터에 짐꾼 녀석의 허튼짓 따위를 지켜보는 데 아까운 시간을 할애할 순 없단 말이다!"

"……."

설명을 요구하고 나선 이는 부당주 중 두 명이었다. 이런 상황에서 묵묵히 작업을 진행시킬 순 없다고 판단한 담우소가 슬쩍 눈살을 찌푸렸다.

그동안의 경험에 비춰, 그는 양계신과 곡불환을 보이는 모습과는 달리 호시탐탐 연무종을 밀어낼 생각만을 품고 있는 음험한 자들이라고 규정 짓고 있었던 것이다.

'일이 그러하니, 지금 당장 설명을 해야만 일을 진행시키기가 수월해지겠군.'

내심 염두를 굴리며 담우소는 잠시 얼굴로 튀어오른 수액을 소맷자락으로 닦아냈다.

잠시라도 대충 감만을 잡고 있던 사실을 천천히 머리 속으로 정리할 시간이 필요했다.

공들여 얼굴을 닦은 담우소가 천천히 입을 열었다.

"내가 산에서 오랫동안 지내봐서 아는데, 나무는 본래 변화에 매우 민감하오. 그래서 조금이라도 기후에 변동이 있으면 항상 제 몸에 기록을 남겨놓소이다."

"나이테 같은 걸 말하는 거냐?"

곡불환의 질문은 그가 어째서 자신보다 나이가 어린 양계신보다 서열이 뒤지는지를 보여주고 있었다.

자신 같으면 그냥 입술을 붙이고, 설명에 귀를 기울이겠다는 생각에 피식 웃어보인 담우소가 고개를 흔들어 보였다.

"나이테는 사계절이 뚜렷한 곳에서 자라는 나무가 아니면 확인하기가 힘든데, 이곳은 기후가 고온다습하여 나무의 생장이 빠를 테니, 그건 별로 좋은 방법이 아니오."

"그, 그런가……."

말을 더듬는 곡불환의 안색이 붉게 물들었다.

그에겐 다행스럽게도 중인들의 시선은 온통 담우소에게 향해져 있었다.

비도에 묻은 수액에 혀끝을 가져다 댄 후 괴이무쌍한 표정이 된 담우소가 설명을 계속했다.

"그래서 나도 처음에는 나무를 이용해 방향을 찾는다는 일 따윈 생각도 못하고 있었소. 이곳의 나무들은 나로서도 생전 처음보는 게 대다수거든."

"……."

"하지만 어젯밤 모닥불에 썼던 장작 중 진물이 흘러 잘 타는 생나무가 있었다는 걸 생각해 내자 한 가지 방법이 떠올랐소."

"그게 뭐지?"

이젠 더 이상 처음과 같은 얼굴이 아니게 된 연무종을 향해 히죽 웃어보인 담우소가 자신이 파낸 나무의 결을 비도로 두드렸다.

탁탁!

"여기를 보시오! 이 이름 모를 나무는 사람의 몸속에 피가 돌듯이 수액을 몸속에 가득 품고 있소이다. 그래서 뜨거운 화기에 닿으면 격렬한 불꽃을 만들어내는데, 방향에 따라 각기 그 흐름이 조금씩 다르더군."

"수액의 흐름이 다르다고?"

담우소가 고개를 끄떡였다.

"나는 특수한 무공을 익혀서 나무의 몸속에 흐르는 수액의 흐름을 감지해 낼 수 있는데, 혹시나 싶어 상처를 내어 확인해 보니, 역시나 내 예상이 맞았소."

설명을 듣고 있던 네 사람 중 이번에도 곡불환만이 전혀 이해가 되지 않는다는 얼굴로 질문했다.

"수액의 흐름으로 방향을 알아내 봤자 그걸 어디다 쓰지?"

"그야……."

담우소의 표정에 가득 떠오른 귀찮은 기색을 읽었을 것이다. 묵묵히 침묵하고 있던 고검명이 신중한 표정으로 입을 열었다.

"이 사람도 저기 담 형제의 설명을 모두 이해한 것은 아니지만, 한 가지는 알 것 같습니다. 곡형께 대신 설명해도 되겠습니까?"

"고 아우는 망설이지 말고 설명해 주기 바라네."

담우소에게보다 훨씬 부드러운 말이고, 표정이었다. 곡불환을 향해 고개를 끄떡인 고검명이 천천히 말했다.

“제가 청해성에 가본 일은 없지만 곤륜산맥은 지세가 험하고 기후의 변화가 심하다고 하더군요. 비록 이곳은 항상 찜통 같은 열기로 가득 차 있지만 아마도 그쪽 방향으로 나아가면 미묘한 변화가 있을 겁니다. 그러니 수액의 양에 차이가 있다는 건 아무래도 그쪽 방향을 알 수 있다는 걸 말하는 게 아닐까요?”

얼굴에 귀찮은 표정이 가득하던 담우소가 무안해질 정도로 논리적인 설명이었다.

“오오, 그렇군, 그래.”

그제야 납득한 곡불환이 연신 고개를 끄떡이자 담우소가 나무의 상처를 살펴보곤 한쪽 방향을 손가락으로 가리켰다.

“그래서 내가 알아낸 사실은 저쪽이 곤륜산맥이 위치한 방향이란 거요. 하지만 그 정도로 제대로 된 길조차 없는 이곳을 벗어날 순 없을 거요.”

담우소가 수중의 비도를 휘둘러 나무에 몇 가지 도식을 표시했다. 운중행을 익히는 동안 줄곧 외우고 다녔던 기본적인 팔괘의 방위 중 하나였다.

방위가 나타내는 숫자를 뚫어지게 바라보던 연무종이 무언가를 깨달은 듯 참지 못하고 손뼉을 쳤다.

짝!

“그렇군. 자네는 방향을 정하고 앞으로 나아가되, 가는 곳마다 팔괘 상의 숫자—팔괘는 이진법이다—를 요소요소에 새겨서 종전처럼 같은 곳을 헤매는 걸 방지하겠다는 거로군.”

“……”

대답 대신 담우소는 고개를 한차례 끄떡였다. 지금까지 자신을 푸대

접했던 자들에게 보내는 그 나름대로의 화답이었다.

그러나 그런 담우소의 치기는 지금의 연무종에겐 대수롭지 않게 받아들여졌다.

잠시 염두를 굴려 팔괘의 방위를 헤아린 그가 급속히 회복된 기력을 자랑하듯 우렁우렁한 목소리로 말했다.

"벌써 사흘을 낭비했다. 이제부터 지금까지보다 쉬는 시간을 절반으로 줄인다!"

"연형, 아무리 그래도 쉬는 시간을 절반으로 줄인다는 건 좀……."

"곡형!"

곡불환의 소맷자락을 잡아당긴 사람은 양계신이었다.

그의 눈짓을 따라 시선을 돌리던 곡불환의 안색이 다시금 붉게 물들었다. 어느새 고검명이 담우소 몫의 짐을 절반으로 나눠 들고 있었다.

닷새 후.

담우소를 비롯한 다섯 사내는 지옥의 아가리라 부르던 불회림을 통과할 수 있었다. 기적처럼 한 사람의 부상자도 발생하지 않은 채였다. 하지만 곧바로 나타난 건 자칫 한 걸음만 잘못 디뎌도 온몸이 산산조각날 기암절벽으로 뒤덮인 고원지대였다.

이쪽으로 방향을 잡았을 때부터 주변 원주민들의 우려 섞인 충고를 들었지만, 급작스럽게 변한 주변 환경은 사람의 인지 능력을 조롱하는 듯했다. 아무리 둘러봐도 한나절 거리밖에 안 되는 곳에 초록의 지옥이 펼쳐져 있으리라곤 상상할 수 없는 황무지이고, 천험의 절애인 것이다.

그렇다 해도 담우소 등은 언제까지나 망연자실한 표정을 짓고 있을 수만은 없었다. 눈앞의 고원지대를 넘어야만 청해성은 그 모습을 드러낼 터였다.

"자자, 이런 곳이라도 독사가 우글대던 불회림보다는 낫지 않겠소. 어서 발길을 재촉하자고."

먼저 입을 연건 담우소였다. 예전 같으면 어림도 없을 일이겠으나 불회림에서 그의 눈부신 활약으로 일행 전체가 목숨을 건진 터였다.

연무종이 고개를 끄떡이며 걸음을 떼자 묵묵히 양계신이 그 뒤를 따랐다.

아직 담우소를 못 미더워하는 곡불환이 인상을 일그러뜨렸으나 별무소용이었다.

언제부턴가 연무종과 어깨를 나란히 하게 된 고검명 역시 담우소와 걸음을 재촉하고 있었다.

"이, 이봐들! 같이 가자고!"

곡불환의 목소리에 비굴함이 묻어나왔다. 어쨌든 이런 사람이 살기에 부적절한 곳에 홀로 남겨지는 일만큼 두려운 일은 없을 게 분명했다.

*　　　　*　　　　*

담우소를 비롯한 귀성장의 밀사들이 불회림을 통과하고 대충 보름이 지났을 때였다. 목상 도장을 앞세운 채 지독한 고생을 감수하며 불회림을 통과한 점창파 도사들은 황량한 바람이 불어오는 고원에 모여 있었다.

앞으로는 나무 한 그루 보이지 않는 화강암 투성이의 절벽, 좌우로는 황량한 모래바람뿐이다.

사방을 둘러봐도 초근목피(草根木皮)조차 보이지 않는 척박한 땅인데, 이런 곳에도 사람이 살 수 있을까? 주변을 둘러보다 목상 도장은 내공으로 독을 몰아내고 있는 사제들 쪽으로 시선을 돌렸다. 시커멓게 죽어 있는 그들의 안색을 살피자니 속이 씁쓸했다. 아무리 한번 들어가면 돌아올 수 없다는 지독한 숲 속을 닷새 만에 가로질렀다곤 하지만 너무 희생이 컸다. 함께 온 네 명의 사제 중 셋이 이름 모를 독사에 당한 것이다.

"하아!"

목상 도장이 한숨을 내쉬자 언제나와 같이 호법을 서며 자신의 책무를 충실히 수행하고 있던 목운이 입을 열었다.

"사제들은 내공이 이십 년 수위에 달합니다. 비록 독에 중독된 채로 무리하게 경공을 펼치긴 했지만 하루나 이틀만 운기조식하면 독을 몽땅 몰아낼 수 있을 겁니다."

"그야 그렇겠지만……."

"물론 불회림을 도는 길을 택했다면 사제들이 독에 중독되지는 않았을 겁니다. 하지만 이렇게 빨리 청해성의 경계에 도달할 수도 없었겠지요. 사부님께서는 이번 일이 점창파의 명운을 결정할 정도로 중요하다고 하셨습니다. 목상 사형은 수좌답게 자신의 판단을 믿으십시오."

어디까지나 불회림을 강행 돌파하자며 사제들을 몰아쳤던 목상 도장을 위로하는 뜻이 담긴 말이었다.

임시 수좌에 오른 자신을 줄곧 흔들림없이 지지해 준 손아래 사제를 바라보는 목상 도장의 눈빛이 가볍게 흔들렸다.

몇백 마디의 말보다 더한 감정이 그의 눈빛에는 담겨 있었다.

목운의 말은 전부 사실이었다.

곤륜산맥의 어딘가에 처박혀 있을 마교로 떠난 귀성장의 밀사를 중간에 제거하는 일은 무척 중요했다.

포악무도한 마교에 무명비급건이 알려진다면 한바탕 거센 피보라가 사천으로 몰아칠 게 분명했다.

'물론 그중 점창파는 가장 큰 타격을 입겠지.'

한 덩이 묵직한 덩어리가 가슴을 짓누르는 느낌에 목상 도장은 다시 한 차례 한숨을 내쉬었다.

처음과 달리 사제들에 대한 걱정이 담긴 한숨이 아니었다. 다시 이틀이란 시간을 날려야 한다는 초조감이 그로 하여금 한숨을 양산하게 만들었다.

사부인 자하 도장의 명을 쫓아 혹시라도 있을지 모를 밀사의 행방을 추격한 지 벌써 한 달여가 지나가고 있었다. 대파산까지의 추적이 도움이 되어 우연히 발견한 밀사의 행보는 목상 도장을 흥분시켰다.

그에겐 귀성장에서 군사를 놓친 일을 만회할 절호의 기회이니, 달리는 말에 채찍질을 한 격이었다.

그 후, 목상 도장의 독려 하에 이뤄진 추적은 대파산까지의 여정을 훨씬 뛰어넘는 것이었다. 뒤처진 거리를 좁히기 위해 목상 도장은 자는 시간을 줄이고, 잠시 잠깐의 휴식 시간마저 없앴다. 그렇게 하지 않고선 밀사를 따라잡지 못한다는 판단에서였다.

그리하여 사천의 끝이라 불리는 불회림의 초입에 도착했을 때였다. 인상마저 강팍하게 변해 버린 목상 도장을 비롯한 다섯 사형제는 결정적인 단서를 얻어냈다. 평소와 같이 목운이 주변 원주민들을 꼼꼼히 탐문한 결과 보름 전 너댓 명의 한인들이 불회림으로 향했다는 사실을 알아낸 것이다.

"불회림이요? 그곳은 지옥입니다. 나무는 썩어 있고, 물은 모조리 독수(毒水)지요."

"독수를 마시고 사는 것들 중 제대로 된 것들이 있을 리 없잖겠어요. 그곳에서 살아 숨 쉬는 것들은 하나같이 지독한 독을 품고 있습니다."

"어째서 이름이 불회림이겠습니까? 그곳에 들어가면 모두 죽습니다. 아무도 살아서 돌아온 이가 없지요."

"그런데 바보같이 보름 전에 우리들의 만류를 뿌리치고 그곳에 들어간 사람들이 있었어요."

"하나같이 기골이 그럴듯한 것이 자살할 장소를 찾는 사람들 같지는 않던데……."

박학다식(博學多識)한 목운이 알아낸 사실이었다. 여인들의 깔깔거림에 한참이나 난처한 얼굴이 되었던 걸 보면 스스로 삭제한 내용이 꽤 되리란 건 의심의 여지가 없었다.

그러나 물론 목운이 원활한 증언을 유도하기 위해 여인들에게 미남계를 사용한 것 따윈 흥미를 끌 만한 요소는 있으나 중요한 사항이 아니었다.

원주민들의 한결 같은 증언은 너무 지독한 오지인지라 계속 목상 도장의 뒤를 따르기를 주저하는 마음이 남아 있던 사제들의 망설임을 단숨에 날려 버렸다.

귀성장의 운명을 등에 진 밀사라면 청해성까지의 최단거리를 택했을 거라던 목상 도장의 주장이 비로소 무게를 얻는 순간이었다.

'그래서 부랴부랴 두 번째로 어리석은 바보가 되기를 자처했던 것인
데…….'

원주민들의 우려 섞인 비웃음을 뒤로 한 채 뛰어들었던 불회림을 떠
올리며 목상 도장은 이마에 주름을 잡았다.

만약 자신과 사제들이 하나같이 뛰어난 무공을 지니지 않았다면 불
회림에서 뼈를 묻었을 거란 생각과 더불어 과연 밀사들이 그 지옥을
온전히 통과했을지 의문스러웠다.

하지만 섣부른 예측은 일을 망칠 수 있는 요소이다. 그들이 불회림
을 통과했다는 가정만이 지금까지와 같이 결연한 추적을 가능케 할 것
이었다.

얼른 머리 속에 떠올랐던 달콤한 상념을 지워 버린 목상 도장이 다
시 눈앞의 황량한 대지를 바라봤다.

혼란된 그의 내심을 비웃듯 거센 모래바람이 황색의 회오리를 일으
키고 있었다.

다음날.

아직 독기를 완전히 뽑지 못한 사제들을 이끌고 강행군을 계속하던
목상 도장은 전날 자신의 우려가 단지 우려만으로 끝난 것에 감사했다.

절벽 사이로 난 좁다란 길이 끝나, 앞으로 나아갈 방향을 조사하던
중 절벽과 절벽 사이로 형성된 조그만 촌락을 발견한 것이다.

하지만 주변은 온통 깎아지른 듯한 절애의 연속이었다. 그저 자취만
이 보이는 촌락에 가까이 다가가기 위해 점창파 일행은 또다시 몇 개
나 되는 절벽을 넘어야만 했다.

그리하여 촌락이 바로 내려다보이는 깎아지른 듯한 절벽에 도착했

을 때였다. 묵묵히 목상 도장의 뒤를 따르던 목운이 신중한 얼굴로 입을 열었다.

"목상 사형, 마침 식량이 떨어졌는데, 이곳에서 보충하는 게 어떻겠습니까?"

"벌써 식량이 떨어졌는가?"

"불회림에 들어가기 전 구한 식량은 보름치였습니다. 벌써 이십 일이 다 되어가니, 저희가 탐식한 건 아니라고 봅니다."

목운의 대답은 명쾌했다. 이의를 제기할 수 없다고 여긴 목상 도장이 고개를 끄떡였다.

"목운 사제가 그렇다면 그런 것이겠지. 어차피 이 절벽을 내려가면 날도 어두워질 테니, 마을에서 하룻밤을 보내고, 내일 새벽 일찍 출발하는 편이 나을 것 같군."

"그, 그럼 오늘 밤은 편히 쉴 수 있는 건가?"

"그런 것 같은데……."

"오오, 그렇군. 그래!"

아직 독기를 몽땅 빼내지 못해서일 것이다. 뒤에서 조용히 두 사람의 대화를 듣고 있던 사제들이 물색없이 좋아했다. 군소리 한번 없었으나 중독을 완전히 풀지 못한 상태이니, 그동안의 강행군이 그들에겐 무리였음에 틀림없다.

은근히 가슴 한 켠이 아파왔으나 목상 도장이 얼른 목소리를 차갑게 했다.

"사제들, 이곳은 사천성이 아닐세. 본래 가장 무서운 것은 사람의 마음이라 했으니, 마을로 들어가면 이때까지보다 더욱 조심해야 할 것이네."

“예, 명심하겠습니다.”

일제히 대답했으나 진심이 얼굴에 떠오른 사람은 목운밖에 없었다. 나머지 사제들은 그저 얼굴에 희색을 띨 뿐이었다.

너무 장기간에 걸친 추적이었다는 생각에 한숨을 내쉰 목상 도장이 더 이상 말하지 않고 신형을 절벽 아래로 날렸다.

휘익!

절벽 아래론 온통 돌개바람이 휘몰아치고 있었다. 몇 차례의 도약 후 절벽에 찰싹 달라붙은 목상 도장은 벽호공(壁虎功)을 발휘해서 절벽을 기어 내려가기 시작했다.

그러자 언제나와 같은 목상 도장의 시범에 잠시 주춤거리던 목운과 사제들이 얼른 그 뒤를 따랐다. 동문 간에 신법의 고하는 있으나 운용법은 모두 익숙하게 연마하고 있는 상태였다.

목상 도장의 인도 하에 점창파 일행은 무사히 절벽 아래에 도착할 수 있었다. 후위를 맡기 위해 가장 늦게 신형을 날린 목운이 마지막으로 절벽을 내려오자 목상 도장은 곧 출발했다.

절벽 위에서 봤을 때만 해도 촌락은 굉장히 가까웠다. 하지만 이런 경우 자신의 시력을 믿는 건 멍청이들이나 하는 짓이다.

높은 곳에 오르면 굉장히 먼 곳까지 살필 수 있고, 그만큼 가깝게 보였던 곳이라도 실제론 대단히 먼 거리이기 때문이다.

생각보다 일찍 절벽을 내려왔기에 시간적으로 여유가 있을 거라 생각했던 목상 도장은 곧 자신의 안이함을 탓해야 했다.

몇 개의 능선을 넘는 동안 벌써 주변은 온통 붉게 물들고 있었다.

‘지쳐 있는 사제들에게 다시 경공을 펼치게 해야 하는가!’

눈살을 찌푸리던 목상 도장의 시선에 이채가 떠올랐다. 얼핏 눈앞으로 보이는 소로에서 산양과 놀고 있는 소년을 본 것이다.

"목상 사형!"

목운이 부르자 목상 도장이 고개를 끄떡이며 말했다.

"목운 사제가 가보게."

"예, 알겠습니다."

대답과 동시에 목운이 소년에게 다가갔다. 유려한 신법을 펼쳤으나 겉보기엔 그저 산책 나온 문사(文士)처럼 유유자적한 보행이었다.

그제야 점창파 일행을 발견한 소년이 발버둥 치는 산양을 놓아주곤 히죽이 웃었다.

"아저씨들은 어디서 오신 분들이시죠?"

"너는 한어를 아는구나. 혹시 한족의 아이더냐?"

목운의 얼굴이 사람 좋은 표정을 지어 보였다. 누가 보더라도 경계심을 품지 못할 얼굴이었다.

소년 또한 목운에게 경계심을 품지 않은 듯 까불거리며 대답했다.

"헤헤, 전 한족이 아니에요. 우리 마을 사람 전부가 한족이 아니지요. 하지만 우리 할아버지가 한어를 할 줄 아셔서 저는 이렇게 어린 나이에 두 개나 되는 말을 하게 됐지요."

"그렇구나!"

고개를 끄떡인 목운이 품속에서 육포 한 조각을 꺼내 소년의 손아귀에 쥐어주었다. 그러자 얼른 고개를 숙여 보인 소년이 육포를 얼른 품 안에 집어넣었다.

소년의 어린아이답지 않은 행동에 목운이 입가에 미소를 담은 채 말했다.

"어째서 그걸 품 안에 집어넣지? 이렇게 늦도록 놀았는데도 너는 배가 고프지 않은 모양이구나?"

소년이 고개를 잘래잘래 흔들며 대답했다.

"할아버지께서 낯모르는 사람이 주는 걸 함부로 받아먹어선 안 된다고 하셨어요."

"……."

"하지만 아저씨는 좋은 분 같은데, 주시는 걸 받지 않는 것도 도리가 아니니까 할아버지한테 허락을 받고 먹을 생각이에요."

"너는 착한 아이구나."

"헤헤, 제가 좀 그래요."

"허허허허……."

귀성장에서 사람을 죽인 후 내내 괴로워하던 목운이 처음으로 짓는 미소였다.

어둑한 하늘 때문에 하얀 이밖엔 보이지 않는 눈앞의 소년은 사람의 마음을 기쁘게 하는 묘한 힘이 있었다.

문득 동쪽 하늘로부터 어둠이 깃들기 시작하자 소년이 함박 웃음을 지어 보이곤 목운의 손을 잡았다. 얼떨결에 손목을 잡힌 목운이 소년의 손을 차마 뿌리치지 못하고 말했다.

"어째서 빈도의 손을 잡는 거지?"

"아저씨 뱃속에서 꼬르륵 소리를 들었거든요."

"……."

"뒤에 아저씨들도 시장하실 텐데, 우리 집으로 가요. 할아버지께서는 손님을 맞는 것보다 즐거운 일은 없다고 하셨어요."

소년에게 손목을 잡힌 채 목운이 끌려갔다. 그 모습을 지켜보고 있던 점창파 일행으로선 따라가지 않을 수 없는 형국이 된 셈이다.

소년의 집은 마을에서도 꽤나 떨어진 곳에 위치해 있었다. 아마도 무언가 사연이 있는 집안 같았다.

덕분에 날이 완전히 어두워지기 전에 따뜻한 불기운이 감도는 식탁 앞에 둘러앉게 된 점창파 일행은 손님으로서의 예의를 지켰다. 일체 사적인 질문을 하지 않는 명문의 풍모를 보인 것이다.

그 점이 마음에 들었는지 이 집의 주인이자 소년의 조부는 궁벽한 산골에서는 쉽게 보일 수 없는 인심을 썼다.

느닷없이 들이닥친 객들에게 싫은 소리 하나 내지 않고, 넓직한 거실을 내준 것이다. 그리고 부엌 쪽에서 연신 투닥거리는 소음이 들렸다.

잠시 잠깐만에 노인이 내온 큼지막한 광주리 속에는 김이 무럭무럭 나는 양고기와 이름 모를 떡 쪼가리가 가득했다.

과연 소년이 자신만만해할 정도로 융숭한 대접이었다. 강호 경험이 녹록치 않은 점창파 일행들로선 경계심이 생기지 않을 수 없었다.

무얼 또 준비하려는지 노인이 소년을 데리고 부엌으로 들어가자 슬쩍 검자루에 손을 대는 목상 도장을 목운이 만류했다.

"이곳의 주인인 노인이나 소년은 무공을 모르는 사람들입니다. 만약 그들이 무공을 알고 있다면 아마 우리 사형제가 검을 빼 든다 해도 십 초지적이 되지 못할 겁니다."

"나 또한 그러한 사실을 모르는 건 아닐세. 하지만……."

"예, 이상하지요. 하지만 이곳은 저희가 봐왔던 어떤 곳과도 다른 곳 입니다. 어쩌면 우리가 이해하지 못하는 관습이란 게 있을 수도 있습 니다. 경계는 하되, 지나치게 손을 써서는 안 된다고 봅니다."

그 말을 끝으로 목운이 대뜸 광주리에 담긴 떡 한 조각을 집어 먹었다. 평소 독에 중독되는 걸 대비하기 위해 사용하던 은지환을 품 안에 넣어둔 채였다.

그러자 그만큼 목운의 의지가 확고하다는 걸 깨달은 목상 도장이 말 없이 음식에 손을 뻗었다.

수좌에 오른 후 이러한 문제에 있어선 어느 누구의 의견도 귀담아 듣지 않던 그가 강호의 금기를 깨고 이번만은 자신의 뜻을 수그린 것이다.

그만큼 목운에 대한 믿음이 두터워진 것일까?

아직은 두고 볼 일이었다.

제22장 마교(魔敎)에게는 대항할 수 없다

아무리 뛰어난 내공을 익힌 무인이라 해도 사람이기에 잠을 자지 않을 수 없다. 그리고 부단히 쌓은 내공은 혼곤한 잠에 빠져들면 팔구 할은 공(空)으로 돌아갔다.

내공을 이룬다는 건 하늘의 기운을 거슬리는 것이고, 자유자재로 노니는 세상의 기운을 단전(丹田)이라는 작은 소우주 속에 잡아두는 역천인 까닭이다.

때문에 명문비전의 내공심법에서 가장 중히 여기는 건 마음을 다스리는 법과 체내로 끌어들인 기운을 체외로 내보내지 않는 방법이었다.

어쩔 수 없는 숙면 중 얼마만큼 낮에 수련했던 내공을 흐트러뜨리지 않는가가 절정의 내공을 익힐 수 있는 자와 없는 자를 구분 짓는 것이다.

그런데 이역의 깊은 밤, 침상에 몸을 뉘인 목상 도장은 잠을 이루지 못하고 있었다. 융숭한 대접을 받고, 오랜만에 아늑한 침상 위에 누웠다. 하루 종일 아직 독을 완전히 몰아내지 못한 옆방의 사제들을 돌보는 데 신경을 썼으니 피곤하지 않을 수 없었다. 예전 같으면 잠깐이면 깊은 잠에 빠져들 터인데, 이상하게 그는 몸을 뒤척이고 있었다.

점창파에 입문한 후 애써 도학을 닦고 무공에 용맹정진한 삼십여 년간 목상 도장이 이처럼 잠을 이루지 못한 날은 별로 없었다. 깊은 숙면 중에도 기를 몸속에 잡아두는 경지의 내공을 연마한 요 몇 년간은 더욱 그러했다.

'이상하다!'

몇 번의 뒤치락거림 후 목상 도장은 두 눈을 떴다. 오로지 어둠뿐 보이는 것은 아무것도 없었다.

내공을 운기하자 흐릿한 달빛에 비친 사물이 보였다. 흐릿한 은빛의 궤적을 쫓아 신형을 일으킨 목상 도장의 미간이 크게 좁혀들었다.

방금 전까지 풀벌레 소리 하나 들리지 않던 정적의 저편으로부터 기이한 두런거림이 들려왔다.

세상의 모든 일에 호기심이 왕성할 나이는 지났을 터였다. 하지만 잠시 망설이던 목상 도장은 조용히 방문을 열고 밖으로 나왔다.

웅성웅성…….

두런거림은 더욱 심해지고 있었다. 마치 환청처럼 목상 도장의 귓전을 맴돌았다.

정신을 집중한 채 내공을 일으키길 일각여!

두런거림의 발원지가 분명한 달빛 너머를 향해 목상 도장의 신형이 날아올랐다.

스윽!

전력을 다하기보다는 은밀함에 중점을 둔 움직임이었다. 귀성장에서 시작된 좌절과 추격의 행로는 목상 도장에게 신중함이란 단어를 각인시킨 터였다.

한참을 달려 몇 개의 동산을 건너니, 멀리 한 점의 불빛이 보였다. 주변을 밝히는 건 기껏해야 초승달의 흐릿한 미광뿐이었다.

자신을 유혹했던 두런거림이 이렇게 멀리 떨어진 곳에서 흘러나왔을 리 만무한데, 목상 도장은 불을 본 불나방처럼 다리에 힘을 줬다.

이때 밤의 정령에 홀리기라도 한 듯 그의 표정은 몽롱하게 변해 있었다.

촌락의 배치는 일견 단순했다.

고원의 매서운 바람에 지붕이 날아가지 않게 지어진 움집들은 원형을 이루며 가운데 커다란 공터를 만들고 있었다.

아마도 이러한 공터를 만들어놓은 건 마을에 중대한 일이 생겼을 경우 모여서 의논하기 위함일 터였다.

지금도 활활 타오르는 거대한 불꽃을 앞에 둔 채 이삼십 명이 넘는 각양각색의 사람들이 모여 왁자하게 떠들고 있었다.

불꽃에 유혹당한 채 마을로 숨어 들어온 목상 도장은 촘촘하게 쌓아 올려진 돌 벽에 몸을 숨긴 채 눈살을 찌푸렸다.

돌산을 제 집 마냥 뛰어다니는 산양조차 많이 키우지 못할 정도로 나무가 부족한 곳이었다. 이곳에서 어떻게 저만한 불꽃을 일으킬 수 있는 나무를 끌어모았는지 그는 의혹을 느꼈다. 과연 저들이 저녁나절에 잠깐 동리를 순찰할 때 봤던 순박한 사람들이 맞는지 미심쩍은 생각을 떨칠 수 없었다.

그러나 그의 의구심 따윈 관계없이 불길은 갈수록 그 위세를 더하고 있었다. 불꽃에 가까이 앉아 있는 사람들의 얼굴이 발갛게 익는 모습을 지켜보던 목상 도장의 두 눈에 이채가 떠올랐다.

'저자는…….'

불빛이 만들어낸 그림자 속에서 모습을 드러낸 건 얼마 전 점창파 일행에게 융숭한 대접을 아끼지 않았던 노인이었다.

그가 앞으로 나서려 하자 앞을 가리고 있던 사람들이 황급히 좌우로 갈라섰다. 불꽃 근처로 다가갈 수 있게 길을 열어주는 것이었다.

사람들의 도움으로 불꽃의 세력이 가장 맹렬한 곳까지 걸어간 노인이 칼칼한 목소리로 입을 열었다.

"노부가 한 가지 소식을 가지고 왔소!"

"오오!"

사람들 사이에서 웅성거림이 터져 나왔다. 굳이 안력을 집중하지 않더라도 그들의 얼굴에 떠오른 기대감을 느낄 수 있었다.

사람들의 웅성거림이 잦아들기를 기다려 노인이 처음과 똑같은 목소리로 말했다.

"애석하게도 명존께서는 아직도 면벽을 깨고 나오지 않으셨고, 나올 기미도 보이지 않고 있소이다!"

"아아!"

이번 건 한탄성이었다. 노인의 말에 사람들은 크게 낙담한 게 분명했다. 그러자 노인이 손을 들어 올려 주변의 소란을 잠재우곤 다시 말했다.

"그러나 대산의 성화는 여전히 힘차게 불타오르고 있고, 얼마 전 강호로 출도하신 광명소주께서 한 가지 중대한 사명을 내려주셨소이다."

"중대한 사명?"

"광명소주가?"

사람들은 서로를 바라보며 웅성거렸다. 방금 전 '명존'이란 이름에 환호하던 것과는 상반된 반응이었다.

그렇게 웅성거리기 시작한 사람들 중 위맹한 눈빛을 번뜩이는 호한 하나가 우렁우렁한 목소리로 소리쳤다.

"우리는 어디까지나 거룩하신 명존과 그분을 대리하는 광명좌사의 명만을 받을 뿐이오. 어찌 단장귀수 노인은 광명소주를 거론하는 것입니까?"

"목소리가 웅장하군. 노부의 명호를 입에 담는 사람은 누구이지?"

단장귀수라 불린 노인의 눈빛이 차갑게 번뜩였다.

애초부터 몸을 숨길 생각이 없었던 듯 호한이 불빛 쪽으로 모습을 드러냈다.

"본인은 오행기 중 열화기(熱火旗)의 기주인 권마(拳魔) 맹사(孟獅)라 합니다. 이번 회합에 오행기를 대표해서 나왔습니다."

"오오, 교내제일의 역사라 불리는 맹사가 바로 자네였구만. 노부는 교를 떠나 중원을 유람한 지 오래되어서 자네 같은 후배가 나타났는지도 몰랐다네."

"흥, 좌우광명사자가 분쟁을 일으켰을 때도 노인을 비롯한 오산인은 방관만 하고 있다가 마지막 순간 광명우사를 편들었으니, 당연한 일이겠지요."

"주제넘는!"

왜소한 몸집의 단장귀수가 바로 손을 썼다. 순간적으로 신형을 날리더니, 맹사의 전중혈을 노리고 일장을 내뻗었다.

퍼엉!

특별한 변화가 없는 일장이나 쾌속하기 이를 데 없었다. 어쩔 수 없이 사발종지만한 주먹으로 단장귀수의 일장을 받은 맹사의 어깨가 부르르 떨렸다.

휘청!

뒤로 한 발짝 물러선 맹사의 상체가 순간적으로 두 배 가까이 부풀어 올랐다. 전신내공을 집중해서 재차 이어질 단장귀수의 공세에 대비하려는 것이다. 그러나 단장귀수는 무학의 상리를 무시하고 상풍(上風)을 잡고서도 더 공격하지 않고 뒤로 물러섰다. 일시 끌어모았던 내력이 나아갈 방향을 잃자 재빨리 허공 중에 광포한 일권을 쏟아낸 맹사가 붉게 물든 안색으로 뒤로 물러선 단장귀수를 노려봤다.

"이게 무슨 짓입니까! 노인은 설마 오행기와 대적하겠다는 뜻입니까?"

자신을 노려보는 흉맹한 고리눈 따윈 전혀 두렵지 않다는 듯 신형을 돌려 본래의 자리로 돌아간 단장귀수가 누런 이빨을 드러냈다.

"노부의 일장을 받고도 반격할 생각을 하다니! 과연 교내제일의 역사(力士)로다. 하지만……."

'우웃!

번뜩이는 눈빛으로 맹사를 노려보며 단장귀수가 말했다.

"본래 노부를 비롯한 오산인은 오직 거룩한 성화와 명존만을 모실 뿐이다. 좌우광명사자가 비록 교내 서열이 높다 하나 오산인을 다룰 순 없다. 그런데 하물며 노부가 오행기 따위에 겁먹을 성싶은가?"

"그렇지만 지금까지 오산인은……."

"우리 오산인이 그 당시 우사의 편을 든 건 어디까지나 오행기와 천지풍뢰 사대문파를 장악한 좌사의 독단을 막으려는 것이었다. 만약 한 점이라도 우리 오산인에게 다른 마음이 있다면 성화의 겁화에 억겁 동안 온몸이 불타오를 것이다."

"으음."

나직한 신음을 터뜨린 맹사는 더 이상 단장귀수를 추궁할 수 없다고 여겼다. 성화를 언급하며 맹세했는데, 거기에 이의를 제기한다는 건 광명신교 내에서 금기에 속하는 일이었다.

맹사의 심중을 꿰뚫어 본 단장귀수가 주변을 둘러보곤 입가에 조소를 매달았다.

"흐흐흐, 그대들 천지풍뢰 사대문파의 제자들과 오행기는 오랫동안 청해성 곳곳에 뿌리를 내린 채 다시 중원을 도모할 날만을 기다리고 있었소이다. 본래가 무림의 세력이라기보다는 전투 부대의 성격을 띠고 창설됐으니, 그것이 무리는 아닐 것이오."

"……."

"하지만 그렇다고 해서 그대들이 명존께서 면벽에 들어가신 틈을 타서 광명좌사의 사병으로 전락한 걸 우리 오산인은 절대로 묵과할 수 없단 말이오. 우리 신교는……."

고오오오오…….

각기 다른 네 방향에서 무시무시한 경력이 일어나 주변에 모여 있던 중인들을 떨게 만들었다. 네 가지 기세가 꿈틀대며 밤하늘을 가로지르는 한줄기 광풍을 만들어낸 것이다.

그것이 방금 전 자신과 일합을 겨루고도 무사한 맹사에 버금가는 위세임을 직감한 단장귀수가 목소리를 높였다.

"이거이거, 사대문파의 문주들도 왔소이까? 어째서 노부 앞에서 모습을 드러내지 않는 거외까?"

차디찬 목소리가 사람들 틈에서 흘러나왔다.

"천지풍뢰 사대문파는 어디까지나 신교를 호위하는 데만 움직이는 그림자 문파. 오산인의 우두머리인 단장귀수 노인은 방금 전에 했던 말을 거둬들이시오."

'아마도 사대문파의 우두머리인 천문의 문주이겠지. 혹시라도 교내에서 반란이 일어날 것을 대비해서 절대 모습을 드러내지 않는다더니, 오늘은 의외의 행차를 하셨군.'

그것이 모두 광명소주인 엄정하의 출현 때문임을 직감한 단장귀수가 냉소했다.

"흥, 그림자 문파라! 물론 명존께서 모든 일을 주재하실 때까지야 그러했겠지. 하지만 오늘날에 이르러 좌우광명사자 간의 분쟁에 천지풍뢰 사대문파가 큰 역할을 했다는 건 공공연한 비밀이 아닌가!"

"그건 그렇지가⋯⋯."

"아아, 됐소이다! 그 점은 신교 내에선 공공연한 사실이니, 괜스레 변명할 필요는 없소이다."

"⋯⋯."

"앞서 말했다시피 그대들에게도 무언가 고충이 있었을 거란 점을 노부 역시 알고 있소이다. 신교의 명운이 걸려 있을지도 모르는 일을 만난 터에 그런 자질구레한 일은 뒤로 미뤄놓기도 합시다."

"신교의 명운이 관계된 일?"

가장 먼저 눈살을 찌푸리며 반문한 사람은 맹사였다. 우직한 얼굴을 한 그가 속을 알 수 없는 천문의 문주보다는 상대하기 편하겠다고 마음먹은 단장귀수가 재빨리 말을 받았다.

"왜 아니겠는가! 이제 막 강호에 나온 광명소주께서 친히 성화령의 권위를 빌어 명령을 내린 데는 다 까닭이 있단 말씀이야!"

"성, 성화령!"

"광명소주께서 성화령을 가지고 계시단 말씀이오!"

사람들 사이에서 다급한 목소리들이 터져 나왔다. 어찌 들으면 낭패한 듯하고, 다시 들으면 희열에 들뜬 듯한 목소리였다.

그것이 바로 성화령의 위세임을 알고 있기에 단장귀수가 지금까지완 달리 목소리를 근엄하게 했다.

"어찌 신교의 제자 된 자로 성화령의 존엄한 이름을 함부로 거론할 수 있을까!"

"……."

"광명소주께서 성화령의 존엄마저 빌려서 신교의 고수들을 불러모은 데는 까닭이 있소이다. 그대들 천지풍뢰 사대문파와 오행기의 형제들은 그것이 궁금하지 않소이까?"

그것이 궁금하지 않을 사람은 최소한 이곳에는 없는 듯했다. 언제 자신들이 웅성거렸냐는 듯 사람들은 침묵했다.

그 속에 맹사와 사대문파의 문주들 또한 포함되어 있다는 사실은 단장귀수를 흡족하게 하기에 충분했다. 입가에 미소를 띤 채 그가 주변을 둘러보며 당당하게 입을 열었다.

"광명소주께서 내리신 명령은 다름 아닌, 점창파를 치라는 명령이올시다."

'점창파를 친다고?'

방금 전 단장귀수와 맹사가 손속을 나눈 이래, 숨 한 모금 들이키지 못하고 돌담 뒤에 몸을 숨기고 있던 목상 도장의 눈꼬리가 파르르 떨렸다.

그가 보기에 불꽃을 중심으로 모여 있는 자들 중 최소한 여섯 명가량은 그로선 도저히 감당하지 못할 마교의 절정고수였다.

어떻게든 호랑이의 아가리나 다름없는 이곳에서 살아 나가기 위해 귀식지법(龜息之法)을 이용해 모공마저 닫아놓고 있었는데, 일순 숨이 막혀왔다.

웬만한 문파 하나쯤은 눈도 깜빡이지 않고 멸문시키길 밥 먹듯 한다는 마교가 지금 그 독아를 사문인 점창파에게로 들이밀려 하고 있는 것이다.

평소의 냉철한 이성은 어디로 갔는지 이곳까지 자신을 불러들였던 웅성거림을 까맣게 잊어먹은 목상 도장은 내공을 일으켜 최대한 청각 능력을 높였다.

마침 목상 도장의 애타는 마음을 읽었는지 맹사가 의혹 섞인 목소리를 냈다.

"성화령의 권위는 절대적입니다. 하늘을 부수라면 하늘을 부숴야 하고, 태산을 들어다 옮기라면 태산을 들어다 옮겨야 하지요. 하지만 점창파는 구대문파 중에서도 그리 빛이 나지 않는 곳입니다. 지금와서 그들을 멸문시켜야 하는 까닭을 모르겠군요?"

평소 맹사가 이렇게 긴 말을 한 적이 없다는 걸 알고 있는 주변 열화기 소속 교도들의 얼굴에 감탄의 기색이 떠올랐다. 그러나 오늘 처음으로 맹사를 본 단장귀수가 그의 평소 성격이 어떠한지 알 도리가 없었다.

감히 성화령의 명령에 의문을 제기하는 맹사를 속으로 '버르장머리 없는 녀석!' 이라 욕한 단장귀수가 냉랭한 목소리로 말했다.

"그야 맹사, 자네는 당장에 소림으로 달려가서 장문방장의 목을 꺾어놓고, 무당으로 달려가 감히 천하제일인이라 자처하는 청우 늙은이의 수염을 몽땅 뽑아버리고 싶겠지. 하나, 광명소주께서 성화령의 권위를 발동한 건 다름 아닌 무명비급 때문일세."

"무, 무명비급이라면 그……."

"신교 역사상 가장 치욕스런 이백 년 전의 혈사 때 행방불명된 무명비급을 점창파가 손에 넣었다는 소문이 지금 사천에는 파다하다네."

"이런 찢어죽일 것들이 있나!"

분노의 괴성을 터뜨린 건 과묵한 맹사뿐이 아니었다.

불꽃 주변을 둘러싸고 있던 사람들 대부분이 무의식적으로 진각을 일으키며 분노에 차 소리를 질러대기 시작했다.

"감히 신교의 상징인 무명신공을 탐하다니!"

"지금 당장 점창파를 멸하자!"

"점창파를 중원전도에서 깨끗이 증발시키자!"

"주춧돌 하나 남겨선 안 된다!"

굳이 내공을 끌어올리지 않고도 목상 도장은 점창파 최후의 날이 노도와 같이 다가오는 소리를 들을 수 있었다.

'이, 이런…….'

내심 오한이 치밀어 올랐으나 그는 숨어 있는 장소에서 한 발짝도 움직이지 못했다.

자신 정도는 십 초도 지나기 전에 제압할 수 있는 절정고수가 수두룩하니 다급한 심정과 달리 몸을 빼낼 도리가 없었다.

따라서 그 후로 한 식경이 넘도록 목상 도장은 극도로 상세한 점창파 공략 계획을 치를 떨어가며 마음속에 각인시켜야 했다.

그리고 시간이 흘러 끝없이 타오르던 불길이 조금씩 힘을 잃어갈 때
였다.

그다지 실현성이 없어 보이는 주변의 왁자한 설왕설래와는 달리 꽤
나 전술적으로 훌륭한 도살 계획을 심도 깊게 주고받던 두 사람 중 맹
사가 무심한 목소리로 말했다.

"저를 비롯한 열화기의 형제들은 오늘에야 이곳에 도착할 수 있었습
니다. 그런데 가옥이 수십 채가 넘는 마을이 이리 조용한 걸 보니, 노
인과 사대문파의 문도들이 주민들을 모조리 죽인 겁니까?"

'주민들을 몽땅 죽였다고!'

점창파 일행을 이곳으로 인도했던 소년과 순박한 얼굴의 주민들을
떠올린 목상 도장의 얼굴이 참혹하게 일그러졌다.

맹사의 말을 듣고 보니, 과연 이만한 소란이 벌어지고 있음에도 조
용하기만 한 마을은 뭔가 이상했던 것이다.

마치 목상 도장의 존재를 눈치 채고 있는 듯 그가 숨어 있는 돌담 쪽
으로 흘깃 시선을 던졌던 단장귀수가 고개를 가로저으며 말했다.

"비록 신교에 귀의하지 않았다곤 하지만 어찌 무림인도 아닌 자들을
도륙할 수 있겠는가!"

"그렇다면?"

"흥, 신교 비전의 몽혼향(朦昏香)은 꽤나 효과가 탁월하다네. 게다
가……."

우드득!

뼈마디가 일제히 제멋대로 뒤틀리는 소음과 함께 노인의 얼굴을 하
고 있던 단장귀수가 순식간에 천진난만한 어린아이가 됐다.

극상승에 이른 변체환용(變體換容)의 수법을 목도한 맹사가 불쾌한

듯 눈살을 찌푸렸다.

"그건……?"

"헤헤, 이런 식으로 한 명, 한 명 바꿔놓으면 일이 끝난 후 이 마을에는 아무런 일도 없었던 게 되겠죠. 설혹 서로 간에 기억이 맞지 않더라도 그걸 탓할 만큼 예민한 사람이 없는 곳이니까요."

단장귀수는 목소리까지 바뀐 얼굴에 맞추고 있었다.

자신들을 마을로 끌어들인 소년의 목소리에 목상 도장은 등줄기로 식은땀을 펑펑 쏟았다.

'우리는 함정에 빠졌구나!'

목상 도장 뱃속의 회충인 단장귀수가 요악스런 눈빛을 빛내며 부연 설명을 했다.

"뭐, 거기다 이런 수법을 사용한 까닭에 전혀 예상치 못했던 물고기들이 미끼를 물었거든요."

"예상치 못한 물고기?"

"헤헤, 이번 점창파 섬멸 작전 전에 거룩한 성화 앞에 올릴 제사감들이 오늘 저녁에 저절로 걸어 들어왔다는 말씀이지요."

'점창파의 열조이시여!'

사제들과 함께 훌륭한 산제물로 결정된 목상 도장이 내심 절규하며 모험을 감행했다.

'결코 이대로 마교의 악귀들의 농간에 넘어갈 순 없다!' 는 말을 중얼거리며 땅바닥을 포복하기 시작한 것이다.

*　　　　*　　　　*

“갔구나, 갔어!”

“자식, 겁은 되게 많아가지고.”

“그러게.”

언제, 피가 튀고 살을 저며내는 얘기를 나눴냐는 듯 서로를 바라보며 두런거리는 사람들의 얼굴에는 미소가 가득했다.

그중 여전히 아이의 얼굴을 견지하고 있는 단장귀수가 재밌어 죽겠다는 표정으로 히죽거렸다.

“헤헤, 이만하면 주유(삼국지연의에 등장하는 동오의 수군대도독. 손가 3대를 받쳐 온 왕좌의 재능으로서 적벽대전 시 조조에 맞서 지략을 뽐냄)의 군영회(群英會)도 우리 신교도들을 따라오지 못할 게 아닌가 말야! 광명소주께서 이번에 아주 재밌는 명령을 내려주셨어.”

방금 전까지 탁월한 언변을 자랑하며 한편의 경극이 성공하는 데 결정적인 공헌을 한 맹사가 불만에 찬 목소리로 말했다.

“흥, 성화령의 명령에 따라 어쩔 수 없이 일을 치르긴 했지만 본인은 이번 일이 마음에 들지 않습니다. 어째서 우리가 겁도 없이 신교의 영역인 청해까지 들어온 정파의 잡졸을 살려 보내야 하는 겁니까?”

“그걸 정말 몰라서 질문하는 건가?”

아이의 얼굴로는 위엄이 서지 않는다고 생각했을 것이다. 어느새 본래의 신색을 되찾은 단장귀수의 입가에서 짓궂은 미소가 사라졌다.

과거 얼마나 많은 사람이 그의 일장에 목숨을 잃었는지를 알고 있는 맹사가 한풀 꺾인 목소리로 대답했다.

“그야 아직 명존께서 폐관을 끝내고 출관하신 게 아니니, 정파의 축인 구파일방과의 대회전은 무리가 있다는 걸 제가 모르는 건 아닙니다만.”

“허면?”

“아무리 무명비급의 회수를 이유를 들더라도 저는 납득이 되지 않는 겁니다.”

“……..”

“어째서 광명소주께서는 이 정도 일에 이렇게 많은 신교도들을 동원하신 겁니까?”

“그것도 자신에게 호의적인 광명우사 휘하의 천지이단이 아니라 광명좌사 휘하의 오행기와 천지풍뢰 사대문파를 말야?”

단장귀수의 반문 속에는 비꼬임이 가득했다. 그의 말이 사실이기에 애써 노화를 억누른 맹사가 한숨을 내쉬었다.

“진실로 저 맹사는 명존의 출관을 간절히 기다리고 있습니다. 당금의 무능한 명조(明朝)를 암중으로 지지하고 있는 정파의 버러지들을 한 시라도 빨리 쓸어버리고 싶으니까요.”

“……..”

“하지만 도대체 그 날은 언제 오는 겁니까? 제 양팔에는 힘이 넘치고, 가슴은 뜨겁게 불타오르고 있습니다. 주변에서 얼쩡대고 있는 곤륜파(崑崙派) 녀석들조차 건드리지 않고 보낸 십수 년간 차곡차곡 쌓여져 온 힘입니다. 이대로 아무런 일도 도모하지 못하고 스러지기엔 그동안의 고련이 너무 아깝습니다.”

“저희도 열화기주와 똑같습니다!”

“기다림은 언제까지인 겁니까!”

“명존께서는 언제나 되어야 출관하시는 겁니까!”

그동안 쌓여왔던 갈증이 한꺼번에 폭발한 것이리라!

방금 전까지 통쾌한 표정으로 키득거리던 신교도들의 목소리는 우레와 같았다.

그러나 관록을 자랑하듯 눈앞의 폭발적인 기세 앞에서도 전혀 당황하지 않는 자세를 견지하던 단장귀수가 차갑게 냉소했다.

"흥, 그렇다면 광명좌사를 따른다면 신교의 천년대업을 이룰 수 있단 말인가!"

"……."

"천 년 내 다섯 손가락 안에 꼽히는 능력을 보유하셨던 당대의 명존께서도 무당파 청우 선인과의 비무 후 자신의 능력이 아직 부족함을 한탄하며 폐관에 드셨다. 그런데 어떻게 광명좌사 따위가 강대한 소림과 무당을 물리치고 중원을 도모할 수 있겠는가! 만약 그에게 그런 능력이 있었다면, 누구보다 먼저 노부가 그의 발치에 무릎을 꿇을 것이다."

무섭게 들끓어올랐던 신교도들의 기세를 단숨에 죽이는 일언이었다. 과연 늙은 생강이라 혀를 찬 맹사가 눈살을 찌푸리며 말했다.

"그렇다면 아직 새파랗게 나이가 어린 광명소주에겐 그런 능력이 있다는 말입니까?"

"그야 아직 모르지."

"……."

"하지만 그분은 명존의 유일한 적자이시니, 수하로서 따를밖에 도리가 없지 않은가! 게다가 광명우사라는 막강한 후견인 역시 그분을 지지하고 있고."

그 말을 끝으로 단장귀수 최덕성은 먼 하늘을 바라봤다. 그의 시선 속에서 야천을 뚫고 한줄기 유성이 꼬리를 물며 떨어져 내렸다.

엄정하의 엉뚱한 명령을 십이할 달성한 지금, 최덕성은 십만대산이 위치한 곤륜산맥으로 떠난 조카 최고봉을 생각하고 있었다.

＊　　　＊　　　＊

노정은 이제 막바지에 이르고 있었다.

점창파의 추격도 모른 채, 두 달을 훨씬 넘겨서야 청해성의 절반을 휘어감고 있는 곤륜산맥의 초입을 눈앞에 둔 담우소 일행은 지칠 대로 지쳐 있었다. 만약 노정의 중간에 이르러 눈부신 활약을 보이기 시작한 담우소가 없었다면 절대로 이곳까지 도달하지 못했을 터였다.

그만큼 사천을 떠난 후 담우소 일행이 겪어야 했던 고초는 다양함과 깊이란 측면에서 상당한 수준을 유지하는 것들이었다.

열대의 끈적끈적한 숲 속을 통과하자 황량한 고원지대가 나왔고, 그곳을 돌파하고부터는 내내 일단의 복면인들에 의한 기습을 감당해야만 했던 것이다.

그 와중에 연무종과 양계신은 차례차례 활로를 뚫기 위해 배후에 남았고, 결국 돌아오지 못했다.

그러니 서열상 그 다음 차례는 곡불환이었다. 설마 하니 자신까지 차례가 오랴 싶었던 게 현실이 되었다.

드디어 항상 무시당하던 입장에서 벗어나 능력을 발휘할 시점을 만났으나 그는 단호히 세 번째로 우두머리가 되는 걸 거부했다.

자신은 처자식이 있기 때문에 절대로 연무종과 양계신처럼 살신성인할 자신이 없다는 게 이유였다.

따라서 어쩔 수 없이 우두머리를 맡은 고검명은 처음부터 담우소를 중시했다. 곡불환을 빼놓고, 담우소와 타개책을 의논하기 시작한 것이다.

복면인들이 자주 허탕을 치기 시작한 건 그 시점부터였다.

이때까지 압도적인 무력과 지리적 잇점을 무기 삼아 유희를 즐기듯 하던 모든 일들이 갑자기 악몽으로 바뀌고 말았다.

암습을 당할 때마다 오직 도망에만 주력하던 사냥감들이 교활이란 단어를 깨달았고, 그러한 사실을 깨달았을 때 이미 사냥감은 사냥감이 아니게 되어있었다.

스스스스슥!

밤의 장막을 가르는 움직임은 표홀이라는 말로밖에 설명할 수 없다. 그만큼 눈을 들어 직시한다 해도 그 움직임이 묘연하여 형체를 잡아내 기가 어려웠다.

이 밤, 대지를 비추는 커다란 달빛조차 자신의 시야를 어지럽히는 움직임의 정체를 정확히 규명하긴 힘들 게 분명했다.

움직임의 정체는 사람이었다.

그것도 손에 손에 어둠을 빨아먹는 검은색 장검을 꼬나 쥐고 있는 야행인들로 숫자는 대략 스물이 넘어 보였다.

표홀한 신법과 더불어 검은색 일색으로 휘감겨 있는 모습은 야행인 이라기보다는 복면인이라 부름이 적당할 듯싶다.

얼굴에는 복면을, 겉에는 검은색 피풍의(皮風衣)를 걸치고 있는 모습 은 어떻게 보더라도 훌륭한 복면인의 모습이요, 자태인 것이다. 그런 복장을 하고 이다지도 빠르게 신형을 날리니 옷자락이 펄럭이는 소리 쯤 이는 게 당연한데, 이 밤 모습을 드러낸 복면인들의 질주는 이상하 리만치 조용했다.

"필시 누군가를 사냥하기 위해 움직이고 있는 거지?"

"역시 그렇지 않겠어?"

"그럴 거야. 그럴 거야."

어둠이, 바람이, 달빛이 서로를 향해 조그만 목소리로 수근거렸다. 수없이 많이 보아온 야성의 현장을 그들은 흥미진진하게 지켜보고 있었다.

하지만 사람으로선 그런 수근거림을 들을 수 없는 게 당연하다.

일군의 거목림을 향해 바람처럼 신형을 날리던 복면인들 중 몇이 땅바닥을 뒹굴었다.

피잉! 우당탕!

무엇엔가 걸리는 소리와 땅바닥을 뒹구는 소리는 동시 다발적으로 일어났다. 소리로 미뤄 쓰러진 복면인들은 빠르게 신형을 날리던 중 무엇엔가 걸려 넘어진 게 분명하다. 빠르게 대지를 질주하던 신법이 이번에는 문제를 일으킨 주범 중 하나가 된 것이다. 그러나 땅바닥을 뒹구는 복면인들의 입에선 실수로라도 흘러나오는 신음 하나가 없었다.

발목을 부여잡는 자!

그리고 목젖을 잡고 두 눈이 허옇게 뒤집힌 자!

어떤 곳을 치달리고 있었느냐에 따라 어둠 속에서 모습을 드러낸 복면인들의 모양새는 다른 양상을 띠고 있었다.

앞서 신형을 날리고 있던 자들과 달리 뒤에서 꼼꼼히 상황을 지켜보던 복면인 중 하나가 이빨을 지그시 악물었다.

'또냐?'

스윽!

아마도 복면인의 부관쯤 되는 자일 것이다.

바람처럼 신형을 날려 쓰러진 자들을 살피고 돌아온 그의 목소리에 곤혹스러움이 섞여 나왔다.

"발목에 상처를 입은 자가 둘에 목젖에 상처를 입은 자가 셋입니다."

'어째서?'

눈빛으로 질문하는 상관에게 부관이 얼른 대답했다.

"근처 나무에 천잠사(天蠶絲)가 장치되어 있었습니다."

"천잠사?"

눈살을 찌푸리며 그림자가 탁한 목소리를 냈다.

"어떻게 그놈들이 천잠사 같은 걸 구입할 수 있었지?"

"지난번 습격 때 참가했던 건 저희 흑색천사(黑色天使)와 함께 천령단 휘하 이대 살수 조직 중 하나인 은형마사(隱形魔絲)입니다. 아마도 그때 수중에 넣은 것 같습니다."

"은형마사의 살수들이 저런 애송이들에게 당했다는 건가?"

"……."

질문의 요지를 파악하려는 듯 잠시 침묵했던 부관이 간결하게 보고했다.

"은형마사와 저희 흑색천사는 임무가 겹치는 일이 많아 별로 사이가 좋지 않습니다. 이번에도 제대로 된 업무 인수 인계가 이뤄지진 않았습니다만, 그들 역시 상당한 피해를 본 것으로 생각됩니다."

"그건 확실한 정보인가?"

"사흘 전 추격이 시작된 이레, 다섯 차례에 걸쳐 총 십삼 명의 삼급천사들이 부상을 당했습니다."

“…….”

“만약 저희들을 이렇게 곤혹스럽게 만드는 상대라면 은형마사 역시 마찬가지였을 겁니다.”

“우리가 쫓는 자들이 그렇게 대단한 녀석들인가?”

“그건…….”

잠시 대답을 유보했던 부관이 냉철한 목소리로 말했다.

“저희 흑색천사나 은형마사는 살수 집단입니다. 방법이야 서로 다른 점이 있겠지만, 결국은 목표를 정한 후 정해진 목표물을 세상에서 절멸시키는 걸 위주로 훈련해 왔습니다. 이번처럼 그저 몰이를 하는 건 저희들의 주업무와는 꽤 동떨어진 일이라고 생각합니다.”

“그렇군.”

고개를 끄떡이며 복면인은 부관의 의견에 동의했다. 그 자신 역시 임무를 부여받았을 당시부터 생각했던 일인 까닭이다.

그리고 이어진 침묵.

복면인이 더 이상 질문을 하지 않자 그것으로 자신에 대한 볼 일은 끝났다고 생각한 것이리라!

고개를 한차례 숙여 보이고 총총걸음으로 뒤로 물러난 부관이 일사불란하게 다른 복면인들을 움직이기 시작했다.

부상자들을 뒤로 나르고, 천잠사를 회수함과 동시에 주변에 흩어진 흑색천사 특유의 기척을 깨끗이 지우는 작업에 들어간 것이다. 유능한 부하를 둔 자의 특권으로 방관자의 입장이 된 복면인이 문득 고개를 들어 하늘을 바라봤다.

살수로선 그리 달갑지 않은 큼지막한 달빛을 향하는 한 쌍의 눈동자가 기괴한 기운을 발산했다.

‘분명 살수는 차가운 피가 흐르는 사냥꾼이지, 교활한 짐승을 한쪽으로 모는 몰이꾼이 될 수는 없다. 그런데 어째서 그런 사실을 누구보다 잘 알고 있는 천리종횡님은 이런 명령을 십대천사(十大天使) 중 일인인 내게 지시하신 것일까?

십대천사 중 일 인! 복면인의 뇌까림이 정확하다면 그의 정체는 결코 범상한 것이 아니었다.

흑색천사 최강의 살수들을 일컫는 십대천사라면, 방대한 조직을 자랑하는 천령단 내에서도 서열 오십 위권 안에 드는 위치였다. 그런데 그 정도로 대단한 위치에 오른 사나이가 지금 한낱 몰이꾼의 역할을 담당하고 있는 것이다.

임무에 충실한 살수답게 불만을 밖으로 내뱉지는 않았지만 본능은 속이기 힘들었다. 몰이꾼은 지금 간절히 타고난 그대로 먹이를 잔인하게 사냥하는 사냥꾼이고 싶었다.

그리고 만약 그렇게 된다면?

이제야 슬슬 쫓기고 사냥당하는 자의 입장에서 조금씩이나마 저항하는 방법을 터득하게 된 담우소 일행에겐 진정한 악몽의 시작이 될 것이었다.

물론 그렇게 될 수 있다면 말이다.

제23장 죽으러 가기 좋은 날

곤륜산맥 중 전혀 이름을 알 수 없는 산정 위.

간밤의 쫓고 쫓기는 추격전에서 살아남는 데 성공한 담우소는 신중한 눈빛으로 주변을 살피고 있었다.

그의 손에는 한 장의 지도가 들려 있다. 얼마 전 비싼 돈을 들여 구입한 곤륜산맥 일대의 상세도이다.

곤륜산맥의 수천 개가 넘는 산봉 중 십만대산을 찾으려면 이 정도 투자쯤은 감수하는 게 당연하다는 고검명의 주장에 의해 구입된 물건이었다.

한참의 시간이 지난 후, 지도와 눈앞의 광경을 비교하던 담우소의 안색이 가볍게 찌푸려졌다. 그가 이런 표정을 짓는 데는 까닭이 있다고 여긴 고검명이 우려 섞인 표정으로 다가들었다.

"또 뭔가 문제가 생긴 건가?"

어제의 추격전 시 당한 옆구리의 검상 때문에 그의 안색은 창백했다. 대충 지혈을 하고, 소맷자락을 찢어 옆구리를 동여맸지만 시간이 흐르면 흐를수록 문제가 심각해질 건 자명한 사실이었다.

그나마 중원보다 여름이 빨리 지나가 가을의 선선함을 보이는 곤륜이라 상처가 문제를 일으키는 데는 시간이 좀 소요되겠지만, 여기서 더 날씨가 추워지면 동상에 걸릴 확률이 높았다.

어떻게든 십만대산을 빨리 찾아야겠다는 생각을 잠시 떠올린 담우소가 눈살을 찌푸렸다.

"아무래도 우리는 쓸데없는 소비를 한 것 같아."

"쓸데없는 소비?"

"잠시 잊고 있었는데, 방금 전 한 가지 사실을 깨달았어."

'그게 뭐지?'

눈빛으로 질문을 던지는 고검명에게 담우소가 무심하게 말을 이었다.

"사실 나는 제대로 된 지도란 물건을 이번에 처음으로 봤거든."

"……."

"그래도 어떻게든 높은 곳에 오르면 대충 위치와 방향 등은 알 수 있다고 생각했는데……."

"멍청한!"

담우소의 말끝을 끊은 건 맞바람이 불지 않는 양지쪽에 몸을 웅크리고 있던 곡불환이었다.

'저 천하에서 제일가는 겁쟁이가!'

담우소의 눈빛이 쏘는 듯 변했지만, 고검명은 의외로 얼굴에 반색을 띠었다.

"그렇군!"

‘뭐가 그렇다는 거지?’

담우소의 눈빛에는 대답하지 않고, 그에게서 지도를 뺏어 든 고검명이 얼른 곡불환 쪽으로 걸어갔다.

“곡형께서 소속되어 있는 풍당은 주변의 정찰과 탐색이 주된 임무니까, 웬만한 지도쯤은 읽을 수 있겠지요?”

“그건…….”

뒤통수를 긁적인 곡불환이 말했다.

“대명제국 지도편람(大明帝國 地圖便覽)이 아닌 한 지도의 정확성은 지역에 따라 달라지네. 뭐, 보통 산세를 표시하는 방법이란 대동소이하지만.”

곡불환으로선 실로 오랜만에 땅에 떨어진 명예를 회복하고, 존재감을 나타낼 수 있는 순간이었다.

그가 평소와 달리 안색을 붉게 물들이는 걸 보며, 굼벵이도 구르는 재주는 있다는 옛 말을 떠올린 담우소가 슬쩍 비꼬았다.

“그럼 잘나신 풍당의 부당주께서 이번 기회에 솜씨 좀 발휘해 보시구려.”

“…….”

순간 담우소를 바라보는 고검명의 눈살이 찌푸려졌으나 당사자인 곡불환은 말없이 지도를 받아 들 뿐이었다.

파라락!

불어온 바람에 지도가 나부꼈다.

한 손으로 바람을 가리곤 솜씨 좋게 지도를 펼쳐 든 곡불환이 천천히 몸을 일으켜 세우곤 사방을 둘러봤다.

“그렇게 일어나서 둘러봐 봤자 보이느니 끝없이 이어진 산뿐이요.

저 중에서 길을 찾을 수 있겠수?"

"글쎄?"

"제길, 당신이 길을 못 찾으면 곤란하단 말요."

담우소의 투덜거림 속엔 일말의 초조감이 배어 나왔다. 전문가라 할 수 있는 곡불환조차 두 손을 든다면 문제도 보통 문제가 아니라고 생각한 것이다.

"……."

하지만 무슨 생각이 들었는지 곡불환은 즉시 입을 열려하지 않았다. 맨 처음, 지도를 뚫어지게 쳐다보며 고개를 갸웃거리던 그는 곧 주변을 뛰어다니기 시작했다.

그가 손가락을 세모꼴로 만들고 이곳저곳을 둘러보자 그것이 과거 금조표국의 임창배가 길을 찾을 때 취하던 동작임을 깨달은 담우소의 두 눈에 이채가 어렸다.

'흥, 잘은 모르겠지만 저 이상한 짓거리에 뭔가 있다는 뜻이로군.'

자신의 생각이 맞는지를 확인하기 위함이었다. 무아지경에 빠진 듯한 곡불환 쪽으로 다가가려던 담우소를 제지하는 손길이 있었다.

'응?'

자신을 바라보는 담우소를 향해 고검명이 고개를 흔들어 보였다. 곡불환의 작업을 방해하지 말라는 의도가 분명했다.

곡불환을 믿는다기보다는 고검명에 대한 신뢰를 보이기 위해 담우소는 입술을 꾹 다물고 뒤로 물러앉았다.

여전히 눈빛은 불신에 가득했지만 최소한 침묵할 준비가 된 모습이었다.

그리고 시간은 흘러갔다.

　기이한 침묵 속에 빠져든 산정을 홀로 뛰어다니던 곡불환이 갑자기 고개를 절레절레 흔들었다.

"아니야! 이게 아니야!"

'아니다?'

담우소가 느낀 불길함을 고검명 역시 느꼈을 것이다. 팔짱을 낀 채 침묵하고 있던 그가 곡불환에게 다가갔다.

"곡형, 혹시 무슨 문제가 있는 겁니까?"

고검명이 다가드는 것도 의식하지 못한 듯 잠시 멍청한 표정이 됐던 곡불환이 볼살을 가볍게 떨어보였다.

"고 형제, 아무래도 우리는 함정에 빠진 것 같네."

"함정?"

"여기를 보게나!"

곡불환의 떨리는 손가락 쪽으로 눈길을 던진 고검명이 눈살을 가볍게 찌푸렸다.

"저는 잘……."

자신의 설명이 부족했다는 걸 깨달은 곡불환이 얼른 보충 설명을 늘어놨다.

"지도의 좌측 상단 부근에 적혀 있는 게 방위일세. 그러니까 저쪽이 바로 동쪽인 것이지."

이번에 곡불환의 손가락이 뻗은 쪽은 한참이나 높은 거봉들이 즐비하게 늘어서 있는 방향이었다. 아직 정오가 되지 않았다는 걸 감안하여 태양의 위치를 확인한 고검명이 고개를 끄떡였다.

"과연 동쪽이 맞군요."

"그래, 그러니까 문제라는 걸세."

“……..”

고검명은 여전히 대답하지 못했다.

대신 어느새 근처로 다가온 담우소의 무심한 목소리가 그의 귓전을 울렸다.

“서로 모양이 다르군.”

‘모양이 달라?’

그제야 지도에 표시되어 있는 산세의 모양에 시선이 간 고검명의 귓가로 이번엔 곡불환의 퉁명스런 목소리가 흘러들었다.

“과연 개코로군. 어찌 지도도 보지 못한다면서 모양이 다르다는 걸 눈치 챘지?”

칭찬이었을 것이다. 듣는 사람이 전혀 그렇게 인식하지 못한다 할지라도.

이미 이곳까지 이르는 동안 무수히 싸웠던 전적에 다시 한 획을 긋고 싶은 생각이 없는지 담우소가 평소처럼 대거리하지 않고 말했다.

“지도를 볼 줄 모르니까 더 뚫어지게 살피지 않으면 안 됐던 거요.”

“그도 그렇겠군.”

담우소의 휴전 신청을 받아들인 곡불환이 몇 차례 잔기침을 터뜨리곤 여전히 미혹한 표정이 가득한 고검명을 향해 말했다.

“험험, 고 형제, 자네도 확인했다시피 지도상의 방위와 좌표에는 아무런 문제가 없네.”

“그렇다는 건……..”

차마 말을 끝맺지 못한 고검명을 대신해서 담우소가 나직하게 물었다.

“지도가 잘못됐다는 소리요?”

고개를 끄떡이며 곡불환이 말했다.

"사방을 몽땅 살펴봤는데, 세 군데는 일치하더군."

"그럼 동쪽만 지도와 일치하지 않는다는 거요?"

"……."

굳이 대답할 필요를 못 느꼈을 것이다. 곡불환이 말없이 고개를 끄떡이자 그것이 뭘 의미하는지를 깨달은 고검명의 입에서 절로 한숨이 흘러나왔다. 몇 번이나 죽을 고비를 넘겨가며 도착한 곤륜이었다. 그런데 어렵사리 구한 지도가 아무짝에도 소용이 없다고 하니, 냉철한 그로서도 일시 맥이 빠졌을 것이다.

그러나 도대체 무슨 생각을 떠올린 것일까? 말없이 손가락 마디를 꺾는 일에 집중하고 있던 담우소가 갑자기 히죽 웃었다.

"또 뭔가 생각해 낸 건가?"

반색하는 고검명을 향해 담우소가 나직이 투덜거렸다.

"쳇, 나는 문호 자식처럼 머리 좋은 인간이 아니야. 그렇게 무조건적으로 믿는다는 표정은 짓지 말라구."

"그래도 뭔가 떠오른 얼굴이군?"

안절부절 못하는 얼굴이 되어 있던 곡불환의 말이었다. 그 역시 필사적이란 생각을 한 담우소가 반문하듯 말했다.

"당신, 아까 함정에 빠진 것 같다고 했지?"

"……."

"내가 생각하기에도 확실히 그런 느낌이 들어. 이런 정밀하게 수작업된 지도는 만들라고 해도 쉽사리 만들 수 없을 테니까."

뭔가를 깨달은 듯 고검명이 물었다.

"혹시 그 함정이란 게 십만대산하고 관련있는 건가?"

"그밖에는 달리 떠오르는 생각이 없더군. 세 군데는 정확한데, 한 군데만 달리 그려 넣었다는 건."

"아무리 봐도 이상하군."

"그래. 그러니까 내 생각에는……."

"동쪽에 십만대산이 있다?"

이번에도 역시 곡불환이었다. 자신이 그려 넣은 그림에서 화룡점
정(畵龍點睛)을 빼앗아간 그를 한차례 쏘아본 후 담우소가 고개를 끄
떡였다.

"뭐, 일단은 그렇게 생각하는 게 현명할 듯하지?"

결론을 내리는 대신 담우소는 고검명 쪽을 힐끔 바라봤다. 어디까지
나 이런 중대 사안을 결정하는 건 고검명의 몫일 뿐, 담우소 자신의 것
은 아닌 까닭이다.

언제나와 같이 한차례 고개를 끄떡이는 것으로 최종 결정을 내린 고
검명의 시선이 동쪽을 향했다.

그의 시선 속에서 지금까지 기어올랐던 봉우리하곤 비교를 거부할
만큼 큼직한 기암괴봉들이 줄지어 기다리고 있었다.

*   *   *

"허!"

주변을 둘러보며 천리종횡 최고봉은 혀를 찼다. 별호대로 천리길을
마다 않고 달려왔는데, 눈앞에 보이는 모습은 그의 기대를 완전히 배신
하고 있었다.

이곳까지 달려오는 동안의 예상대로라면 지금쯤 모든 일이 깨끗이
종결 지어져 있어야만 했다.

자신이 이번 일의 전면에 나서야 될 최악의 상황은 벌어지지 않았어야 한다는 뜻이다.

중간에 아무리 무명비급 건이 추가됐다곤 하지만 이만한 일에 장로의 신분인 오산인 중 둘이 나섰다는 건 문제의 소지가 다분했다.

아무리 엄정하의 명령을 받았다곤 하지만 광명신교 내에서도 원로에 속하는 자신이나 최덕성이 이런 자잘한 일에 나선다는 건 신분에 걸맞지 않은 행동임에 틀림없다.

그래서 심사숙고 끝에 강북의 천령단에 요인 암살을 위해 키워진 이대 살수 조직의 투입을 요청했건만, 눈앞에 펼쳐져 있는 상황은 무엇인가?

자신의 눈앞에서 얼마 떨어지지 않은 장소에 머리를 땅바닥에 처박고 있는 복면인들을 바라보며 최고봉은 황당함을 넘어 은근히 부아가 치밀어 오르는 걸 느꼈다.

본래 천령단 내에서도 서로 간에 경쟁 의식이 높기로 소문난 은형마사와 흑색천사가 아무런 문제 없이 손을 잡는 광경까진 바라지 않았다.

그저 서로서로 영역을 지켜 천라지망(天羅地網)을 펼치고, 사냥감을 옴죽달싹 못하게 만들어놓으면 그것만으로도 만족했을 터였다.

그런데 지금 이곳에는 은형마사는 코빼기도 보이지 않을 뿐더러, 흑색천사는 삼십 명을 기본으로 하는 한 개 조의 인원 중 절반도 안 되어 보였다.

'이놈이 날 물먹이려는 건가!'

아직 보고를 받기 전이지만 최고봉은 자신의 요청이 천령단으로부터 묵살당했다는 생각을 하지 않을 수 없었다.

본래 그와 천령단의 단주는 같은 오산인의 신분이라곤 해도 사이가 그렇게 좋지 않았기 때문이다.

그러자 홀로 생각하고, 홀로 열받아 흉신악살 같은 기세를 뿜어내기 시작한 최고봉의 침묵이 버거웠을 것이다.

다른 자들과는 달리 부복하고 있으되, 고개를 땅바닥에 묻지 않고 있던 복면인의 입에서 묵직한 목소리가 흘러나왔다.

"천리종횡님의 명령대로 사냥감을 내곤륜(內崑崙)의 십만대산으로 들어가지 못하게 했습니다."

냉기가 살갗을 찌르는 듯한 목소리였다. 애초부터 눈앞에 부복한 복면인의 정체를 알고 있던 최고봉이 그제야 눈빛을 번쩍이며 말했다.

"이 작전은 천령단의 이대 살수 조직들이 합동으로 펼치기로 되어 있지 않았더냐?"

"예, 그렇습니다."

"그럼 얼간이 같은 은형마사 녀석들은 어디로 갔지?"

질문이 마음에 든 듯 복면인이 얼른 대답했다.

"얼간이 같은 은형마사 녀석들은 중간에 작전에서 빠졌습니다."

"빠져?"

"잘은 모르겠습니다만 정파 쪽으로 무명비급에 관한 건이 흘러 들어가는 걸 막는 이 단계 작전에 징발된 것 같습니다."

"흠, 그렇군."

그 정도면 이해할 만하다고 판단한 최고봉이 고개를 끄떡이곤 말했다.

"그런데 어째서 흑색천사는 인원이 이것밖에 안 되지? 뇌음사(雷音邪)가 그들도 차출해 간 것이냐?"

뇌음사는 오산인 중 둘째로 천령단의 단주를 맡고 있는 인물이었다. 그동안 강남에서 주로 활동했던 셋째 최고봉과는 맞수와 같은 인물이었다. 뇌음사 자신은 코웃음 치며 극구 부인하지만 둘째란 자리를 두고 최고봉과 벌인 사투는 아직도 광명신교 내에선 인구에 회자되는 사건이었다.

최고봉의 입에서 직속상관의 이름이 거명되자 복면인이 얼른 부인했다.

"그건 그렇지가 않습니다."

"그렇지 않다고?"

일순 최고봉의 눈빛이 붉게 달아올랐다. 내심의 분노를 따라 내공이 일어난 것이다.

감히 그와 두 눈을 마주치지 못하고 복면인이 시선을 내리깔자 최고봉이 울화가 치미는 목소리로 말했다.

"그렇다면 묻겠다."

"……."

"너는 십대천사 중 일 인이다. 너 혼자만으로도 웬만한 일류고수 정도는 목숨을 거둘 수 있는 훈련을 받았을 터인데, 고작해야 삼류를 간신히 벗어난 몇 놈에게 이렇게 많은 피해를 입은 것이냐?"

절정고수가 뿜어내는 살기란, 그 자체로 지독한 압박을 발휘한다. 보통 사람 같으면 그 자리에서 오줌을 지리며 졸도했을 정도의 압력을 꿋꿋이 이겨내며 복면인이 대답했다.

"예, 그렇습니다. 속하가 데리고 나온 삼급 천사는 총 삼십 명인데, 임무 수행 중 십칠 명이 부상을 당했습니다."

'역시 그랬군.'

"저 은월(隱月)이 이 정도의 전력을 데리고 이 정도의 손해를 감수한다면 일파의 수장이라 해도 목숨을 부지하긴 어려웠을 겁니다만, 이번에 속하가 받은 명령은 살행이 아니라 사냥감을 한쪽으로 모는 역할이었습니다."

"사냥감을 한쪽으로 모는 역할이었다?"

"……."

"지금 변명하는 것이냐?"

"예, 그렇습니다."

'이놈을 그냥!'

내심과는 달리 최고봉은 금세 폭발하지 않았다. 열화와 같은 성질을 참으며 자신의 민대머리를 매만졌다. 그의 머리 위로 뜨뜻미지근한 기운이 무럭무럭 일어났다. 그리고 어느새 불끈 힘이 들어간 팔뚝으로 몇 개의 힘줄이 도드라져 있었다.

지금 당장 노화를 풀지 않는다면 홧병이 걸릴 태세였다. 하지만 놀랍게도 최고봉은 한 번 더 인내심을 발휘하기로 했다.

"그러니까 네 말의 요지는 십수 년 전부터 인간 한계를 뛰어넘을 정도로 수많은 훈련을 받아온 너희들이 살행의 명령을 받지 않았기 때문에 이렇게 박살이 났다는 것이렷다!"

"예, 그렇습니다."

망설임이란 말의 의미를 모르는 자의 대답이었다. 은월을 뚫어지게 쳐다보던 최고봉이 한숨을 푹 내쉬었다.

"하아, 은월아, 은월아! 너는 그게 말이 된다고 생각하는 거냐?"

"속하의 생각으로는……."

퍼퍽!

은월의 얼굴이 빠르게 좌우로 돌아갔다. 최고봉이 자랑하는 열화기가 주입된 양수쾌장(兩手快掌)에 안면을 순식간에 두 차례나 얻어맞은 것이다.

그동안 익혀왔던 살법을 발휘하여 방어를 하기는커녕 반응조차 보이지 못한 은월의 눈빛이 순간적으로나마 회색 빛을 뿜어냈다.

흑색천사의 일급살수라면 필수적으로 익히는 회안냉심공(灰眼冷心功)을 일으켰을 때 보이는 변화였다.

'흥, 이 녀석! 피가 거꾸로 역류하는 듯한 고통을 느낄 게 분명함에도 내게 살기를 발산하지 않기 위해 마음을 차갑게 얼려 버렸구나!'

자신이 절기로 삼고 있는 열화기가 얼마나 지독한 마공인지를 최고봉은 누구보다 잘 알고 있었다.

과거 다른 부분에서 전혀 밀리지 않았음에도 공력에서 밀려서 셋째가 된 후 뼈를 깎는 고통을 참아내며 익힌 게 바로 마도오대공력(魔道五大功力) 중 하나인 열화기인 것이다.

성격이 급한 만큼 인재 또한 아끼는 성정인지라 일시 마음을 누그러뜨린 최고봉이 절반쯤 화가 풀린 목소리로 말했다.

"그건 그렇다치고, 그 다음 보고를 해보거라!"

"꿀꺽!"

목젖까지 치밀어 오른 핏물을 삼킨 은월이 그간의 경과에 대해 설명하기 시작했다. 되도록 객관성을 유지하려는 노력이 역력했으나 최고봉의 얼굴은 점차 굳어가고 있었다.

*　　　*　　　*

한편 그 시각.

담우소는 숨이 턱에 차 산봉을 오르고 있었다. 지금껏 올라본 일이 없을 정도로 드높은 곤륜의 산봉들은 체력을 빼앗을 뿐더러, 호흡마저 곤란하게 만들었다.

고산에 오를 경우 흔히 발생하는 현상인데, 체력 하나는 누구한테도 뒤지지 않는다고 자부했던 담우소로선 전혀 예기치 못한 상황을 만난 셈이다.

하지만 다른 일행들에 비하면, 지금 담우소의 상태는 극히 양호한 편이라 할 수 있었다.

고검명은 안색이 새파랗게 질려 있었고, 간밤에 복면인들로부터 도망치다 팔 하나가 잘려 나간 곡불환은 금방이라도 쓰러질 듯 힘겹게 걸음을 옮기고 있었다.

담우소 역시 온몸에 자잘한 상처가 적지 않았으나 어떻게 보든 쓰러지는 게 시간 문제로 보이는 두 사람에 비길 바가 아닐 터였다.

'아직도 산의 정상에 도달하려면 한참인데, 저들과 함께 산을 넘는다는 건 아무래도 무리다. 하지만 이 상황에 놔두고 갈 수도 없으니 이 일을 어찌한다?'

담우소의 상념은 길게 이어지지 않았다. 그의 어깨에 몸을 기대고 있던 고검명이 덜덜거리며 입을 열었다.

"정말 춥군."

'춥다구?'

고검명 쪽으로 고개를 돌리던 담우소의 얼굴로 허연 입김이 흩날렸다. 산의 중턱까지만 해도 가을이었는데, 오르다 보니 이미 겨울의 초입에 도달한 듯했다.

문득 걱정이 되어 고검명의 옆구리 쪽에 시선을 던진 담우소의 눈살이 찌푸려졌다.

몇 번에 걸쳐 싸매긴 했지만 벌써 상처 주변 부위가 퍼렇게 변색되고 있었다. 동상이 오기 시작한 것이다. 담우소가 무슨 생각을 하고 있는지를 눈치 챈 듯 고검명의 입술이 흐릿하게 미소 지었다.

"자네는 참 이상한 사람이야."

"……."

"어째서 간밤에 우리를 버리고 도망가지 않았지? 자네 혼자서라면 얼마든지 그 악귀 같은 녀석들한테서 도망칠 수 있었을 텐데. 으윽!"

부욱!

이젠 얼마 남지도 않은 소맷자락을 찢어 들고서 고검명의 변색된 상처 부위를 살피고 있던 담우소가 툴툴거렸다.

"내가 그렇게 의리있는 녀석 같소?"

"아닌가?"

"제길, 이렇게나 상하도록 말도 안 했군."

"큭!"

고통을 참기 위해 고검명이 이빨을 악물었다. 상처 부위에 손가락을 갖다 댄 담우소가 오행수기를 일으켜 동상이 걸린 살덩이를 헤집은 것이다.

보통 사람 같으면 졸도를 해도 수 차례에 걸쳐 했을 터인데, 고검명은 꿋꿋하게 고통을 참았다. 그가 이러한 상황에서도 복면인들을 의식하고 있다는 걸 눈치 챈 담우소의 입가에 한숨이 매달렸다.

"당신은 비명을 참지 않아도 좋소. 아마도 그 녀석들은 낮에는 덤벼들지 않을 모양이니까."

"그, 그걸 자네가 어찌 알지?"

담우소는 질문에 대답하지 않았다. 비명을 참는 모습이 안쓰러워 대충 내뱉은 말이기 때문이다. 대신 오행수기를 운용해 썩은 살을 도려

내며 그는 앞서의 질문에 대해 대답했다.

"내가 만약 어젯밤 혼자서라도 달아날 수 있었다면 벌써 달아났을 거요. 하지만……."

찌익!

"나는 도망갈 엄두를 낼 수 없었던 거요. 그 빌어먹다 시궁창에 얼굴을 묻을 녀석들은 설렁설렁 몰아붙이다가도 정작 마음먹고 도망치려면 죽일 듯이 달려들었거든."

"그, 그랬던가?"

"쳇, 당신이야 처음부터 달아날 생각을 한 번도 하지 않았으니, 몰랐던 게 당연하지."

옷자락을 몇 조각으로 나눈 후 담우소는 피고름이 흘러내리는 고검명의 옆구리를 친친 동여맸다. 동상 부위를 긁어내자 쏟아져 내리기 시작한 핏덩이를 막기 위해서였다. 그제야 담우소를 쫓아온 곡불환이 대뜸 땅바닥에 털썩 주저앉더니, 흐리멍텅한 표정으로 말했다.

"흥, 그러니까 네놈은 꽤나 오래전부터 도망칠 생각을 하고 있었나 보군."

"뭐, 피장파장 아니겠소."

"흐흐, 빌어먹을!"

욕설을 내뱉은 곡불환이 하늘을 노려보더니, 남은 한 팔로 마구 주먹질을 해댔다. 무인에게는 목숨과도 같은 오른팔을 잃고 정신이 약간 혼란해진 게 분명했다.

그렇다 해도 어차피 저 혼자 살겠다고 도망치다가 당한 일이었다. 전혀 불쌍하다는 생각이 들지 않는지라, 담우소는 고검명의 상처 부위를 살피며 말을 이었다.

"그래서 곰곰이 생각했소이다. 그만한 전력을 지닌 녀석들이 어째서 우리를 여지껏 살려뒀는지를."

"자네는 정답을 찾은 것 같군."

"뭐, 전번부터 말했다시피 나는 문호 녀석같이 머리가 좋지 않아서 한 가지밖엔 생각해 낼 수 없었소."

"그들은 마교의 인물들인가?"

담우소가 뒤통수를 긁적였다. 고검명 역시 자신이 생각했던 바에 대해 고민하고 있었다는 게 입증된 것이다. 담우소는 대답이 없는데, 반쯤 미친 사람이 되어 있던 곡불환이 두 눈을 희번덕거렸다.

"마교라고?"

"아마도 그럴 거요."

그제야 담우소가 고개를 끄떡여 보였다. 고검명이 '역시!' 하는 얼굴이 되어 두 눈을 질끈 감았다. 십만대산으로 향하는 내내 걱정했던 일이 현실로 다가온 것이다.

일시 혼이 빠진 듯 황폐한 얼굴이 된 곡불환이 떠듬거리며 말했다.

"왜, 왜?"

"그건 아마도 우리가 마교로 찾아가는 일과 관계가 있지 않겠소? 뭐, 음험한 마교 녀석들의 속셈이야 선량한 내가 알 수 없는 일이지만……."

"하, 하지만 그들은 우리의 정체를 모를 텐데……."

"내가 듣기로 강북무림의 대문파들은 천하에 수많은 간세들을 풀어 놨다고 합디다. 마교쯤 되는 거대문파라면 사천에서 곤륜까지 죽기살기로 달려오는 놈들을 주시하지 않았겠소."

담우소의 설명은 친절했다. 그리고 그것은 곡불환에게 결정타로 작용했을 것이다.

“제길! 제길! 제길! 제길…….”

“…….”

“이런 제기랄!”

담우소의 다음 설명을 기다리지 않고 곡불환이 괴성을 터뜨리며 산 밑으로 달려갔다. 방금 전까지 반쯤 죽을 듯한 표정으로 걷고 있던 사람이라곤 볼 수 없을 정도로 맹렬한 신법이었다.

‘허, 저자는 달아나려다 팔 하나가 잘리고도 여전히 달아날 생각을 하고 있었군.’

“아, 지금 산을 내려가면…….”

감탄하는 담우소와 달리 고검명이 버둥거리며 몸을 일으켰다. 자신의 몸 상태는 생각지도 않고 곡불환을 따라가려는 게 분명했다.

‘멍청한 사람!’

억지로 내공을 일으켜 신법을 펼치려던 고검명의 팔뚝을 담우소가 재빨리 낚아챘다.

꽈악!

“이거 놓게. 이대로 가면 곡형은, 곡형은…….”

“아마도 세 번째로 돌아오지 못하는 사람이 되겠지요.”

“그런데도 자네는…….”

“어차피 떠날 사람이었소.”

부르르…….

고검명의 온몸이 중풍이라도 맞은 듯 크게 떨렸다. 담우소의 말이 사실이라는 걸 그도 알고 있었던 것이다.

“…….”

말없이 고개를 떨군 고검명의 어깨를 담우소는 가볍게 끌어안았다.

초겨울의 추위임에도 아직 고검명의 심장은 뜨거운 피를 뿜어내고 있었다. 자신이 봤던 어떤 심장보다 격렬하고, 뜨거운 피를 뿜어내는 심장을 느끼며 담우소가 말했다.

"당신은 이곳에 남으시오."

"……."

"난 오늘 밤 이 산의 정상에 올라서 그 빌어먹을 마교 녀석들과 담판을 지어야겠소."

"그게 무슨!"

퍼억!

오행금기가 주입된 담우소의 수장이 고검명의 마혈(痲穴)을 때렸다. 내공이 주입되진 않았으나 쇠약해질 대로 쇠약해진 고검명으로선 견딜 수 없는 일격이었다.

"미안하오."

담우소는 땅바닥에 쓰러진 고검명의 품속을 뒤져서 한 통의 편지를 끄집어냈다.

군데군데 피에 절어 있는 겉봉에는 '광명신교 명존 배상(光明神敎 明尊 拜上)'이라 적혀 있진 않았다.

하지만 담우소는 겉봉을 뜯어 속 내용을 확인하지도 않고 대충 편지를 품속에 집어넣고는 오행토기를 일으켜 고검명을 땅속에 파묻었다.

혹시라도 그가 네 번째 돌아오지 않는 자가 되는 걸 바라지 않는 노파심에서였다. 물론 지금으로썬 담우소 자신이 그 네 번째 돌아오지 않는 자가 될 확률이 더 높겠지만.

'마땅히 얼굴도 가려야겠지.'

머리만 내놓고 땅속에 파묻힌 고검명의 얼굴 주변을 나뭇가지 등으로 가려놓은 담우소의 시선이 구름에 가려져 까마득히 보이는 정상을 향했다. 주변의 다른 산봉들을 내려다볼 정도로 콧대가 높은 여인이 거기 있었다.

'쳇! 고지의 꽃은 높은 곳에 피어 있을수록 꺾을 가치가 있다고 했으렷다!'

과거 풍뢰문에서 사형제들과 지껄여 댔던 농담을 떠올린 담우소가 크게 숨을 들이마셨다.

죽으러 가기에는 지나칠 정도로 좋은 날씨였다.

쌔앵, 쌩!

귀가 떨어져 나갈 것 같다는 말은 이런 데 쓰라고 만들어졌음에 분명하다고 담우소는 생각했다.

오 년간의 산 생활로 변화무쌍한 산처녀의 변덕에는 익숙해졌다고 생각했는데, 새로 안면을 튼 도도한 아가씨의 코웃음은 거의 살인적이었다. 중턱부터 이미 그 도도함에 오한이 이는 걸 느끼긴 했지만, 정상에 도달하자 신비로운 면사 안에 숨겨진 여인의 차가운 미소는 심혼을 얼려 버릴 듯했다.

그러니 평소 같으면 뒤도 돌아보지 않고 아가씨로부터 달아났을 것이나 이번만큼은 수줍은 떠꺼머리 총각 노릇을 할 수는 없을 터였다. 어쩌다 멋진 놈 행세를 한 대가로 담우소는 지금 천하에서 가장 흉포하고, 무도하며, 무자비한 인간들을 정중히 기다리는 신세가 된 까닭이다.

"늦어! 늦다구!"

내심 너무 일찍 정상 정복에 성공한 자신의 가공할 만한 체력을 한탄하며 잔뜩 몸을 웅크리고 있던 담우소의 두 눈에 이채가 떠올랐다.

기왕이면 멋진 모습으로 손님을 맞이하기 위해 정상의 한가운데 가부좌를 틀고 앉아 있던 그의 시야 속으로 일군의 복면인들이 바람처럼 날아들었다.

"늦다? 우리를 향해 내뱉은 말인가?"

반문을 던진 이는 담우소와는 이미 톡톡히 친교를 맺은 복면인들 중의 하나가 아니었다. 마치 인위적으로 밤의 장막이라도 치려는 듯 주변으로 산개한 복면인들 틈에서 걸어나온 한 명의 민대머리였다.

얼굴은 기억에 없지만 목소리만은 왠지 귀에 익었다.

엉덩이에 힘을 주고 가부좌를 한 상태에서 튕겨 일어난 담우소가 미간을 찡그렸다.

"우리… 언제 만난 적이 있지 않소?"

"……."

물론 최고봉은 대답하지 않았다. 새파랗게 젊은 후배들 앞에서 과거의 일을 세세히 거론하고 싶지 않은 것이다.

대신 매서운 바람을 관계치 않고 앞으로 쑤욱 걸어나온 최고봉이 흉맹스런 눈빛을 번뜩이며 말했다.

"홍, 세상 어디에 나처럼 잘생기고, 호방한 기개가 느껴지는 얼굴을 지닌 자가 있단 말이냐?"

"……."

"만약 그러한 자가 있다면 지금 당장 밤을 도와 달려가서 그와 삼천배의 술잔을 나눠 마시며, 친교를 다져야만 하겠다."

"미안하오. 내가 사람을 잘못 본 것 같소."

담우소는 슬쩍 최고봉의 얼굴을 외면했다. 이처럼 후안무치한 자신감을 지닌 인물을 기억하지 못할 리 없다는 생각이 든 것이다.

덕분에 대화의 주도권을 단숨에 장악한 최고봉이 퉁방울만한 눈빛으로 담우소를 위아래로 훑어보더니, 질문을 툭 던졌다.

"그런데 너는 어째서 다른 녀석들처럼 도망가지 않았느냐?"

"……."

"말을 듣자니, 몇 가지 특이한 무공을 익힌 데다 머리도 좋은 놈이라고 하던데."

어디까지나 담우소를 무시하는 말투요, 질문이었다.

평소 같으면 먼저 진술한 주먹의 대화를 충분할 정도로 나눠본 이후에 다음 일을 결정할 담우소이나 이런 상황에서는 쓴웃음을 지을 수밖에 없었다.

우둑, 우두둑!

목을 가볍게 흔들어 얼어 있던 몸에 활기를 준 담우소가 충분히 자신이 약자임을 자각한 말투로 최고봉에게 대답했다.

"당신이 말한 대로 나는 바보가 아니요. 이 청해성에서 수없이 많은 세월을 보냈던 토박이들을 피해서 달아날 수 있다는 멍청한 생각을 할 리가 없잖소."

"토박이?"

"쳇, 설마 지금와서 당신들이 마… 광명신교의 인물들이 아니라고 주장하려는 거요?"

담우소가 품속에서 피에 절어 있는 편지 봉투를 꺼내 들었다. 한 시진쯤 전, 고검명을 때려눕히고 뺏어온 물건이었다.

무명비급 건을 맨 처음 보고한 당사자이니, 봉투 속에 든 내용물의 정체를 모를 리 없을 텐데, 어디까지나 능청맞은 얼굴을 한 채 최고봉이 두툼한 입술을 씰룩거렸다.

"그건 뭐지?"

"한 사람이 정성들여 글을 쓰고, 누구도 보지 못하게 밀봉한 후 나 같은 바보가 죽자 사자 가지고 사지(死地)를 건너온 물건이오."

"흐흐, 이상한 놈이군. 아까는 바보가 아니라더니, 이번에는 바보라고 자처하는 거냐?"

자신이 말을 해놓고도 논리에 맞지 않다는 생각이 들었을 것이다. 뒤통수를 긁적이며 담우소가 변명했다.

"뭐, 나는 대부분 똑똑할 때가 많지만, 종종 멍청한 짓도 하니까."

"사내란 본시 그런 법이지."

고개를 끄떡이며 인정한 최고봉이 말했다.

"그러니 네가 가져온 그 봉투 속에 든 내용물은 무척 대단하겠군?"

"암, 대단한 물건이고말고. 그러니 당신이 광명신교의 인물이 맞다면 조금쯤은 경의를 표시하며 받아드는 게 예의가 아니겠소."

전혀 그럴 마음이 없다는 듯 최고봉이 음흉하게 웃었다.

"흐흐, 나는 잡은 고기에게는 절대로 밥을 주지 않는 성격이라서……."

"제길, 어차피 나 역시 청부를 수행했을 뿐이오. 경의를 표하고 싶지 않거든 개방구나 뀌지 말던가."

뒤편에 도열해 있던 복면인중 한 명이 안색을 붉혔다. 진짜 그는 방구를 뀌었던 것이다.

그러거나 말거나 담우소는 자기 딴에는 충분히 온화하게 일을 처리했다는 뿌듯한 얼굴을 한 채 최고봉에게 봉투를 건넸다. 황금 백 냥짜리 청부가 끝을 맺는 순간이었다.

제24장 칠공토혈(七孔吐血)

찌익!

최고봉은 조금도 망설이지 않고 단단히 밀봉된 봉투를 찢었다. 보통 조금이라도 상대방에 대한 예의를 아는 사람이라면 하지 않을 무례한 행동이었다.

'저 자식이!'

담우소는 여태까지 죽어라 도망 다녔던 것보다 더욱 기분이 더러워졌다. 마치 냄새 나는 발바닥으로 얼굴이 짓뭉개지는 느낌을 받은 것이다. 하지만 과거 자신이 천하무적인 줄 알고 날뛸 때와는 달리 담우소는 말없이 성질을 죽이고 있었다.

점창파의 목상 도장을 만났을 때와 같이 본능적으로 눈앞의 민대머리가 자신과는 등급 자체가 다른 고수라는 걸 알고 있었기 때문이다. 강자답게 죽어라 성질을 죽이느라 얼굴이 시뻘게진 담우소 따윈 거들

떠도 보지 않고 편지의 내용을 살피던 최고봉의 얼굴에 흥미로운 기색이 떠올랐다.

'흥, 귀성장 같은 조그만 문파에 어찌 이런 인재가 숨어 있었지? 대충 무명비급을 바칠 테니, 귀성장을 점창파로부터 보호해 주십사 하는 내용이 담겨 있을 줄 알았는데, 이건 본 교와 거래를 하자는 내용이잖아!'

한 장의 백지 위에는 게으른 성격인 강문호가 며칠 동안 골머리를 썩여가며 써넣은 명문(名文)이 담겨 있었다.

글 자체가 명문이라는 게 아니라 철저히 광명신교 쪽의 구미를 자극하는 제안으로 점철된 아부와 아첨, 적절히 자신의 가치를 높이는 종류로의 명문이었다.

대충 읽어보고 일고의 가치도 없다는 듯 코웃음 치며 편지를 찢어버리려던 최고봉은 곧 마음을 바꿨다. 의외의 소득이 될 수도 있는 내용이라는 판단이었다. 처음의 계획과는 달리 편지를 곱게 접어 품속에 갈무리한 최고봉이 만면이 미소를 지어 보이며 손뼉을 쳤다.

짝!

"그럼 한 가지 일은 일단락된 셈이군."

'한 가지 일? 일단락?'

"흠, 예상외로 귀성장 측의 제안은 본 교에서 신중히 검토할 가치가 있겠어."

"그럼 나 이제 가봐도 되오?"

적절히 주눅 든 말투와 함께 담우소는 비굴한 표정 또한 잊지 않았다. 비록 이곳에 오를 때는 죽음을 각오했지만, 역시 삶은 소중한 것이었다.

생각 밖으로 분위기가 딱딱하지 않자 담우소는 산 채로 사천으로 돌아가고 싶어졌다. 이대로 삶을 끝마치기엔 그동안의 고생이 너무 원통한 것이다.

그러나 본래부터 최고봉에게 있어 귀성장 건은 부수적인 문제에 불과했다.

담우소의 기대 따윈 안중에도 두지 않고 입가에 사악한 미소를 매단 그가 단호한 목소리로 말했다.

“어딜 가겠다고?”

“그야 집으로…….”

평범한 대답에 대한 반응은 금세 나타났다.

스스슥!

마치 한 몸인 것처럼 신형을 움직인 복면인들은 대번에 담우소의 전후좌우를 둘러쌌다. 만약 담우소가 도망치려는 마음을 품고 있었다 해도 감히 시도조차 하지 못했을 정도로 숙련된 포진이었다.

‘젠장, 그럼 그렇지.’

자신이 처한 상황을 충분할 정도로 이해한 담우소가 툴툴거리며 말했다.

“이게 뭐 하는 짓이오?”

눈짓만으로도 담우소를 잡아 죽일 수 있게 된 위치를 즐기며 최고봉이 대답했다.

“네놈은 이곳까지 오는 동안 적잖은 신교의 제자들에게 부상을 입혔다. 다른 녀석들은 이미 징벌을 받았으니, 네 녀석만 그냥 돌려보내 줄 수는 없잖겠느냐.”

‘이미 징벌을 받았다고?’

담우소의 표정이 어두워졌다. 고검명 역시 광명신교의 마수(魔手)를 벗어나지 못했다는 걸 깨달은 것이다.

그러자 자신의 뻔한 위협이 효과를 거뒀다고 생각한 최고봉이 느물거리는 목소리로 말했다.

"그러니 굳이 이 어르신이 손수 귀찮게 손을 쓸 필요가 있겠느냐?"

"그게 무슨……."

"흐흐, 몰라서 묻는 거냐?"

'내 스스로 죽으라는 말이군.'

일시 담우소의 뇌리로 주화입마를 당하고, 사문에서 쫓겨난 후 당한 수없이 많은 일들이 주마등처럼 스쳐 갔다. 지금 생각해도 후회스러운, 그리고 어쩔 수 없었다고 쓴웃음을 지어 보일 수밖에 없는 잡다한 일들.

그중 강문호의 청탁을 받고, 청해성까지 일생에 다시없을 험로를 종단했던 일을 떠올린 담우소의 표정이 가볍게 일그러졌다.

'제기랄!'

우둑!

'아무리 생각해도 분해서 못 견디겠다!'

성격을 드러내듯 저절로 주먹에 힘이 들어가는 담우소였다. 그의 변화를 주의 깊게 지켜보던 최고봉의 누런 이빨이 슬쩍 모습을 드러냈다.

"한번 싸워보겠다는 거냐?"

"난 자살하는 방법은 배운 바가 없거든."

이미 말은 짧아져 있었다. 더 이상이 없을 정도로 확고부동한 반항의 눈빛도 함께였다. 다른 복면인들과는 달리 최고봉의 뒤에 그림자처럼 부복하고 있던 은월이 얼음이 쪼개지는 듯한 목소리로 말했다.

“제가 손을 써도 되겠습니까?”

‘질문을 하기도 전에 살기가 충천한다? 이 녀석은 진심으로 저 녀석을 죽이고 싶어하는군.’

천하에 대명을 떨친 일류고수도 아니고, 그저 삼류의 얼치기 녀석에게 부하 십수 명이 아작나는 걸 지켜봤으니, 무리도 아니라고 최고봉은 생각했다. 하지만 이렇게 살기가 충천한 녀석에게 담우소를 맡길 수는 없었다. 자칫 실수라도 저지른다면 특별히 이번 일을 당부했던 엄정하를 볼 면목이 없었다.

은월을 제외한 나머지 복면인들을 한차례씩 훑어보던 최고봉이 쓰게 웃었다.

‘이런 지랄맞을 일이 있나! 결국 내가 나서야 하는 건가?’

말 그대로 닭 잡는 일에 소 잡는 칼을 쓰는 격이었다.

만약 다른 강호친구들의 귀에 오늘의 일이 들어가면 망신을 면치 못할 일이었다. 자신을 이런 상황에 몰아넣은 담우소를 차갑게 쏘아보며 최고봉이 퉁명스레 말했다.

“망할 놈!”

“…….”

“감히 주제도 모르고 내게 덤비겠다고!”

“늙은이, 당신이 상대해 줄 거요?”

“누가 늙은이야, 이 녀석아! 먼저 삼초를 봐주마! 그 이후엔 반드시 지옥의 고통을 맛보게…….”

휘익!

어차피 목숨을 건 싸움이었다. 애초에 가벼운 뜀뛰기로 차갑게 얼어 있던 온몸의 근육을 풀고 있던 담우소가 대뜸 발을 들어 올려 최고봉을 걷어찼다.

—단순하지만 그만큼 빠른 일격!

고개를 옆으로 제치는 것으로 담우소의 일격을 피한 최고봉이 이빨을 갈았다.

"으득, 일초다!"

"그럼 이초나 받으슈!"

담우소는 연이어 이번에는 가볍게 공중으로 신형을 띄웠다.

파앗!

공중에서 신형을 비튼 그가 선풍구도를 펼쳐 풍차처럼 다리를 회전시켰다. 최고봉의 상반신을 온통 각영으로 휘감아 들어간 것이다. 그러나 기본적으로 내공을 운용할 수 있는 자와 없는 자의 차이를 극명하게 보여주는 움직임이랄까?

파파파파팍!

정신을 차릴 수 없을 정도로 쏟아져 내리는 선풍구도의 우박세례 같은 각영에도 불구하고 최고봉은 유유자적하게 노닐었다. 면전으로 각영이 날아들면 손을 들어 밀어내고, 단전을 향한 발길질은 미술과 같이 가볍게 옆으로 흘려버렸다.

극고의 경지에 오른 화경(化勁)을 이용해서 담우소의 연이은 발차기를 자유자재로 무력화시키는 것이다.

'이런 빌어먹을!'

담우소는 기가 막혔다.

평생 처음으로 본 화경은 담우소에게는 마치 딴 세계의 마술과도 같았다.

순간적으로 사람이 사라졌다가 다른 곳에 나타나는 게 가능하다니!

그것은 새로운 세상과의 조우였다.

제풀에 힘이 다해 뒤로 주춤거리며 물러선 담우소를 향해 최고봉이 히죽 웃어 보였다.

"이초! 기본도 안 되어 있는 녀석으로선, 제법 그럴듯한 발차기였다. 마지막 일초식을 펼쳐 봐라!"

"시끄러워, 늙은이!"

목청이 터질 정도의 일갈과 함께 담우소가 다시 달려들었다. 그리고 재차 펼쳐진 선풍구도!

파파파파팡!

처음보다 족히 두 배쯤 현란하게 다리를 회전시키던 담우소의 신형이 격렬하게 공중에서 회전을 일으켰다. 선풍구도와 함께 수라구전을 동시에 펼쳐 낸 것이다.

'건방진!'

흡사 몸 그 자체를 집어 던진 듯한 형상으로 자신에게 달려드는 담우소의 연속기를 차갑게 바라보고 있던 최고봉이 수장을 가볍게 회전시켰다.

스윽!

그것은 앞서와 같이 그저 평범한 손짓에 불과했다.

촌분을 수십 토막 낼 정도로 쏟아진 주먹과 다리의 빠르기에 비한다면 하늘을 손바닥 하나로 가리려는 행동과 같이 무모해 보였다.

하지만 담우소에게 있어 그것은 결코 평범하지도, 무모해 보이는 행동도 아니었다. 일순 그로선 도저히 이해할 수 없을 정도로 간단히 선풍구도와 수라구전이 산산조각났다. 그리고 천지가 온통 뒤흔들렸다.

마치 공간을 잡아서 일그러뜨리듯 담우소의 손과 발이 일으킨 변화를 수장 하나로 모조리 가로막은 최고봉의 입가로 잔혹한 미소가 떠올랐다.

"흐흐, 이것으로 삼초가 모두 끝났다. 각오는 됐겠지!"

"……."

그 짧은 순간에 어떻게 최고봉의 목소리가 자신의 귓전을 때렸는지 담우소는 알지 못한다. 그저 온몸의 근육이 폭발하는 듯한 고통만이 생생할 뿐이었다.

'죽는다!'

그 어느 때보다 죽음은 가깝게 다가와 있었다. 한 번도 상상해 보지 못했던 공포가 등골을 타고 진득하게 흘러내렸다.

'죽는다!'

그 기운은 오싹하면서도 섬뜩하게 온몸으로 퍼져 나갔다.

'죽는다!'

그리고 바로 그 순간이었다.

손과 발의 근골이 모조리 뒤틀린 고통 때문에 자신이 주화입마에 빠졌다는 사실을 잊어버린 걸까?

"으아악!"

심혼을 울리는 울부짖음과 함께 담우소의 뒤틀릴 대로 뒤틀려 있던 경맥을 타고, 지난 오 년간 봉인하고 있던 힘이 처절한 고통과 함께 터져 나왔다.

─왼손으론 오행수기, 오른손에는 오행화기. 일(一) 더하기 이(二)는

삼(三)이었다.

수와 화가 만나 교태를 부리니 천뢰가 꿈틀거렸고, 그렇게 일어난 기운이 담우소의 전신을 감쌌다. 그리고 그와 동시에 교차된 두 개의 이질적인 기운! 시퍼런 뇌기와 함께 한 바퀴 맴을 돈 담우소의 신형이 바람처럼 최고봉을 향해 달려들었다.

번쩍!

그것은 절대로 혈육으로 만들어진 인간과 인간의 격돌로 인해 일어날 수 있는 광경이 아니었다. 일시 눈알이 타는 듯한 고통 때문에 자신도 모르게 회안냉심공을 일으킨 은월의 두 눈이 기광을 번뜩였다.

'어찌 천리종횡님께서 저렇게나 간격을 허용하셨을까?

은월이 의문을 갖는 건 당연했다.

한데 얽혀 있는 두 사람 중 한 사람은 당대의 절정고수인데 반해 나머지 한 사람은 삼류를 간신히 면한 자였다.

본래 상대가 안 되는 게 당연할진대 지금 두 사람은 내력이라도 겨루려는 듯 네 개의 손바닥을 찰싹 붙이고 있었다. 놀랍게도 담우소는 단 일 초만으로 천하제일의 경공대가라 불리는 최고봉의 면전까지 쇄도해 들어갈 수 있었던 것이다. 그러나 의혹의 와중에도 혹시 최고봉이 질 거라는 생각 따윈 추호도 하지 않은 은월의 기대에 부응하려 했음인가!

찰나의 순간, 슬쩍 표정이 굳었던 최고봉이 히죽이 웃었다.

"이게 무슨 초식이지?"

"처, 천뢰단악(天雷斷岳)!"

대답과 동시에 남우소의 입에서 꾸역꾸역 검은 피가 흘러나왔다. 주화입마 상태에서 억지로 내공을 끌어올린 탓이었다. 간발의 차이로 풍뢰문 삼대 무공의 마지막이자 최강의 무공으로 손꼽히던 천뢰단악을 막아낸 최고봉이 속삭이듯 말했다.

"과연 이번 초식은 위력이 상당했다. 하지만 너는 더 이상 다섯 번째 초식을 펼칠 기력이 남아 있지 않은 것 같구나."

"시, 시끄러, 늙은이!"

끝까지 굽히지 않는 모습 그대로 담우소의 신형이 무너져 내렸다. 입은 물론이거니와 칠공(七孔)에서 피가 쏟아져 나왔다. 팔성이나 되는 열화기를 정면으로 받은 까닭이었다.

'이런!'

자신의 바로 앞에서 무너져 내린 담우소를 얼른 끌어안은 최고봉의 표정이 난감해졌다. 본래 이런 일이 생기지 않게 하기 위해 자신이 나선 것인데, 결과는 최악이었다. 담우소의 천뢰단악에 놀란 나머지 자신도 모르게 손속에 힘이 들어간 탓이다.

'젠장, 목격자가 너무 많잖아!'

잠시 잠깐 동안 목격자들을 모두 살인멸구(殺人滅口)할 생각을 심각하게 고려하던 최고봉이 내심 고개를 흔들었다. 회안냉심공을 절정까지 익힌 은월의 존재를 무시할 수 없어서였다.

'그렇다면 이놈을 살려야 하나?'

더 이상의 머뭇거림 따윈 없었다.

평소처럼 얼버무릴 만한 상황이 아니라는 결정을 내린 그의 신형이 이미 바람처럼 움직이고 있었다. 자신의 가슴팍을 시커멓게 태워먹은 고약한 녀석이긴 하지만 일단 살려놓고 볼 일이었다.

＊　　　＊　　　＊

"그럼 그렇게 하기로 하죠."

여태까지와는 달리 전혀 망설임이 느껴지지 않는 시원시원한 목소리였다.

눈앞의 탁자 위에 산처럼 쌓인 장부를 흘끔거리고 있던 안강의 얼굴에 희색이 떠올랐다.

"저, 정말 그리 해도 되겠습니까?"

"귀 교 측과는 이미 동맹을 맺기로 했어요. 앞으로 적어도 십 년간은 서로의 목적을 위해 협력해야 하잖아요. 이만한 일쯤을 가지고 처음부터 알력이 생긴다면 곤란하죠."

"헤헤, 물론이죠. 막 대인께서 그리만 해주신다면……."

"단, 조건이 있어요!"

언제나와 같이 발 뒤에 모습을 숨기고 있는 막문위 쪽을 바라보는 안강의 안색이 초조감으로 물들었다.

광명신교와 금산전장 간의 합작 건을 성공시킨 후 홀연히 모습을 감춘 엄정하 때문에 요즘 안강은 가뜩이나 반백에 가까웠던 머리가 온통 새하얀 은발로 변해가고 있었다. 그가 강남의 지령단 중 가장 훌륭한 첩보 조직을 자랑하는 절강분타의 분타주이긴 하지만 금산전장과의 거래는 보통 힘겨운 게 아니었다. 무림인들처럼 확실한 힘의 우위를 보여주는 것으로 모든 일이 순조롭게 이루어지는 것이 아니라 한 치도 빈틈없는 두뇌 싸움을 끊임없이 반복해야 하기 때문이다.

'저 여우같은 계집년이 이번에는 또 무슨 꼬투리를 잡으려는 거지?

의심병이 발동한 눈빛으로 안강이 말했다.

“그 조건이란 게 무엇이지요?”

“약간 사적인 일이긴 하지만 중대한 사안이니 미룰 수도 없고…….”

“사적인 일이라시면?”

예상을 벗어난 막문위의 말에 안강의 이마가 주름살을 만들었다.

어차피 그를 상대로도 보지 않고 있던 막문위가 별로 대수로울 것도 없다는 듯 말했다.

“저는 인륜지대사(人倫之大事)를 논하고 싶어요.”

“이, 인륜…….”

“방금 전에 금산전장 내에 귀 교 측 사람의 직책을 달라고 하셨지요?”

“예, 그렇습니다만.”

“뭐, 그것도 서로 간의 맹약을 확인하는 의미에서 그리 나쁘지 않은 일이긴 해요.”

“…….”

“하지만 장차 강남북 무림과 상권의 패권을 장악하기 위해서 맺는 맹약을 공고히 하는데, 그 정도론 안심이 될 리가 없잖아요.”

“그, 그게 무슨…….”

“그러니까 저는 아예 귀 교 측의 엄 공자님과 혼약을 맺어 금산전장과 광명신교 간의 맹약을 혈맹으로 바꾸고 싶다는 말이에요. 그리 되면 한집안이 되는 셈이니, 굳이 귀 교 측 인물이 금산전장까지 찾아와 수고할 까닭이 없잖겠어요?”

안강의 이마에서 진땀이 흘러내렸다. 요 며칠간 협상이 순조로와 방심하고 있던 차에 치명적인 반격을 허용하고 만 것이다. 그러거나 말거나 금산전장에서 추구하는 상도(商道)에 따라 안색이 창백해진 안강

을 바라보며 다탁 위에 올려져 있는 찻잔을 들어 입술을 축인 막문위
가 지체없이 결정타를 날렸다.

"왜요? 엄 공자님께는 제가 너무 부족한가요?"

"아, 아니, 그럴 리가 있습니까!"

"호호호호, 그럼 별다른 문제가 없겠군요."

막문위는 절대로 일반적인 규방의 처녀라면 해서는 안 되는 말을 마
음대로 털어놓고는 통쾌하다는 듯 교소를 터뜨렸다. 만약 엄정하와의
혼약이 실제로 진행된다 해도 나쁘지 않고, 그렇지 못할 경우라면 더
이상 안강이 자신에게 무리한 조건을 강요하지 못하리란 걸 알고 있는
미소였다.

그러자 과연 막문위가 낸 난제에 얼굴이 시뻘게진 안강은 한동안 말
문이 막혀 고개조차 들어 보이지 못했다. 아무리 머리를 굴려봤자 그
정도의 지위로선 도저히 해답을 제시할 수 없는 문제를 만난 까닭이다.
때문에 고뇌로 일그러진 얼굴이 된 안강이 진땀으로 범벅이 된 얼굴을
들어 올린 건 한 식경이 훌쩍 넘어섰을 때였다.

"막 대인의 뜻은……."

여유만만한 표정으로 대답을 기다리고 있는 막문위를 향해 그가 넙
죽 고개를 숙여 보였다.

"참으로 고마우십니다. 만약 제게 결정권이 있다면 백골난망(白骨難
忘)이라 생각하옵고 당연히 받아들이겠습니다만……."

"당신에겐 결정권이 없다는 뜻인가요?"

"예, 그렇습니다, 애석하게도."

"흥, 재미없네."

투덜거리는 막문위의 목소리에는 치기가 가득했다.

안강이 지금까지 수없이 많은 시간을 악전고투하지 않았다면 그저 철없는 소녀가 투정을 부린다고 착각할 정도로 천진난만한 목소리였다.

'가증스러운 년!'

마교도답게 내심 몇 가지 악독한 욕설을 퍼붓고서, 송구스러워 어찌해야 할 바를 모르겠다는 표정을 가장해 보인 안강이 떠듬거리며 말했다.

"그러니 일단은 제가 제안한 안건을 통과시킨 후, 혼사 문제는 차후에 천천히 거론하시는 게 어떻겠습니까?"

"……."

"아무리 강호나 상계의 예를 따른다고 하더라도 막 대인께서는 그야말로 장중보옥의 존체이시고, 저희 소주님 역시도 신교의 미래를 책임지실 분입니다. 후일 명성 높은 분들을 매파로 삼아서 사주단자를 주고받은 후라도 늦지는……."

어떻게 듣던 합당하기 이를 데 없는 얘기였다.

본래 인륜지대사라는 것은 첫째로 하늘에 시(時)를 받아야 하고, 양가의 허락이 이루어져야만 거행되는 것이 통례였다. 한 여인이 치르자 하여 마음대로 될 일이 아닌 것이다. 그러나 그 한 여인은 강남의 크나큰 상권 중 팔 할 이상을 장악하고 있는 금산상회의 사대 거상 중 일인이었다.

마음만 먹는다면 왕후장상(王侯將相)의 집안이라 해도 그녀와의 혼사를 거부하지 못할 터였다. 자신을 농락하려고 작정한 일개 무림인을 바라보며 아미를 상큼히 치켜 올린 막문위가 옥이 깨지는 듯 짜랑짜랑한 목소리로 말했다.

"나는 일개 아녀자가 아니에요."

"그야 물론······."

"내 양 어깨에는 금산전장 수천 명의 목숨과 생계가 달려 있어요. 그런데 당신이 감히 날 가지고 놀려고 하나요?"

"그, 그럴 리가 있겠습니까!"

연신 손사래 치는 안강의 안색이 새파랗게 질려 있었다. 지금까지와 달리 막문위가 분노하고 있다는 걸 깨달은 것이다.

그러나 처음부터 막문위의 목표는 안강 따위가 아니었다. 그의 안색을 살필 생각도 하지 않고 차갑게 코웃음 쳤다.

"흥, 그렇다면 뭔가요? 당신은 감히 나 막문위의 청혼을 거절하고도 금산전장과 광명신교 간의 맹약이 지켜지리라고 보는 건가요?"

"소, 소인은, 소인은······."

"알아요. 당신이 결정할 수 있는 건 한정되어 있다는 걸. 하지만 그동안 우리가 조인했던 맹약들이 원활히 이뤄지는 걸 보고 싶다면, 당신은 지금 당장 엄 공자에게 서신을 띄워야 할 거예요."

"······."

"그래서 내 제안에 대한 가부(可否)가 결정되면 그때 당신은 다시 찾아오길 바래요. 그러기 전에는 앞으로 어떠한 논의도 무의미할 테니까요."

찌릉!

자신이 하고 싶은 말을 모두 끝냈을 것이다. 막문위가 옆에 늘어져 있는 끈을 잡아당기자 굳게 닫혀 있던 원형 문이 스르르 열렸다.

"안 대협께서도 바쁜 일이 있겠지요. 멀리 마중하지 못하니, 안녕히 가세요."

'망할 년!'

노골적인 축객령이었다. 낯이 두껍기로 말하자면 광명신교 내에서
도 첫째, 둘째를 다툰다고 자부하던 안강도 더 이상 버틸 재간이 없었
다. 속으로는 막문위의 조상 십팔 대까지 욕설을 퍼부으면서도 앉은
자세 그대로 오체투지(五體投地)를 해 보인 안강이 무릎걸음으로 물러
났다.

막문위를 상대하기 위해 광명신교에서 파견됐을 정도로 노련한 협
상가답게 지금은 물러나야 할 때라고 판단한 게 분명하다.

치열한 설전이 끝나자 방 안에는 정막이 찾아들었다. 어느새 식어버
린 찻물의 씁쓰레함을 즐기며 콧노래를 흥얼거리던 막문위가 다시 줄
을 잡아당겼다.

찌릉!

예의 맑은 풍경 소리와 함께 방문 밖으로 거친 목소리가 흘러들었
다.

"안강이란 자는 조용히 돌아갔습니다."

"똑똑한 자예요. 마교에서 보낸 자답게 웃는 얼굴로 칼날을 들이밀
수 있는 사람이니, 항시 경계를 늦추지 마세요."

"그자에 대한 경계를 두 배로 늘리겠습니다."

"그건 알아서 하세요."

"예."

"그건 그렇고 알아보라고 했던 일은 어떻게 됐나요?"

벌써부터 대답을 준비하고 있었던 듯 밑도 끝도 없는 막문위의 질문
에 목소리가 얼른 대답했다.

"풍뢰문은 이상할 정도로 특이점이 없는 문파입니다. 과거 수없이 많은 무림의 변란들이 있었음에도 특별히 무림의 일에 간섭한 일이 없습니다."

"그게 어째서 이상한 일인가요?"

"보통의 무림문파들은 상인들이나 농민들과 같이 스스로 생산을 하는 일이 없습니다. 오직 무력에 의존해서 모든 것을 얻어냅니다. 그러니, 무림에 명성을 드날리는 건 그 문파의 흥망성쇠(興亡盛衰)에 지극히 큰 역할을 합니다."

"그런데 풍뢰문은 그럼에도 불구하고 전혀 무림에 두각을 나타내려 하지 않았으니, 그게 이상하다는 거군요."

"예, 그렇습니다. 그것도 천여 년 동안."

"천여 년?"

반문하는 막문위의 두 눈에 이채가 떠올랐다. 흡사 그녀의 안색을 살피기라도 한 것처럼 목소리가 설명을 계속했다.

"놀라실 줄 알았습니다. 속하도 크게 놀랐으니까요."

"……."

"풍뢰문의 역사는 소림과 마교에 버금갈 정도인 천여 년입니다. 천하에 네 번째가 없는 세월이지요. 그런데 그 장구한 세월 동안 풍뢰문이 무림에 이룬 일은 실상 아무것도 없습니다. 그것이 일반적인 무림문파로써 가능하다고 생각하십니까?"

흥분의 기색이 깃든 목소리의 질문에 막문위가 눈살을 가볍게 찌푸렸다.

그녀가 아는 바론 목소리의 주인은 매우 냉철한 이성과 흉포한 야성을 겸비한 보기 드문 사람으로 쉽사리 흥분하는 성격이 아니었다.

'그런데도 이렇게 흥분한다는 건 확실히 풍뢰문과 그 담우소란 자에게 뭔가가 있다는 뜻이겠지.'

자신이 발견한 사실을 곧바로 떠들 만큼 막문위는 어수룩하지 않았다.

이젠 완전히 식어서 떨떠름한 맛만이 감돌고 있는 찻잎을 잘근거리며 그녀가 말했다.

"나는 듣고, 당신은 말하는 게 옳은 일이잖아요."

"죄송합니다."

그사이 흥분을 가라앉힌 듯 평소의 냉정함을 찾은 목소리가 천천히 풍뢰문과 담우소에 대한 특이점과 기이한 점을 열거하기 시작했다.

잠시 후,

그저 호기심을 충족시킬 요량으로 지시했던 조사가 밝혀낸 사실들을 음미하며 막문위는 어느새 자신이 담우소란 사내에게 집중하기 시작한 걸 깨달았다. 그와 같은 일은 그녀의 자존심에 큰 상처를 입히는 일이었다. 천하에 다시없을 것 같은 엄정하 같은 사내에게조차 그다지 큰 관심을 기울이지 않았던 그녀인 것이다.

그러니 그 점만으로도 분명 담우소란 사내는 가치가 있어 보였다. 그것이 후일 어떤 크기로 그녀에게 다가올지는 아직 미지수이지만 말이다.

＊　　　＊　　　＊

"으음?"

엄정하는 백옥상처럼 미려한 얼굴에 작은 파문을 만들었다. 배에 타기 전에 받아든 밀서에 적혀 있던 내용을 음미하며 뱃전에 몸을 기대고 있는데, 갑자기 코끝이 찡해오는 게 재채기가 나려는 걸 억지로 참은 탓이다.

'안 분타주가 내 욕을 하고 있는 건가?'

맞은편에 다소곳이 앉아 있는 구대성이야 보든 말든 우아하게 소맷자락을 움직여 코끝을 훔친 엄정하의 두 눈이 즐거운 기색을 떠올렸다. 방금 전에 받아 든 밀서의 내용 중 몇 가지를 생각하니 절로 기분이 흔쾌해진 것이다.

따라서 이제는 느긋하게 장강 여행을 즐기자는 마음이 된 그의 시선이 온통 출렁이는 물밖엔 보이는 것이 없는 뱃전 밖을 향했다. 지난번 건넜던 태호의 절경을 계속 마음속에 간직하고 있었는데, 눈앞에 보이는 장강의 푸른 물결 또한 매우 마음에 들었다. 호호탕탕한 흥취가 절로 일어 뱃전에서 몸을 일으키니, 열심히 노를 젓고 있던 사공이 눈살을 찌푸리며 만류했다.

"이곳은 장강에서도 가장 수심이 깊은 곳이유. 옆의 장정과 달리 공자는 몸도 허약해 뵈는데, 괜스레 물에 빠져 고생하지 말고 얌전히 앉아 있는 게 좋을 거유."

강남의 구수한 사투리가 섞인 목소리였다.

뱃전에 서서 푸른 물결이 끝없이 흘러가는 모습을 보고 싶은 마음을 참을 수 없었으나 엄정하는 그냥 뱃전에 다시 엉덩이를 걸쳤다. 이미 선불로 뱃삯을 냈으니, 손님이 물에 빠지든 말든 사공에겐 상관이 없을 터였다.

오히려 물에 빠지면 허우적거리는 걸 구해주고 사례를 요구할 수도 있는 일이었다. 그런데 눈앞의 사공은 엄정하의 호리호리한 외모만을 보고, 순진하게 몸을 일으키지 말라 하고 있었다. 그의 순진함이 특별히 마음에 드는 것은 아니나, 요즘처럼 박정한 세상에 이런 사람 하나쯤 있는 것도 그리 기분 나쁘진 않을 터였다.

한참을 그런 식으로 자신이 그냥 뱃전에 주저앉은 이유에 대해 이러쿵저러쿵 변명을 늘어놓고 있던 엄정하의 뇌리로 떠오르는 한 사내가 있었다. 눈앞의 사공과는 전혀 반대의 인물이나 극과 극은 통한다고 열심히 노를 젓고 있는 사공을 보고 있자니, 그의 모습이 새록새록 떠올랐다.

'그 재밌는 담가를 만난 것도 이런 배 위에서였다. 처음엔 풍뢰문의 제자란 걸 알고 호기심을 품었는데, 이제는 그의 엉뚱한 진지함이 더욱 보고 싶구나. 지금쯤 곤륜을 헤매고 있을 텐데, 그는 지금쯤 어찌 됐을까?'

고개를 갸웃거린 엄정하의 입가에 미소가 떠올랐다.

'후후, 천리종횡에게 잡혀서 호되게 당하고 있든지, 아니면 이대 심법의 비밀을 풀어내서 오히려 그를 두들겨 패고 있겠지.'

아무래도 너무 책임감이 강하고, 돈을 밝혀서 엄청난 고수가 되지는 못했을 거란 생각을 떠올린 엄정하의 입가로 더욱 진한 미소가 매달렸다. 기껏해야 하룻밤의 인연이었으나 엄정하의 가슴속에 담우소는 매우 깊숙이 자리 잡고 있었다.

태어나서 지금까지 자신이 하고 싶은 대로 살아본 일이 없는 그에게 담우소의 어처구니없는 자유분방함은 가히 충격이었다. 어떻게든 그와 인연을 만들어 시간을 보내고 싶어서 견딜 수 없을 정도였다. 그것이 비록 연인들 간의 애절한 연심이라기보다는 특이한 장난감을 발견

하곤 그것에 탐닉하는 어린아이와 같은 소유욕의 발로라 할지라도 말
이다.

　'뭐, 괜찮겠지. 어차피 풍뢰문의 진전을 이은 자라면 광명신교에 들
어오는 게 당연한 일이니까.'

　자신의 개인적인 욕망을 제멋대로 합리화시키며 엄정하는 하늘을
바라봤다. 장강은 여전히 말이 없이 흐르는데, 하늘은 지나치게 맑았
다.

　두 사람 분의 뱃삯을 내느라 호주머니가 텅텅 비었으니, 오늘은 아
무래도 노숙을 할 것이 분명한데, 잘됐다는 생각이 들었다. 금산전장
의 비싸디비싼 한 송이 꽃을 꾀어내느라 있는 돈을 몽땅 써버린 탓이
지만, 그 대신 하늘이 자신의 길을 도와준다고 엄정하는 자위했다.

　어쨌든 오늘 밤 노숙을 해야 하는 건 변하지 않을 진리이니, 그렇게
라도 마음먹는 게 기분상으로 좋을 듯싶었다.

〈제2권 끝〉